BASTEI
LÜBBE

LINDA LAEL MILLER

Wer das Paradies nur finden will …

Roman

Ins Deutsche übertragen
von Katharina Braun

BASTEI LÜBBE

BASTEI-LÜBBE-TASCHENBUCH
Allgemeine Reihe
Band 18 100

Erste Auflage: November 1991

Deutsche Lizenzausgabe 1991
Bastei-Verlag Gustav H. Lübbe GmbH & Co.,
Bergisch Gladbach
Originaltitel: Banner O'Brian
Lektorat: Ute Biermann
Titelillustration: Copyright 1984 Sharon Spiak
Umschlaggestaltung: Quadro Grafik, Bensberg
Satz: KCS GmbH, 2110 Buchholz/Hamburg
Druck und Verarbeitung: Brodard & Taupin,
La Flèche, Frankreich
Printed in France
ISBN 3-404-18100-X

Der Preis dieses Bandes versteht sich
einschließlich der gesetzlichen Mehrwertsteuer.

1

Staat Washington – 15. Dezember 1886

Die Lichter von Port Hastings leuchteten und funkelten im dahintreibenden Schnee, als das Dampfschiff anlegte. Vom dunklen Pier drang Leierkastenmusik herüber, und Banner O'Brien beugte sich über die vereiste Reling, um zu sehen, woher die Melodie kam.

Mr. Temple Royce, der neben ihr stand, zeigte auf das Ufer und murmelte: »Das ist es – Klein Sodom und Gomorrha.«

Banner wandte sich verblüfft zu ihm um. Sodom und

Gomorrha? Warum sagte er das erst jetzt, wo es zu spät zur Umkehr war? Bisher hatte er die Stadt nur in den herrlichsten Farben geschildert.

Bevor Banner etwas darauf erwidern konnte, nahm Royce ihren Arm und führte sie auf die Rampe zu. »Wir brauchen Sie hier«, sagte er schlicht, als sei damit alles erklärt.

Die Musik wurde lauter, und Temple Royce drängte Banner hastig über den Kai zu einer wartenden Kutsche.

Während das Gefährt eine steile Anhöhe hinaufzog und in eine Straße einbog, die von verwitterten Tavernen und Freudenhäusern gesäumt war, schaute Banner neugierig aus dem unverhangenen Fenster. Angetrunkene Seeleute schwankten von einem Etablissement zum anderen, verfolgt von den heiseren Rufen der Prostituierten, die über die Straße schlenderten.

»Water Street«, erklärte Royce in gelangweiltem Ton. »Aber beurteilen Sie bitte nicht die ganze Stadt nach diesem Ort.«

Banner ließ sich in den gepolsterten Ledersitz zurücksinken und schob die Hände unter ihren warmen blauen Wollumhang. Fast wünschte sie nun, in Portland geblieben zu sein, wo sie ein sauberes, gemütliches Zimmer besaß und eine Praxis, die genug einbrachte, um ihre bescheidenen Ansprüche zu befriedigen.

Dann richtete sie sich auf und straffte die Schultern. In Portland war Sean – sie hatte ihn mit eigenen Augen dort gesehen – und damit war alles entschieden.

»Sie sind bezaubernd«, sagte Mr. Royce spontan. Er war selbst ein gutaussehender Mann von mittlerer Größe und Gewicht. Haar- und Augenfarbe hatten denselben schimmernden Braunton. Banner schätzte ihn um die Dreißig. Seine elegante Kleidung bewies, daß er wohlhabend sein mußte, wenn nicht sogar reich. »Was hat Sie dazu veranlaßt, Ärztin zu werden?«

Banner war zu müde und entnervt, um auf Einzelheiten einzugehen. Sie war hier, um die Praxis eines anderen Arztes zu übernehmen, der sich von einer Verletzung erholte, und nicht, um vor einem Mann, den sie kaum kannte, ihre Seele bloßzulegen.

»Sie haben meine Qualifikationen gesehen, Mr. Royce«, entgegnete sie kühl. »Ich habe Ihnen Empfehlungsschreiben und mein Diplom gezeigt. Wie ich daran gekommen bin, dürfte meiner Ansicht nach keine Bedeutung für Sie haben.«

Royce lächelte, und seine Stimme klang rauh und doch weich, als er weitersprach.

»Dieses zimtfarbene Haar und diese schönen grünen Augen – wieso hat Sie bisher noch niemand geheiratet, Miss O'Brien?«

»*Doktor O'Brien*«, berichtigte Banner. Ein leiser, aber beständiger Schmerz pochte hinter ihren Schläfen. Ein Mann *hatte* sie geheiratet und es bitter bereut. Aber das ging Temple Royce nichts an.

Er nickte zustimmend. »Doktor O'Brien, meinetwegen. Wie alt sind Sie?«

Banner seufzte. »Sechsundzwanzig. Und Sie?«

Royce lachte, obwohl eine Spur von Ärger in seinem Blick erschien. »Sie sind recht dreist. Dr. O'Brien«, bemerkte er. »Und um Ihre Frage zu beantworten – ich bin zweiunddreißig.«

»Wie ist es zu Dr. Hendersons Verletzung gekommen?« fragte Banner. Dr. Henderson war der Arzt, dessen Praxis sie für eine Zeitlang übernehmen sollte.

»Es geschah während einer Konsultation mit Ihrem Konkurrenten, Dr. O'Brien. Der arme Stewart Henderson hat es gewagt, eine gegenteilige Ansicht zu äußern, worauf Dr. Corbin recht aggressiv reagierte.«

»Sie wollen doch nicht etwa sagen...«

»O doch! Adam Corbin ist ein gewalttätiger, verbohrter Mensch, und jene, die anderer Meinung sind als er, gehen ein beachtliches Risiko ein.«

Es schauderte Banner. Sie war entsetzt, daß ein Arzt sich so verhalten sollte, doch sie sagte nichts.

»Ich bin überzeugt, daß Adam Corbin Sie aufsuchen wird, sobald er erfährt, daß Sie Stewarts Praxis übernommen haben. Falls Sie lieber nicht allein sein möchten...«

Banner spürte, wie ihr das Blut in die Wangen stieg. Sie fürchtete sich vor keinem Mann, Sean Malloy ausgenommen, und sie hatte nicht die Absicht, sich wie ein verschrecktes Küken unter Mr. Royces Fittiche zu begeben. »Ich bleibe in Dr. Hendersons Haus«, erwiderte sie kühl. »Wie wir es vereinbart haben.«

»Wie Sie wünschen.« Royce zuckte die Schultern.

Sie hatten Water Street mittlerweile hinter sich gelassen, sah Banner. Im dichten Schneegestöber erkannte sie jetzt einen Kolonialwarenladen, eine Bank und ein imposantes Backsteingebäude.

Um einer weiteren Unterhaltung aus dem Weg zu gehen, hüllte sie sich in ihr Cape und schloß die Augen.

Es war eine übereilte, tollkühne Entscheidung gewesen, auf Royces Behauptung hin, seine Stadt brauche einen Arzt, eine derart weite Reise anzutreten. Aber Banners Verzweiflung hatte ihr keine andere Wahl gelassen, denn knapp zwei Stunden bevor Royce ihre kleine Praxis betreten hatte, war ihr bei einem Patientenbesuch am Hafen Sean begegnet.

Das Angebot, eine Praxis in Port Hastings zu übernehmen, war Banner in jenem Augenblick wie eine Gottesgabe erschienen.

Dr. Hendersons Haus, das im Moment leerstand, weil er bis zu seiner Genesung bei seiner Schwester lebte, war ein robustes Backsteingebäude. Es lag in einem blühenden kleinen Garten und war von einem schmiedeeisernen Zaun umgeben.

In einem der Fenster brannte Licht, und Rauch kräuselte sich aus dem Schornstein. Der Geruch erweckte ein behagliches Gefühl in Banner, genau wie das freundliche Lächeln der jungen Indianerin, die sie an der Tür empfing.

»Wo ist der Mann?« wollte sie wissen und schaute an Banner und Mr. Royce vorbei auf den Kutscher, der das Gepäck ausräumte.

An solche Fragen gewöhnt, lächelte Banner nur und trat an der Frau vorbei ins Haus. Es war zwar nur karg möbliert, doch das Wenige blitzte vor Sauberkeit. Neben dem Kamin im Wohnzimmer stand ein Tablett mit Tee.

»Ich habe keinen Mann«, antwortete Banner, während sie Umhang und Hut ablegte und die Handschuhe auszog. »Ich bin Dr. Banner O'Brien. Wie heißen Sie?«

Die Indianerin starrte Banner mit großen Augen an, bevor sie antwortete, sie werde Jenny Lind genannt.

Nun war es Banner, die ein verblüfftes Gesicht machte. »Jenny Lind?« wiederholte sie ungläubig.

Royce lachte. »Jennys richtiger Name ist unaussprechbar, deshalb haben wir ihr einen gegeben, den jeder versteht.«

Banner nickte stumm und schenkte sich von dem Tee ein, den die Namensschwester der weltbekannten Sängerin zubereitet hatte. Es ist traurig, dachte Banner, daß der weiße Mann den Indianern nicht nur ihr Land, sondern auch ihre Namen genommen hat.

Royce warf Jenny einen argwöhnischen Blick zu. »Was machst du überhaupt hier? Das ist kein . . .«

Jenny trat näher zu Banner, als spürte sie deren mitleidigen Gedanken. »Haus war sehr schmutzig«, sagte sie leise.

Royce verzichtete auf eine Entgegnung, was ihm sichtbar schwerfiel, und verabschiedete sich kurz darauf.

Jenny schien erleichtert, und Banner gähnte und streckte sich in einem bequemen Sessel aus, um ihren Tee zu trinken und das Kaminfeuer zu genießen. Sie war völlig übermüdet, und der Schock über Seans Erscheinen steckte ihr noch immer in den Knochen.

Jenny trat hinter sie und strich über Banners Haar. »Dr. Feuerhaar«, murmelte sie bewundernd.

Banner lebte schon fast ein Jahr im Westen und glaubte, die Indianer inzwischen recht gut zu verstehen. Sie hatten keinerlei Hemmungen, andere Menschen zu berühren, und es war ganz normal für sie, ein Haus zu betreten, ohne vorher anzuklopfen. Im Gegensatz zu den meisten anderen Leuten störte es Banner nicht.

»Arbeitest du für Dr. Henderson?«

Das Mädchen schrak zurück, als habe es sich an Banners kupferrotem Haar verbrannt. Pures Entsetzen flackerte in ihren braunen Augen auf, und sie schüttelte so heftig den Kopf, daß ihr schwarzes, hüftlanges Haar in Bewegung geriet. »Nein!« antwortete sie heftig.

Banner schwieg und schaute das Mädchen nur fragend an.

»Dr. Adam mir gesagt, saubermachen. Sauberes Haus gut.«

Banner erschrak. »Dr. Adam?«

Jennys schönes Haar glänzte im Schein des Feuers, als sie nickte.

»Ist das der Mann, der Dr. Henderson verwundet hat?«

Jenny senkte den Kopf und preßte die Lippen zusammen. »Ja«, gab sie dann zu. »Aber . . .«

Im gleichen Augenblick drang ein kalter Luftzug in den Raum und ließ das kleine Feuer im Kamin aufflackern. Die Anwesenheit einer dritten Person war spürbar, und als Banner sich umschaute, entdeckte sie einen großen, dunkelhaarigen Mann um die Dreißig, dessen blaue Augen Jenny lächelnd betrachteten.

»Du hast es versprochen«, sagte er gedehnt und verschränkte die Arme vor der Brust.

Jennys braune Wangen glühten vor Verlegenheit. »Es tut mir leid, Adam«, erwiderte sie in perfektem, akzentfreiem Englisch.

Der Mann richtete seinen Blick auf Banner, musterte sie prüfend und schaute ihr dann in die Augen. »Sie hat Ihnen die Rolle der unwissenden Wilden vorgespielt, was?«

Banner war so entrüstet über sein Eindringen, daß sie kein Wort hervorbrachte.

Das schien den großen Mann nicht zu stören. Er lächelte und machte eine knappe Verbeugung. »Dr. Adam Corbin.«

Banner stand auf. Sie wußte, daß ihre Antwort diesen Mann schockieren würde. »Dr. Banner O'Brien«, sagte sie mit einem kurzen Nicken und wartete gespannt auf seine Reaktion.

Sie wurde nicht enttäuscht. Der gutaussehende Fremde erblaßte sichtlich. »Was?«

»Sie kamen her, um den neuen Arzt einzuschüchtern, nicht wahr?« entgegnete Banner kühl. »Nur zu, Dr. Corbin – ich stehe Ihnen zur Verfügung.«

Er fuhr sich mit der Hand durch sein widerspenstiges

dunkles Haar und schaute Banner an, als traute er seinen Augen nicht. »Mein Gott – eine Frau! Soll das ein Witz sein?«

Banner straffte die Schultern. »Keineswegs. Ich bin hier, um den Arzt zu vertreten, den Sie so roh behandelt haben – *Doktor*!«

»Roh behandelt?« Es war nicht mehr als ein Flüstern, aber seine nächsten Worte schienen das ganze Haus zu erschüttern. »Wer hat das gesagt? Temple?« fragte er drohend.

Jenny trat zwischen Banner und den Mann. »Verdammt, Adam, beruhige dich doch! Natürlich war es Temple!«

»Was hat er gesagt?« Adam sah Banner prüfend in die Augen. »Ich will alles ganz genau wissen. Jedes Wort! Haben Sie mich verstanden?«

Banner sank in ihren Sessel zurück. Ihr Mut hatte sie verlassen, und ihre Hände zitterten, als sie die Teetasse aufnahm. »Mr. Royce sagte, Sie wären gewalttätig und verbohrt. Und es sei sehr riskant, eine andere Ansicht als Ihre zu vertreten.«

»Aha.«

»Im übrigen ist das mein Haus, im Augenblick jedenfalls«, fuhr Banner entrüstet fort, »und ich wäre Ihnen dankbar, wenn Sie es nicht mehr unangemeldet betreten würden. Ist das klar, Doktor?«

Seine Antwort war ein belustigtes, rauhes Lachen. »Wie Sie wünschen«, erklärte er mit einer weiteren Verbeugung – die irgendwie noch unverschämter wirkte als die erste.

Aber Banner war viel zu müde, um sich auf Streitgespräche mit Leuten wie Dr. Corbin einzulassen. Er sollte verschwinden – und seine beeindruckende Persönlichkeit, seine breiten Schultern und seine intelligenten blauen Augen mitnehmen! »Gute Nacht«, sagte Banner betont.

Doch Adam rührte sich nicht vom Fleck, und erst jetzt fiel Banner auf, daß er keinen Mantel trug, obwohl es draußen schneite. Seine Hosen, das Hemd aus feinem Linnen und die halbzugeknöpfte Weste schmiegten sich in unnachahmlicher Eleganz an seinen kräftigen Körper. Sämtliche Kleidungsstücke waren von bester Qualität, wenn auch leicht zerknittert.

Jenny brach das entstandene Schweigen mit einem nervösen Kichern. »Soll ich Ihnen etwas zu essen machen?« fragte sie.

Banner hatte seit Portland nichts mehr zu sich genommen und daher großen Hunger, aber die Aussicht, mit diesem seltsamen Mann alleinzubleiben, war ihr äußerst unangenehm.

»N-nein«, antwortete sie rasch. »Danke. Ich mache mir später selbst etwas zurecht.«

Adams Blicke richteten sich auf die Indianerin und schienen ihr eine stumme Botschaft zu übermitteln. Jenny drehte sich abrupt um und verschwand ohne ein weiteres Wort im rückwärtigen Teil des Hauses.

»Woher soll ich wissen, daß Sie wirklich Ärztin sind?« fragte Adam kühl.

»Sie werden mir wohl vertrauen müssen«, erwiderte Banner.

Dr. Corbin neigte seinen beeindruckend schönen Kopf. »O nein«, entgegnete er ernst. »Henderson hat schon genug Schaden angerichtet. Ich denke nicht daran, einen weiteren Quacksalber auf die Leute dieser Stadt loszulassen.«

Banner war beleidigt, und das Pochen in ihren Schläfen

war fast so heftig wie das aufgeregte Klopfen ihres Herzens. »Sie sprechen mit einer Arroganz, Doktor, als benötigte ich Ihre Erlaubnis, um zu praktizieren«, sagte sie kalt.

Ein humorloses Lächeln erschien auf seinem Gesicht. »Vielleicht brauchen Sie die ja auch.«

Banner sprang empört auf und taumelte sekundenlang, weil ihr hungriger, erschöpfter Körper gegen die abrupte Bewegung protestierte.

Adam Corbin umfaßte stützend ihre Schultern, und Banner verspürte ein erschreckendes, unerklärliches Prickeln auf ihrer Haut. »Setzen Sie sich!« sagte er und drückte sie in den Sessel zurück.

Banner war den Tränen nahe und glaubte, den Druck von Adams Händen noch zu spüren, obwohl er sie längst fortgenommen hatte. »Ich bin kein Quacksalber«, sagte sie. »Ich habe bei Dr. Emily Blackwill in der New York Infirmary studiert.«

Adam war vor ihr in die Hocke gegangen. Seine Hände ruhten auf den Sessellehnen, und Banner wagte nicht, sich zu rühren. »Dr. Blackwell«, wiederholte er nachdenklich. »Das ist eine gute Empfehlung. Sehr gut sogar.«

»Ja.« Mehr brachte Banner nicht über die Lippen. Wie hypnotisiert starrte sie auf das weiche schwarze Haar, das sich unter Adams offenem Hemdkragen kräuselte.

»Ich würde trotzdem gern Ihr Diplom sehen.«

Banner setzte zu einer beleidigenden Antwort an, aber dann sagte sie nur: »Sie sind unerträglich.«

»Ja«, gab er lächelnd zu. »Das Diplom, bitte.«

Fast hätte sie ihn zu ihrem Arztkoffer geschickt, der auf dem restlichen Gepäck stand, aber sie hielt sich gerade noch rechtzeitig zurück. Es befanden sich noch andere Papiere darin, die weder dieser Mann noch sonst jemand sehen sollte. »Sie werden schon aufstehen müssen, Sir, wenn Sie erwarten, daß ich Ihren Wunsch erfülle.«

Adam richtete sich auf und bedeutete Banner mit einer Handbewegung, es ihm nachzutun.

Mit soviel Würde, wie sie noch aufbringen konnte, holte Banner ihre Papiere und reichte sie Dr. Corbin.

Er las sie mit ausdrucksloser Miene, musterte Banner prüfend und las die Papiere noch einmal. »Banner könnte ein Männername sein«, meinte er dann sinnend. »Sie könnten die Papiere gestohlen haben – Ihrem Vater, Ihrem Bruder ... oder Ihrem Mann.«

Banner errötete. »Das ist eine unverschämte Unterstellung! Ich habe sie mir *verdient*, und das war nicht leicht, wenn man bedenkt, mit wie vielen arroganten Narren ich mich auseinandersetzen mußte!«

Obwohl Adams Lippen fest zusammengepreßt waren, erschien ein belustigtes Funkeln in seinen Augen. »Bezeichnen Sie mich als arroganten Narren, Miss ... Dr. O'Brien?«

»Ja.«

Diesmal lachte er ganz offen, um dann fortzufahren, als hätte Banner nichts gesagt: »Morgen nehme ich Sie zu meinen Visiten mit, dann werden wir schon sehen, ob Sie Ärztin sind oder nicht.«

Heiße Röte stieg Banner ins Gesicht, aber sie wußte, daß sie sich nicht weigern konnte, ihn zu begleiten, weil er sonst nie aufhören würde, sie zu belästigen. Das Beste war, ihn von Anfang an von ihren Kenntnissen zu überzeugen. »Ich werde bereit sein«, erklärte sie.

»Gut. Ich hole Sie um Punkt sieben Uhr ab.«

»Um sieben«, bestätigte Banner.

Sichtbar zufrieden – für den Moment jedenfalls – verließ Adam Corbin das Haus. Und obwohl Banner froh war, allein zu sein, kam es ihr ohne ihn ganz merkwürdig leer vor.

Sie zerbrach sich noch immer den Kopf über dieses seltsame Gefühl, als Jenny zurückkam, um das Teegeschirr abzuräumen.

»Es gibt nur einen Adam«, bemerkte sie mit aufreizend verständnisvollem Lächeln.

»Gott sei Dank!« versetzte Banner.

Jenny wirkte gekränkt. »Sie irren sich, Dr. O'Brien«, sagte sie kühl. »Ihr Essen steht in der Küche.« Damit ging sie hinaus, und Banner blieb nichts anderes übrig, als ihr zu folgen.

In der Küche begann sie, heißhungrig die Graupensuppe zu essen. Sie schmeckte köstlich, genau wie das Brot und alles andere, was Jenny zubereitet hatte.

»Sie mögen Dr. Corbin sehr, nicht wahr?« fragte Banner, als ihr schlimmster Hunger gestillt war.

Jenny drehte sich um. »Er ist ein guter Mensch«, entgegnete sie ernst. »Zu gut vielleicht.«

»Gut? Wie können Sie sagen, er sei gut, Jenny, wenn er . . .«

»Wenn er Mr. Henderson das Kinn zerschmettert hat?« schloß Jenny, und eine leise Röte stieg in ihre Wangen.

Banner wurde blaß. »Du lieber Himmel! Er hat dem armen Mann das Kinn zerschlagen?«

Jenny nahm ein rotkariertes Küchentuch in die Hand und warf es dann wieder auf den Tisch. »Ja!«

»Warum?« erkundigte sich Banner betroffen.

Jenny schob trotzig die Unterlippe vor. »Adam hat Dr. Henderson bei einer Operation in Water Street erwischt«, antwortete sie ruhig. »Stewart gab der Patientin Opium statt Äther, und die Frau wachte auf, bevor die Operation vorbei war.«

Banner wurde von einer solchen Übelkeit erfaßt, daß sie die Augen schloß. »Um Gottes willen . . .«

»Die Frau schrie vor Schmerzen, bis sie starb«, schloß Jenny.

Banner schauerte vor Entsetzen und umklammerte die Tischplatte, bis sie sich ein bißchen erholt hatte. Sie konnte gut verstehen, welchen Zorn eine solche Situation in einem verantwortungsbewußten Arzt auslösen mußte.

Jenny ging auf die Küchentür zu. »Ich zeige Ihnen jetzt Ihr Zimmer«, sagte sie. »Kommen Sie!«

»Es tut mir leid, daß ich Sie gestern nacht geweckt habe, Jenny«, sagte Banner beim Frühstück. Ein schrecklicher Alptraum hatte sie gequält, in dem eine Frau verblutete und vor Schmerzen schrie, und aus der Frau war schließlich Banner selbst geworden, und Adam, der in ihrem Traum mit wutverzerrtem Gesicht vor dem Bett stand, hatte sich in Sean verwandelt. Banners entsetzter Aufschrei hatte Jenny herbeigerufen.

Jenny musterte Banner sinnend. »Haben Sie oft Alpträume?«

Nur einen, dachte Banner. »Ich war sehr müde«, sagte sie.

»Wer ist Sean?« beharrte Jenny.

Ein lautes Klopfen an der Haustür ersparte Banner eine Antwort. Dr. Adam Corbin war nicht nur pünktlich, sondern anscheinend auch recht ungeduldig.

»O'Brien!« schrie er von draußen, als Banner durch die Halle ging, um ihn einzulassen.

Er stand auf der Veranda, und seine blauen Augen blitzten vor unterdrücktem Zorn. Heute sah er eher wie ein Mitglied des englischen Adels aus als wie ein Landarzt auf dem Weg zu seinen Visiten: seine Hosen waren aus einem weichen, rehfarbenen Material gearbeitet, das sich eng an seine muskulösen Oberschenkel schmiegte und dann im Schaft von hohen schwarzen Reitstiefeln verschwand. Über dem taillierten weißen Hemd trug er einen Mantel aus feinstem Tweed.

Im hellen Tageslicht sah Banner, daß sein Haar gar nicht richtig schwarz war, sondern von einem sehr dunklen Braun, das mit helleren, kastanienfarbenen Strähnen durchsetzt war.

»Was ist, O'Brien?« fragte er ungehalten.

Banner errötete, als ihr bewußt wurde, wie sie ihn anstarrte, und zwang sich zu einem Lächeln. »Nichts, Dr. Corbin. Was soll schon sein?«

»Worauf warten wir dann noch?«

Banner hatte ihren wärmsten Umhang und ihren Arztkoffer bereitgelegt, und drehte sich nun so hastig um, um beides zu holen, daß sich ihr rechter Schuh im Rocksaum verfing und sie fast gefallen wäre.

Adams Züge schienen weicher, als sie sich danach zu ihm umdrehte, und ein schwaches Lächeln spielte um seinen Mund.

»Ich bin fertig«, sagte sie, um das Schweigen zu brechen.

»Ihre Augen haben die Farbe von Klee«, erwiderte er gedankenverloren.

Banner beschloß, die Bemerkung zu ignorieren. »Gehen wir?«

Adam lachte und deutete auf die zweisitzige Kutsche, die vor dem Haus stand. »Nach ihnen«, sagte er.

Es war Banners erste Gelegenheit, sich Port Hastings anzuschauen, und sie war froh, daß ihre Neugierde die merkwürdigen Gefühle verdrängte, die die Gegenwart dieses Mannes in ihr auslösten.

Sie stieg munter in den kleinen Wagen und spähte durch das Schneegestöber, während Adam einstieg und die Zügel nahm.

»Wird diese Stadt wirklich Klein Sodom und Gomorrha genannt?« erkundigte sie sich neugierig.

Adam lachte. »Das und vieles andere mehr. Sodom und Gomorrha bezieht sich eigentlich nur auf Water Street.«

Banner dachte an die Frau, die dort durch Stewart Henderson gestorben war, und ihre heitere Stimmung ließ erheblich nach.

Um sich abzulenken, zeichnete sie in Gedanken eine Landkarte und trug Port Hastings an der Meerenge von Juan de Fuca ein, des Kanals, der Puget Sound vom Pazifik trennte. Es war anzunehmen, daß hier Schiffe aller Nationalitäten anlegten, um die Steuern für ihre Fracht zu entrichten.

Die Straßen im Stadtzentrum waren mit hölzernen Bürgersteigen versehen. Auf den Laternen türmte sich hoch der Schnee. Hausfrauen, Arbeiter, Seeleute, Indianer und Chinesen bevölkerten die schmalen Straßen.

Die Geschäftsauslagen waren schon für das bevorstehende Weihnachtsfest geschmückt, und vor fast jeder Tür hing ein Kranz aus Stechpalmenblättern und bunten Schleifen.

Banner war entzückt von der fieberhaften Geschäftigkeit der Stadt. Es war ganz offensichtlich, daß Port Hastings danach strebte, sich zu vergrößern.

Sie bogen um eine Ecke. Kurz darauf zog Adam die Zügel und befestigte die Bremse. »Ich komme gleich zurück«, sagte er.

Banner betrachtete mißtrauisch die beschlagenen Scheiben von Wung Los Wäscherei und Teeküche. Adam hatte versprochen, sie auf seine Visiten mitzunehmen. Hatte er jetzt etwa vor, sie draußen im Wagen sitzenzulassen, während er seine Patienten besuchte?

Er schien ihre Gedanken zu erraten und schüttelte lachend den Kopf, als er aus dem Wagen stieg.

»Ich hole nur meine Hemden ab, Kleeblatt«, versicherte er.

Banner kam sich ziemlich dumm vor und blieb steif sitzen, bis Adam mit einem Paket zurückkam, das er hinter dem Sitz verstaute. Der Wagen neigte sich zur Seite, als er einstieg. Er rückte ein wenig näher an sie heran als vorher, und Banner erschauerte unwillkürlich, als sie seinen kräftigen Schenkel an ihrem Bein spürte.

Adam schaute sie mit hochgezogenen Brauen an, aber der schwache Duft seiner Kleider nach Schnee und Seife löste noch mehr Unbehagen in Banner aus als sein fragender Blick.

»Kalt?« fragte er.

»Nein.«

Adam schien ihr nicht zu glauben. Sein amüsiertes Lächeln weckte den Wunsch in ihr, die Fäuste zu ballen und gegen seine Brust zu schlagen. »Ich hätte eine Decke mitbringen sollen«, meinte er.

Die Vorstellung, unter einer Decke mit diesem Mann zu sitzen, machte sie noch nervöser. »Ihre Patienten warten«, sagte Banner steif.

Wieder lachte er aufreizend und trieb das Pferd zum Weitergehen an. Der Wind pfiff durch Banners Umhang und Kleid, aber um nichts auf der Welt wäre sie bereit gewesen, es zuzugeben.

Ihr erster Besuch war Routinesache. Es handelte sich um einen Mann, der von einem Gerüst gefallen war und sich einen Knöchel gebrochen hatte. Der Patient begrüßte

Adam freundlich und musterte Banner mit unverhohlener Neugier.

Die zweite Visite war schon ernüchternder. Über eine steile, glitschige Außentreppe erreichten sie eine bescheidene Wohnung, in der auf einem schmalen Bett zwischen Herd und Wand eine stöhnende Frau lag. Zwei kleine Jungen in schäbigen Kniebundhosen und losen Hemden kauerten mit großen, ängstlichen Augen am Fußende des Lagers.

Adam strich beiden über das Haar und zog zwei Pfefferminzstangen aus der Manteltasche. »Ich hatte noch keine Zeit, sie zu essen«, sagte er mit derart ernster Miene, daß Banners Herz zu flattern begann wie ein aufgeregter Vogel. »Wollt ihr mir nicht dabei helfen?«

Die Kinder waren sofort bereit dazu und zogen sich in eine Ecke des Zimmers zurück, wo sie flüsternd die Länge ihrer Pfefferminzstangen verglichen.

Banner richtete den Blick auf die Frau im Bett. Sie war so dünn, daß ihre Hüftknochen deutlich unter der Decke hervortraten. Ihre Augen lagen tief in den Höhlen und waren von dunklen Rändern umgeben. Das braune Haar war glanzlos und verfilzt.

»Hildie, das ist Dr. O'Brien«, stellte Adam sie sanft vor. »Wärst du bereit, dich von ihr untersuchen zu lassen?«

Hildies schmerzgepeinigter Blick ruhte auf der gesunden, hübschen Frau, die neben Adam stand. »Wenn Sie hinausgehen, Dr. Corbin«, sagte sie leise. »Mein Fitz will nicht . . .«

Adam hob ergeben die Hand. »Ich weiß«, unterbrach er sie. »Er will nicht, daß ein anderer Mann dich ohne Kleider sieht.«

»Es ist unanständig«, murmelte Hildie.

Adam seufzte leise, aber so ungeduldig, daß Banner

überrascht aufschaute. Sie hatte die ganze Zeit versucht, den Geruch zu analysieren, der in diesem Zimmer hing und die Kochdünste, den Tabakgeruch und den Gestank eines unausgeleerten Nachttopfes noch übertraf.

»Ich gehe mit den Jungen nach unten«, sagte Adam.

Hildie richtete sich halb auf. »Kaufen Sie ihnen nichts, Doktor. Machen Sie es nicht wie das letzte Mal.«

Adams Kinn verhärtete sich, aber er erwiderte nichts und winkte den Jungen nur auffordernd zu, mit ihm hinauszugehen.

Dann war Hildie mit der jungen Ärztin allein, und Banner erkannte nun endlich, was der strenge Geruch in diesem Raum zu bedeuten hatte.

»Machen Sie bitte Ihre Brust frei«, forderte sie und verbarg ihre Verzweiflung hinter einem aufmunternden Lächeln.

Hildie gehorchte zögernd. »Wie sind Sie Arzt geworden?« erkundigte sie sich verwundert.

»Es war nicht leicht«, antwortete Banner beherrscht, obwohl ihr die Galle in die Kehle stieg. Hildies rechte Brust war von einer unheilbaren Krankheit zerfressen.

»Meine Ma hatte es im Bein«, gestand Hildie mit zitternder Stimme, die ihre Angst verriet. »Sie wurde blind, meine Ma. Und dann ist sie gestorben.«

Banner schloß einen Moment die Augen und sehnte sich nach der kalten frischen Luft draußen. Aber sie nahm sich zusammen und reinigte die infizierte Brust mit einer Alkohollösung. Dann gab sie Hildie eine ansehnliche Dosis Laudanum.

Als das erledigt war, goß Banner aus einem Kessel, der auf dem Herd stand, Wasser über ihre Hände und schrubbte sie mit der Kernseife, die sie immer bei sich trug.

Danach ging sie zur Tür, öffnete sie und atmete gierig die frische Luft ein.

Adam wartete unten an der Treppe. In seinem Blick las Banner den gleichen hilflosen Schmerz, den sie fühlte.

Sie trafen sich auf der Treppenmitte, aber Banner konnte nichts sagen. Sie hielt sich die Hand vor den Mund, würgte und rannte die restlichen Stufen hinunter, um sich zu übergeben.

Adam hielt ein weißes Taschentuch bereit, als ihre Übelkeit nachließ. »Krebs?« fragte er in schulmeisterhaftem Ton.

Banner schüttelte den Kopf und reinigte ihren Mund mit einer Handvoll frischem Schnee. Erst dann antwortete sie. »Diabetis«, und es klang fast wie ein Schluchzen. »Ihre Brust – der Wundbrand hat sie völlig zerstört . . .«

Respekt vermischte sich mit dem Mitleid in Adams blauen Augen. »Ich weiß.«

»Woher?« krächzte Banner. »Woher können Sie das wissen, wenn sie sich nicht von Ihnen untersuchen läßt?«

»Der Geruch.«

Banner nickte abwesend. »Sie muß ins Krankenhaus.«

»Ja.« Adam schaute zum schneeverhangenen Himmel auf. »Aber . . .«

»Aber ihr Fitz erlaubt es nicht. Ist es das?«

»Genau. Er ist überzeugt, daß ich Hildie nur in die Klinik bringen will, um meine Gelüste an ihr zu befriedigen.«

Banners Empörung war so groß, daß sie glaubte, daran ersticken zu müssen. In Portland hatte sie einiges an Ignoranz erlebt, aber das hier war kaum noch zu überbieten. »Sie wird sterben.«

»Ich weiß.«

»Und sie muß wahnsinnige Schmerzen haben.«

Adam nickte nur, doch die starre Haltung seiner Schultern und seine fest zusammengepreßten Lippen verrieten, wie hilflos er sich fühlte.

Und da liefen Hildies Jungen lachend um die Ecke, bewarfen sich mit Schneebällen und schienen für einen Moment die triste Atmosphäre in ihrem Heim vergessen zu haben.

»Was wird aus den beiden werden?« flüsterte Banner.

Adam seufzte. »Das weiß der liebe Gott. Im Moment ist Hildie meine größte Sorge. Ich werde heute abend noch einmal mit Fitz sprechen und versuchen, ihn zu überreden, sie in meine Klinik zu bringen.«

Banner hatte nicht einmal zu träumen gewagt, daß es ein Krankenhaus in Port Hastings gab.

Adam lächelte. Wieder schien er ihre Gedanken erraten zu haben. »Möchten Sie meine Klinik sehen, O'Brien?«

»*Ihre* Klinik?«

Er nickte. »Da ich sie selber führe, neige ich dazu, sie als meine Klinik zu betrachten.«

»Ganz allein?« fragte Banner fassungslos.

Adams sah sie lange an. »Eine andere Wahl hatte ich leider nicht« entgegnete er. »Henderson ist der einzige andere Arzt im Umkreis von fünfundzwanzig Meilen, und diesen Schlächter würde ich nicht einmal an meine Pferde heranlassen, geschweige denn an meine Patienten. So, und jetzt gehe ich Ihren Arztkoffer und Ihren Umhang holen.«

Damit ließ er Banner stehen und ging in Hildies Wohnung zurück. Einer der kleinen Jungen näherte sich Banner und knabberte hingebungsvoll an dem Streifen Trockenfleisch, das Adam für die Kinder gekauft hatte. »Sie haben ja richtig rotes Haar, Miss!« staunte er.

Bevor Banner etwas erwidern konnte, erschien Adam mit ihren Sachen.

2

Es war ein steiler Weg von Port Hastings zu Adams Klinik – so steil, daß Banner mehrmals vor Angst den Atem anhielt. Um sich davon abzulenken, betrachtete sie die Häuser, an denen sie vorbeifuhren.

Es waren imposante Villen mit gepflegten Gärten und hohen Zäunen. Auf der Hügelkuppe erhob sich ein elegantes, zweistöckiges Haus mit mehreren Schornsteinen und Dutzenden von Fenstern. Eine Seite des Hauses war ganz mit Efeu bewachsen, an der anderen zog sich ein langgestreckter einstöckiger Anbau hin.

»Das ist Ihre Klinik?« fragte Banner verblüfft, als Adam das Pferd auf das Kopfsteinpflaster der Einfahrt lenkte.

»Es ist mein Haus«, erwiderte er. »Oder besser gesagt, das Haus meiner Mutter. Im rechten Flügel sind die Klinik, meine Praxis und all das.«

Banner war beeindruckt. »Es ist riesengroß«, sagte sie bewundernd. Ob eine Frau hinter diesen Mauern lebte – eine Frau, die Adams Ring am Finger trug? Darüber hatte sie vorher nicht nachgedacht, und jetzt empfand sie den Gedanken als ausgesprochen störend. »Sie haben sicher viele Kinder«, vermutete sie.

Adam lachte kurz, zog die Zügel und ließ das Pferd vor einer Steinveranda halten, die zu mehreren massiven Türen mit Bronzegriffen führte. »Nichts wäre mir lieber«, antwortete er. »Aber der Anstand verlangt, daß ich mir vorher eine Frau suche.«

Die Erleichterung, die Banner überfiel, war so groß, daß ihr der Atem stockte und sie errötete. »Ist Ihnen der Anstand so wichtig, Doktor?«

»Im allgemeinen nicht«, entgegnete Adam schmunzelnd. »In mancher Hinsicht bin ich sogar ein ziemlicher Draufgänger, könnte man sagen. Aber sobald es sich um Kinder handelt, neige ich eher zu konventionelleren Ideen.«

Banner verspürte ein leises Flattern in ihrem Bauch, als bereitete er sich darauf vor, Adams Kinder zu tragen und zu nähren. Aus Ärger über diese Gedankengänge biß sie sich auf die Lippen und straffte die schmalen Schultern. »Es ist kalt«, sagte sie steif.

Es war eine so offensichtliche Lüge, daß Banner mit Adams Protest rechnete. Denn trotz des kalten Wetters war es angenehm warm unter dem Lederdach des Zweisitzers. Und Adams Gesicht war dem ihrem plötzlich so nahe, daß sie einen wilden Augenblick lang sicher war, er würde sie küssen . . .

Bevor es jedoch dazu kommen konnte, sprang eine der Türen auf, und ein hübsches junges Mädchen erschien auf der Schwelle. Es hatte große blaue Augen und ebenso dunkles Haar wie Adam. Im rechten Arm hielt es den größten Weihnachtskranz, den Banner je gesehen hatte.

»Adam!« rief das schöne Wesen begeistert, hüpfte graziös über die schneebedeckten Stufen und eilte auf den Wagen zu.

Adam wandte sich von Banner ab und stieg aus, um das Mädchen zu umarmen. Er zog es stürmisch an sich, schwenkte es herum und küßte es auf beide Wangen.

Banner war zum erstenmal in ihrem Leben eifersüchtig, doch sie bemühte sich, ein geduldiges Lächeln aufzusetzen. Schließlich war es ja nicht so, als hätte sie einen Anspruch auf die Aufmerksamkeit dieses Mannes, und obwohl er behauptet hatte, nicht verheiratet zu sein, hatte er *nicht* gesagt, daß es keine Frau in seinem Leben gab . . .

Als Adam das entzückende junge Mädchen endlich aus seinen Armen entließ, betrachtete es Banner neugierig, doch ohne Ablehnung. »Wer ist das?« fragte es neugierig.

Adam machte eine angedeutete Verbeugung. »Melissa, ich möchte dir Dr. Banner O'Brien vorstellen. O'Brien – das ist meine Schwester Melissa.«

Banner war so froh, daß sie das Mädchen am liebsten umarmt hätte. »Hallo«, grüßte sie freundlich, als Adam ihr aus dem Wagen half.

Melissas vielsagender Blick wanderte von Banner zu ihrem Bruder, und ein unausgesprochenes ›Aha!‹ hing in der Luft.

Adam schaute sie strafend an, bevor er Banners Arm nahm und sie ins Haus führte.

»Wann bist du zurückgekommen?« fragte er Melissa, die den Weihnachtskranz an einen Haken an der Tür hängte.

»Nett, daß du fragst, Adam!« entgegnete Melissa in vorwurfsvollem Ton.

»Du hättest mich am Hafen abholen sollen oder hast du das schon wieder vergessen?«

Adam machte ein übertrieben zerknirschtes Gesicht. »Jetzt bist du ja da«, meinte er. »Ich sehe also nicht, wo das Problem liegt.«

»Natürlich nicht«, entgegnete das Mädchen, das Banner auf etwa siebzehn Jahre schätzte, und rieb seine Hände, als habe der Weihnachtskranz Staub darauf hinterlassen. »Wäre Jeff nicht gekommen, hätte ich zu Fuß gehen müssen.«

»Wie schrecklich!« neckte Adam seine Schwester und berührte flüchtig Banners Hand, die auf seinem Arm ruhte.

Die Geste war Melissa nicht entgangen, und nun musterte sie Banner prüfend. »Sind Sie wirklich Ärztin?« wollte sie wissen.

Adam zwinkerte Banner zu, als er sie durch die Eingangshalle führte. »Ja«, antwortete er in einem Ton, bei dem seiner Kollegin fast der Atem stockte. »Kleeblatt ist wirklich Ärztin.«

Er schien sie akzeptiert zu haben. Banner jubelte innerlich vor Freude. »Können wir uns jetzt die Klinik ansehen?«

Adam geleitete sie durch einen imposanten Speisesaal mit mahagoniverkleideten Wänden, Kristallüstern und einem Kamin, in dem ein Feuer angenehme Wärme verbreitete. Die schlichten Möbel aus massivem Holz zeugten von Geschmack und gediegenem Wohlstand.

»Bevor Papa das Haus bauen ließ, lebten er und Mama in einer Hütte – genau hier.« Melissa pochte auf den langen, auf Hochglanz polierten Tisch. »Papa sagte oft, meine Brüder seien an der gleichen Stelle zur Welt gekommen, an der Maggie heute das Essen serviert.«

Adam warf seiner kleinen Schwester einen strengen Blick zu. »Apropos Maggie – könntest du ihr bitte ausrichten, daß Dr. O'Brien und ich gern etwas essen würden, wenn wir aus der Klinik zurückkommen?«

Melissa war anzusehen, daß sie viel lieber mitgegangen wäre, aber sie nickte verständnisvoll und verschwand durch eine der Türen.

Adam führte Banner auf einen überdachten Glasgang hinaus, der in einen Saal mit acht leeren, ordentlich gemachten Betten und einem großen gußeisernen Ofen führte.

»Unser Krankenhaus«, erklärte Adam stolz. »Im allgemeinen haben wir mindestens ein halbes Dutzend Patienten hier. . .«

Banner schaute sich um, beeindruckt und auch ein bißchen verwirrt. »Ist es die einzige Station?«

Adam schmunzelte. »Sie fragen sich, ob unsere weiblichen Patienten den Saal mit den Männern teilen müssen?« erriet er ganz richtig.

Banner nickte.

»Natürlich nicht, Kleeblatt!« entgegnete Adam. »Leider kommen jedoch aufgrund der sehr rückständigen Einstellung ihrer Männer und Väter nur wenige Frauen in die Klinik. Aber wenn es dennoch einmal der Fall ist, bringe ich sie in einem Gästezimmer im Haus unter.«

»Das muß doch sehr lästig sein . . .«

»Ach nein. Maggie – das ist unsere Haushälterin – pflegt die Frauen und kommt zu mir, wenn es Probleme gibt.«

Sie gingen weiter und kamen in ein ziemlich überfülltes Büro. Hunderte von Büchern bedeckten alle Wände außer einer, an der eine erstaunliche Anzahl von eingerahmten Urkunden hing. Diesen Schriftstücken nach zu urteilen hatte Adam Corbin in Glasgow studiert, an der namhaften University of Scotland, und später zusätzlich Kurse in Wien, Berlin und Stockholm besucht.

Banner, die an ihre vier Jahre Studium in New York Infirmary dachte, war sehr beeindruckt. Kein Wunder, daß Adam so mißtrauisch gewesen war, was ihre Ausbildung betraf . . .

Adam öffnete die Tür zu einem etwas größeren Raum, der anscheinend als Wartezimmer diente. Dort saß ein Mädchen in Melissas Alter und tippte auf einer Schreibmaschine. Es hatte krauses dunkelblondes Haar und braune Augen, die nun vorwurfsvoll zu Adam aufschauten. »Hallo«, sagte das Mädchen schroff.

Adam nickte ihr zu. »Francelle, das ist Dr. O'Brien. O'Brien – das ist Miss Francelle Mayhugh.«

»Hallo, Francelle!« Banner lächelte freundlich.

Doch Francelle preßte die Lippen zusammen, beugte sich über ihre Maschine und tippte energisch weiter.

»Wir haben zwei Untersuchungsräume«, erklärte Adam, während er Banner mit sich zog und die Tür hinter ihnen schloß.

Banner fühlte sich auf einmal unbehaglich. »Ich glaube, Francelle mag mich nicht«, sagte sie.

Adam kam näher. So nahe, daß Banner seinen warmen Atem auf ihrer kleinen Nase spürte. »Wen interessiert das schon?« murmelte er.

Banner zitterte innerlich, und ihr Herzschlag setzte sekundenlang aus, ehe er mit doppelter Geschwindigkeit weiterklopfte. Eine Hitze, die sie zu verbrennen schien, schoß wie eine Welle durch ihren Körper und hinterließ ein süßes Schwächegefühl. Seltsam, auf Seans Nähe hatte sie nie so heftig reagiert. Warum also bei Adam?

Seine Lippen berührten ganz zart ihren Mund. »Kleeblatt . . .« hauchte er.

Banner befahl ihren Händen Adam fortzustoßen, aber sie gehorchten ihr nicht. Sie war dabei, die Kontrolle über sich zu verlieren. Der Druck von Adams Lippen wurde stärker, leidenschaftlicher. Banner spürte seinen muskulösen Schenkel an ihrem Bein und erschauerte vor Entzücken, als er die Hände auf ihre Hüften legte und sie an sich preßte.

Mit einem leichten Seufzer schloß sie die Augen und öffnete die Lippen, obwohl sie selbst nicht begreifen konnte, warum sie es tat. Wie war es möglich, daß Adam eine solche Reaktion in ihr auslöste, wenn sie doch die Küsse ihres eigenen Mannes immer nur als abstoßend und unangenehm empfunden hatte? Wie war so etwas zu erklären?

Ein ganzer Bienenschwarm schien in ihrem Kopf herumzuschwirren, als Adam sich von ihr löste, sie schmunzelnd betrachtete und von neuem küßte. Aber bevor sie seine Zärtlichkeiten erwidern konnte, sprang die Tür zum anliegenden Büro auf.

»So!« bemerkte Francelle kalt. »Soll das eine Untersuchung sein? Dann tut es mir leid, daß ich gestört habe.«

Adam fluchte unterdrückt und drehte sich verärgert zu dem Mädchen um. Banner senkte nur beschämt den Kopf.

»Was willst du?« fragte Adam brüsk.

»Ich wollte bloß fragen, ob du Weihnachten da sein wirst«, antwortete Francelle kühl. »Oder ob du vorhast, wie immer vor der Feier zu verschwinden und zornig wie ein gereizter Stier zurückzukommen.«

»Hätte das nicht warten können?« wandte Adam ungeduldig ein, und Banner sah, wie sich sein Kinn verhärtete und ein Muskel an seinem Hals zuckte.

»Ich hatte nicht damit gerechnet, daß du so ... beschäftigt sein würdest, Adam. Tut mir leid.«

»So? Mach, daß du hinauskommst, Francelle.«

»Selbstverständlich«, entgegnete sie spöttisch und ließ die Tür hinter sich ins Schloß fallen.

Adam fuhr sich mit den Fingern durchs Haar und ließ die Schultern hängen. »Entschuldige, Kleeblatt«, sagte er rauh, ohne Banner dabei anzusehen. »Das hätte ich nicht tun sollen. Francelle wird dafür sorgen, daß dein guter Ruf noch vor heute abend in die Binsen geht.«

Das bezweifelte Banner nicht. Weibliche Ärzte neigten ohnehin dazu, Klatsch heraufzubeschwören – ganz besonders in Kleinstädten. Aber die Küsse bereute sie trotzdem nicht. »Stimmt es, daß du immer Weihnachten verschwindest und dann sehr schlecht gelaunt zurückkommst?« fragte sie, um das Thema zu wechseln.

Adams Augen wurden schmal, und er maß Banner mit einem kalten Blick.

»Ich habe dich nur geküßt, O'Brien«, sagte er. »Aber das bedeutet nicht, daß ich dir Einblicke in meine Seele gestatte.«

Schlimmer hätte er Banner nicht verletzen können, selbst wenn er es bewußt versucht hätte. Sie kam sich plötzlich billig und anmaßend vor und wandte sich unter dem seltsam drohenden Blick in Adams Augen beschämt ab.

Zu ihrem Erstaunen legte er ihr seufzend die Hände auf

die Schultern. »Sieh mich an, Kleeblatt!« forderte er sie leise auf.

Nein, das würde sie ganz bestimmt nicht tun! Ihre Augen brannten vor Tränen, und sie war viel zu stolz, es ihn sehen zu lassen.

Doch Adam legte ihr eine Hand unters Kinn und drehte ihren Kopf sanft zu sich herum. »Es tut mir leid«, entschuldigte er sich, und der gequälte Ausdruck in seinen Augen erleichterte es Banner, ihm ihren eigenen Schmerz zu zeigen.

»Du brauchst dich nicht zu entschuldigen«, flüsterte sie.

»Doch«, beharrte er. »Ich war grob zu dir, und das tut mir leid.«

Banner wußte nicht, was sie erwidern sollte. »Adam ...«

Er legte ihr einen Finger auf die Lippen. »Frag mich nichts«, sagte er schroff, und Banner hatte das Gefühl, als habe sich ein gewaltiger Abgrund zwischen ihnen aufgetan.

Adam ging zur Tür. Dort blieb er stehen und fragte ganz unvermittelt: »Willst du mit mir zusammenarbeiten, O'Brien?«

Banner starrte ihn entgeistert an. Du lieber Himmel, was für ein wechselhafter Mann er war! »Ich ... ich verstehe nicht ...«

Adam zog eine Braue hoch und spreizte in einer ungeduldigen Geste die Hände. »Ich fordere dich auf, meine Praxis zu teilen, O'Brien.«

»Aber ... Dr. Henderson ...«

»Henderson!« schnaubte Adam verächtlich. »Falls du dich um seine Patienten sorgst, keine Angst – er *hat* keine Patienten.«

»Aber Mr. Royce hat doch ausdrücklich gesagt...«

»Mr. Royce ist es völlig gleichgültig, ob du dich um Hendersons Praxis kümmerst oder nicht!« fiel Adam ihr grob ins Wort. »Wie ich ihn kenne, hat er dich gesehen und beschlossen, dich zu umwerben. Eins steht fest, Kleeblatt: er hat dich nur hergebracht, weil er dich anziehend fand, und keineswegs aus dem dringenden Bedürfnis heraus, Port Hastings medizinische Versorgung zu verbessern!« schloß Adam spöttisch.

Banner verspürte eine ganze Palette von Emotionen: Ärger, Verwirrung, Fassungslosigkeit... »Du lügst!« rief sie hart.

»Er sagte, Dr. Hendersons Patienten brauchten mich, sie...«

Adam lächelte Banner vielsagend an. »Zweifellos hat er dir auch gesagt, wie schön du bist, oder?«

Die Wahrheit, die in seinen Worte lag, ließ Banners Zorn verblassen. Temple Royce hatte tatsächlich etwas über ihr Aussehen gesagt, als sie gestern abend den Kai verließen...

»Das dachte ich mir«, beharrte Adam, als er Banners Miene sah. »Sei nicht so naiv, Kleeblatt. Ich biete dir Arbeit an, *richtige* Arbeit. Willst du sie nun – oder nicht?«

Banner war unentschlossen. Die Vorstellung, in dieser geräumigen, gut ausgestatteten Klinik zu arbeiten, war vom beruflichen Standpunkt aus sehr interessant, und sie ahnte, daß sie viel von Adam lernen konnte. Aber woher sollte sie wissen, daß er die Wahrheit sagte? Wie konnte sie sicher sein, daß er nicht genau das plante, was er Temple Royce vorwarf?

»Wo würde ich wohnen?« erkundigte sie sich sachlich.

»Es ist ein großes Haus, O'Brien. Du könntest hier leben.«

Diese Vorstellung war alarmierend. Banner O'Brien war eine Frau mit festen Moralvorstellungen und Prinzipien, aber wie lange würden die anhalten, falls es Adam einfallen sollte, sie auch in Zukunft so zu küssen?

Seans Küsse hatte sie gemieden wie die Pest, und dabei war er ihr Ehemann gewesen! Aber bei Adam war es völlig anders. Seine Zärtlichkeiten weckten eine unglaubliche Sehnsucht in ihr, ein heißes Verlangen nach all jenen Dingen, die sie während ihrer Ehe am meisten gehaßt hatte.

»Ich glaube, das wäre keine gute Idee«, antwortete sie leise.

Adam zuckte die Schultern. »Wie du meinst, O'Brien.« Er ging hinaus, und Banner blieb nichts anderes übrig, als ihm zu folgen.

Als sie das Büro verließ, spürte sie Francelles feindseligen Blick in ihrem Rücken.

Adam eilte mit großen, weitausholenden Schritten zum Haus zurück, und Banner stolperte ihm wütend nach. Verdammter Kerl! dachte sie verärgert.

Als habe er es gehört, drehte er sich um und maß Banner mit einem herausfordernden Blick. »Nun?« fragte er dann lächelnd. »Hast du es dir überlegt?«

»Ja«, warf eine andere männliche Stimme ein. »Hast du es dir überlegt?«

Banner wirbelte herum und stand Melissa und einem großen, gutaussehenden Mann gegenüber, der sie ein bißchen an einen Piraten erinnerte.

Er hatte glänzendes blondes Haar und trug ein Hemd mit bauschigen Ärmeln, das am Hals weit offenstand. Seine lachenden Augen waren vom gleichen tiefen Blau wie Adams, und auch er hatte strahlend weiße Zähne.

»Hallo, Jeff.« Adams Ton klang noch immer mürrisch.

»Das ist ja eine nette Begrüßung nach sechs langen Monaten!« entgegnete Jeff mit gutmütigem Spott. Dann wandte er sich zu Melissa um, die die Szene mit funkelnden Augen verfolgte. »Eine Schande, nicht wahr? Mein eigener Bruder . . .«

Auch Melissa bemühte sich, eine empörte Miene aufzusetzen. »Das überrascht mich nicht, Jeff. Er hat sich nicht einmal die Mühe gemacht, mich am Dampfer abzuholen. Wie wird er Keith und Mama begrüßen? Mit einem Gähnen?«

Adam hob lachend die Hand. »Hört auf, ihr zwei! Sonst glaubt O'Brien noch, ich besäße keinen Familiensinn.«

Jeffs humorvolle blaue Augen richteten sich auf Banner. »*O'Brien*? Typisch für meinen älteren Bruder, von einer schönen Frau zu sprechen, als handele es sich um einen Holzfäller. Nennen Sie mir Ihren Vornamen, meine Schöne, bevor ich vor unbefriedigter Neugier sterbe.«

Adam schnalzte mit der Zunge.

Banner lachte und machte einen angedeuteten Knicks. »Ich heiße Banner.«

Adam kochte innerlich vor Zorn. *Ich heiße Banner,* äffte er sie bei sich nach. Verdammt, nicht einmal er hatte gewagt, sie mit ihrem Vornamen anzureden, und das, nachdem er sie geküßt hatte – und sie bot es Jeff sogleich auf eine Weise an, die nur als kokett bezeichnet werden konnte!

Plötzlich konnte er nicht mehr mit ansehen, wie sie seinen Bruder anschaute – er mußte ihre Aufmerksamkeit auf sich lenken. »Kleeblatt«, sagte er brüsk, »sollen wir jetzt essen? Wir haben unsere Visiten noch nicht beendet und . . .«

Jeff grinste seinen Bruder vielsagend an und unterbrach

ihn, indem er Banners Hand nahm und sie mit einer leichten Verbeugung küßte.

Adam platzte fast vor Ärger.

»Wir gehen am Tag vor Weihnachten alle Schlittschuh laufen«, sagte Jeff zu Banner. »Später schmückten wir den Baum und genießen eins von Maggies berühmten Festtagsgerichten. Möchten Sie uns nicht dabei Gesellschaft leisten?«

Banners grünen Augen strahlten vor Freude. Sie nickte scheu. »Allerdings habe ich keine Schlittschuhe«, wandte sie ein.

»Keine Angst, Banner, ich habe zwei Paar«, rief Melissa heiter. »Kommen Sie mit nach oben, dann können wir gleich sehen, ob Ihnen eins davon paßt.«

Adam starrte Banner entgeistert nach, als sie sich abwandte und Melissa nacheilte wie ein junges Mädchen und nicht wie eine Ärztin, die Patienten zu versorgen hatte.

Jeff lachte leise. Es klang sehr anzüglich. »Wo hast du sie gefunden?« fragte er seinen Bruder neugierig.

»Das geht dich nichts an«, knurrte Adam. »Was soll das überhaupt? Einfach ihre Hand zu küssen und . . .«

»Und sie bezaubernd zu finden?« unterbrach Jeff ihn lachend. »Was soll ich machen, Adam? Banner ist die schönste Frau, die ich je gesehen habe!«

»Laß sie in Ruhe!«

Jeff zog entrüstet die Augenbrauen hoch. »Möchtest du mir das vielleicht etwas ausführlicher erklären?«

»Ja.«

»Draußen?«

Adam nickte. »Draußen.«

Im Garten standen sie sich gegenüber, wie bei unzähligen Gelegenheiten im Verlaufe ihrer Kindheit. Sie waren sich ziemlich gleich, was Größe, Gewicht und Kraft betraf, und daher war nie vorauszusagen, wer den Kampf gewinnen würde.

Jeff stellte sich breitbeinig hin und faltete die Arme über der Brust. »Warum sagst du nicht, daß du etwas für diese Frau empfindest, Adam?«

Aber Adam war selbst nicht klar, was er außer einem wilden, verzehrenden Verlangen sonst noch für Banner empfinden mochte. Er begehrte sie, schon von jenem Augenblick an, als er Hendersons Haus betreten hatte – aber er war nicht sicher, wie tief das Gefühl ging, oder wie dauerhaft es sein würde. Ob er Banner liebte? Das war eine Frage, die er nicht beantworten konnte, denn er hatte noch nie eine Frau richtig geliebt.

»Nun?« fragte Jeff grinsend.

Adam fluchte. Wie gern hätte er seinem Bruder einen harten Schlag versetzt? »Ich weiß es nicht«, gestand er lahm.

Jeff pfiff leise durch die Zähne. »Du liebe Güte, dann ist es also wahr! Du bist verliebt.«

Adam drehte ihm den Rücken zu. »Nein«, sagte er nach ausgedehntem Schweigen.

»Nein?« entgegnete Jeff spöttisch. »Vergiß nicht, daß du mit deinem Bruder redest, Adam – dem Menschen, der dich besser kennt als irgendein anderer. Ich habe nichts getan, als Banner zu einer Schlittschuhpartie einzuladen und ihre Hand zu küssen, und du bist bereit, mich dafür niederzuschlagen!«

Adam senkte den Kopf. Jeff hatte recht. War er verrückt geworden? Er hätte Jeff wirklich fast geschlagen und wollte es immer noch. *Jeff,* seinen Bruder. Seinen besten Freund!

»Es tut mir leid.«

»Adam, wenn du sie liebst, lasse ich sie in Ruhe.«

»Ich habe sie erst gestern abend kennengelernt.« Adam holte tief Luft. »Gestern abend. Wie soll ich da in sie verliebt sein?«

»Es sind schon merkwürdigere Dinge vorgekommen«, erwiderte Jeff unbekümmert. »Sie ist bezaubernd schön. Ich bin ihr auch erst vor fünf Minuten begegnet und schon fast verliebt in sie.«

Adam drehte sich mit geballten Fäusten zu ihm um.

Jeff wich lachend zurück und hob besänftigend die Hände. »Adam, Adam – es ist bald Weihnachten. Was wird Mama sagen, wenn sie aus Olympia zurückkommt und mich, ihren Lieblingssohn, mit Prellungen und blauen Flecken sieht?«

Adam ließ die Hände sinken. »Bin ich verrückt, Jeff?«

»Ja. Aber das ist nichts Neues. Und leider gibt es keine Medizin gegen das Fieber, das dich ergriffen hat, lieber Bruder.«

Adam ging einige Schritte weiter auf eine Schneeverwehung zu und stürzte kopfüber hinein.

Jeff lachte schallend, bevor er sich bückte und seinem Bruder aufhalf. Dann gingen sie Arm in Arm ins Haus zurück.

Während Banner Melissas Schlittschuhe anprobierte, erfuhr sie einiges über die Familie Corbin.

Melissa hatte drei Brüder, die alle mit einem Jahr Unterschied geboren waren. Adam war der älteste, dann kam Jeff und schließlich Keith. Der jüngste Bruder war dreizehn gewesen, als Melissa zur Welt kam, aber trotz des beträchtlichen Altersunterschieds zwischen ihnen stand sie ihren Brüdern sehr nahe.

Ihre Mutter hieß Katherine, und Melissas Beschreibung nach schien sie eine auffallend schöne, beeindruckende Frau zu sein. Sie befand sich fast ständig auf Reisen, hielt Reden zugunsten der Einführung des Wahlrechts für Frauen und schrieb Artikel für die angesehensten Zeitschriften des ganzen Landes.

»Und dein Vater?« fragte Banner, als sie wieder ihre Schlittschuhe anzog.

»Er ist seit fünf Jahren tot«, antwortete Melissa tonlos.

»Das tut mir leid – ich hätte nicht fragen sollen.«

Melissa ging zum Fenster und schaute sinnend auf die verschneite Winterlandschaft hinaus. »Es war ein Unfall. Papa und Adam waren mit dem Boot hinausgefahren, um Lachse zu fangen. Die Indianer konnten Adam retten, aber Papa war nicht mehr aufzufinden.«

Banner schluckte betroffen. »Das tut mir schrecklich leid, Melissa.«

Das Mädchen drehte sich mit tränenfeuchten Augen zu ihr um. »Es war ganz furchtbar für Adam – ich glaube, er gab sich die Schuld daran. Es belastet ihn heute noch, und manchmal verschwindet er für ein, zwei Tage, um darüber nachzudenken.«

»Warum erzählst du mir das alles?« fragte Banner sanft.

»Weil Adam dich mag – ich weiß es, Banner. Vielleicht bist du ja der Mensch, den wir alle für ihn erhofft haben.« Sie schaute an die Zimmerdecke und seufzte. »Tu ihm bitte nicht weh, Banner. Er hat soviel durchgemacht.«

Banner erinnerte sich an den Wortwechsel im Behandlungszimmer und sagte nachdenklich: »Dieses Mädchen – Francelle – fragte Adam, ob er zur Weihnachtsfeier da sein oder wieder verschwinden würde wie stets. Ist es das, was du meinst?«

Melissa nickte betrübt. »Die Feiertage sind ganz besonders hart für Adam. Er bleibt fort, solange er kann, und wenn er zurückkommt, ist er meist in sehr schlechter Stimmung.«

»Vielleicht mag er einfach keine Feiertage«, wandte Banner ein.

Melissa schüttelte den Kopf. »Bevor Papa starb, hat er immer freudig daran teilgenommen.«

Banner konnte sich vorstellen, wie Adam leiden mußte, falls er sich die Schuld an jenem Unfall gab. Aber was sollte sie dazu sagen? Es war am besten, das Thema zu wechseln.

»Du sagtest, Jeff sei Kapitän eines Segelschiffs – der *Sea Mistress,* wenn ich mich recht entsinne – und Keith kümmere sich um die Apfelgärten der Familie. Was machst du, Melissa?«

Melissas schmales Gesicht hellte sich auf. »Ich besuche die Universität in Seattle. Ich möchte Journalistin werden – wie Mama.«

»Das ist ja wunderbar! Was schreibst du?«

Melissa lachte verschmitzt. »Wenn du versprichst, es niemandem zu sagen, zeige ich dir meine Ergüsse! Meine Brüder wären empört, wenn sie es wüßten.« Sie schloß eine kleine Truhe vor ihrem Bett auf und kramte darin herum, bis sie einen Heftroman herauszog, auf dessen Titelbild eine spärlich bekleidete Frau zu sehen war, die ein bärtiger Mann auf den Armen trug. »Tencias Abenteuer im Wilden Westen«, war der vielversprechende Titel des Romans.

Banner war entsetzt, aber dann sah sie den Namen des Autors – Marshall S. Whidbine – und atmete auf. »Zeichnest du die Titelbilder?« fragte sie hoffnungsvoll.

»Lieber Himmel, nein!« Melissa setzte sich neben Banner auf das Bett. »Ich bin Marshall Whidbine.«

Banner starrte sie verblüfft an, und Melissa lachte. »Du hast versprochen, mein Geheimnis zu bewahren. Banner!« erinnerte Melissa kichernd. »Außerdem sind die Geschichten nicht so schlimm, wie das Titelbild anzudeuten scheint.«

»Hoffentlich«, entgegnete Banner nüchtern. «Warum machst du das, Melissa? Du brauchst das Geld doch sicher nicht . . .«

Melissa spreizte die Hände. »Der Übung halber und der Erfahrung wegen. Aus dem gleichen Grund, aus dem du als Studentin Krankenhäuser besuchtest.«

Banners Hände zitterten ein wenig, als sie Melissa den Roman zurückgab. »Warum schreibst du kein richtiges Buch?«

Melissa nickte lächelnd. »Das habe ich vor, sobald ich genug gelernt habe. Wärst du bereit, diesen Roman zu lesen, Banner, und mir dann ganz ehrlich zu sagen, was du davon hältst?«

Banner hatte sich bereits vorgenommen, bei der ersten Gelegenheit ein Exemplar zu kaufen. »Natürlich, Melissa. Sehr gern«, sagte sie nun eifrig und nahm das Heft.

»Gut!« Melissa war zufrieden. »Aber kein Wort darüber, hörst du? Adam hat schon vor Jahren aufgehört, mir den Hintern zu versohlen, aber wenn er davon erfährt, ist er imstande, wieder damit anzufangen!«

Banner lachte noch, als sie schon auf der Treppe waren, aber sie wäre eher gestorben, als Melissas Geheimnis zu verraten.

Nach einem etwas steifen Lunch machten sich Banner und Adam wieder auf den Weg zu den Patienten.

Sie waren schon ein gutes Stück gefahren, als Adam aussprach, was ihn schon die ganze Zeit beschäftigte. »Wirst du in meine Praxis eintreten, Banner?«

Sie lächelte erfreut, weil er sie mit ihrem Vornamen angesprochen hatte. »Ja«, antwortete sie. »Aber es ist besser, wenn ich in Dr. Hendersons Haus bleibe, bis ich irgendwo eine Wohnung gefunden habe.«

Adam schien protestieren zu wollen, aber dann sagte er nur: »Danke. Haben die Schlittschuhe gepaßt?«

»Ja«, bestätigte Banner lächelnd.

Adam runzelte die Stirn und schaute angestrengt auf die Straße. »Du kommst also zur Weihnachtsfeier?«

Der Gedanke, Weihnachten mit Melissa und ihrem charmanten Bruder Jeff zu verbringen, war sehr verführerisch. »Natürlich«, antwortete Banner. »Hast du etwas dagegen?«

Ein Muskel zuckte in Adams Wange. »Banner, solange du dich gut um meine Patienten kümmerst, ist es mir egal, was du mit deiner Freizeit anfängst.«

Banner ließ sich zurückfallen, als habe er sie geschlagen. »Ich verstehe.«

»Gut.«

»Gehst du mit zum Schlittschuhlaufen?«

Er warf ihr einen kurzen, unfreundlichen Blick zu. »Für derartigen Unsinn habe ich keine Zeit, O'Brien. Mein Bruder – oder besser gesagt, meine Brüder – werden sich schon um dich kümmern. Also mach dir darüber keine Sorgen.«

Banner hätte ihm am liebsten eine Ohrfeige versetzt, und noch eine und noch eine, bis er endlich aufhörte, sich hinter dieser Mauer der Feindseligkeit zu verstecken.

Statt dessen wandte sie den Kopf ab und schaute aufs sturmgepeitschte Meer hinaus.

Sie vermutete, daß mehr hinter Adams merkwürdigem Verhalten an Feiertagen steckte, als die Familie annahm. Sehr viel mehr. Obwohl sie Adam erst kurz kannte, bezweifelte sie, daß der Unfall allein, so schrecklich er auch gewesen sein mochte, einen derart anhaltenden Schaden bei ihm angerichtet hatte.

Sie richtete sich abrupt auf, als ihr ein neuer, äußerst verwirrender Gedanke kam. Und wenn Adam nun irgendwo eine Familie besaß, von der niemand etwas wissen sollte? Eine indianische Frau und Kinder? Viele Männer unterhielten solche Verhältnisse, das wußte sie, und einige von ihnen waren sogar verheiratet.

Banner schloß gequält die Augen, als sie sich eine braunhäutige, nackte Frau in Adams Armen vorstellte. Plötzlich glaubte sie, die heiseren Schreie zu hören, die sie bei Sean so abgestoßen hatte ... wunderbare, lustvolle Schreie, die Adam auf dem Höhepunkt seiner Ekstase ausstoßen würde ...

Eine Träne lief über Banners kalte Wange.

»Was ist denn jetzt schon wieder los, O'Brien?«

Sie öffnete die Augen, sah Adams herablassenden Blick und streckte ihm die Zunge heraus.

Er lachte und lenkte den Wagen auf Water Street zu. »Tut mir leid, daß ich gefragt habe«, meinte er und zuckte die Schultern.

Und mir tut es leid, daß ich dir je begegnet bin, dachte Banner, die überzeugt gewesen war, nach ihren schrecklichen Erfahrungen mit Sean Malloy nie wieder einen Mann zu begehren.

Aber Adam reizte sie wie kein anderer Mann zuvor, und sie hatte ihn sehr gern. So gern, daß sie ihn eines Tages vielleicht sogar lieben würde ...

Ein Schauer durchströmte ihren Körper, und Adam zog ungeduldig die Decke über ihren Knien zurecht. Die Berührung seiner Hand löste wieder dieses seltsam warme, prickelnde Gefühl in ihr aus. Banner war so verärgert darüber, daß sie Adams Hand beiseitestieß. »Faß mich nicht an!«

Adam starrte sie kopfschüttelnd an und lenkte den Zweispänner an all den Freudenhäusern und Tavernen vorbei, die Banner schon am Abend zuvor gesehen hatte.

Dann erreichten sie den Kai, und Banners Augen weiteten sich, als sie das prächtige Segelschiff erblickte, das am Pier vertäut lag. *Silver Shadow* stand in silbernen Buchstaben an der Bordwand.

An Deck standen Prostituierte in aufreizenden Posen herum und schauten der sich nähernden Kutsche entgegen. Aus dem Schiffsinneren war Klaviergeklimper zu vernehmen.

Eine kurvenreiche Brünette am Bug zupfte ihre Korkenzieherlöckchen zurecht und rief mit schriller Stimme: »Hey, Doc! Hast du Bessie ein Weihnachtsgeschenk mitgebracht?«

Adam schüttelte lachend den Kopf, während er den Wagen anhielt. Banner schien er völlig vergessen zu haben. »Heute nicht, Bess«, rief er dem Freudenmädchen heiter zu. »Siehst du nicht, daß ich in Begleitung einer Dame bin?«

Bess schmollte. »Hoffentlich hast du nicht *ihr* mein Geschenk gegeben, Süßer.«

Banner errötete und versteifte die Schultern. Auf den Gedanken, auszusteigen, wäre sie nie gekommen, aber plötzlich erschien Adam neben ihr und zog sie aus der Kutsche.

»Du wolltest Ärztin sein, O'Brien«, meinte er halblaut. »also hör auf, dich wie eine prüde Missionarin zu benehmen.«

»Be-besuchst du diese schreckliche Frau?« flüsterte Banner entrüstet und riß mit aller Kraft an ihrer Hand, aber Adam ließ nicht locker.

»Stört es dich?« fragte er belustigt.

»Nein!« log Banner energisch.

»Gut. Das reizende junge Ding in Zimmer vier hat ein Furunkel auf dem ... auf dem Rücken. Geh und kümmere dich darum, während ich ... eine andere Patientin untersuche.«

»Bessie, nicht wahr?«

Adam lächelte und zeigte seine strahlend weißen Zähne. »O'Brien, O'Brien«, mahnte er sie strang. »Wann wirst du endlich lernen? Wenn ich eine Frau haben will, brauche ich nicht dafür zu zahlen.«

Noch Wochen später erzählte man sich in Water Street, wie diese neue Ärztin Dr. Corbin geschlagen hatte – mitten ins Gesicht und direkt vor der Rampe, die auf die *Silver Shadow* führte.

3

Als Adam und Banner an Deck gingen, kam Bessie, das Freudenmädchen, mit aufreizenden Hüftbewegungen auf sie zu. Ihr dünnes Taftkleid bot nicht den geringsten Schutz vor der steifen Brise, die vom Meer herüberwehte. Bess zupfte kokett an ihrer Lockenfrisur und musterte Adam mit ihren stark geschminkten Augen ausgiebig. An seiner stark geröteten Wange, die Banners Stempel trug, blieb ihr Blick schließlich hängen.

Banner hatte sich empört im Hintergrund gehalten, doch Adam schob sie vor. »Das ist meine Kollegin

Dr. O'Brien«, sagte er zu Bess. »Würdest du ihr bitte das Zimmer von Lou zeigen?«

Bessie betrachtete Banner mit nachsichtigem Interesse. »Hier entlang, Rotfuchs«, raunte sie nach einem entnervend langen Schweigen.

Zu stolz, um sich nach Adam umzusehen, folgte Banner der Prostituierten über einen Gang mit numerierten Türen. Zimmer vier befand sich ganz am Ende, und Bessie klopfte ungeduldig an.

»Hey, Lou!« rief sie schrill. »Bist du angezogen? Du hast Besuch.«

»Komm herein«, erklang eine bemitleidenswert schwache Stimme.

Nach einem tiefen Atemzug stieß Banner die Tür auf und trat ein. Der Raum war nur schwach beleuchtet, aber erstaunlich sauber und roch nach einem frischen, blumigen Parfüm.

Auf dem Bett, inmitten von pinkfarbenen Satinlaken, wartete Banners Patientin. Die Frau, die im schwachen Licht nicht viel älter wirkte als Melissa, hockte auf Knien und Ellbogen und reckte ihr ansehnliches Hinterteil in die Höhe.

Bessie murmelte etwas und schloß die Tür hinter Banner.

»Ich hörte, Sie hätten ein Furunkel«, sagte Banner kühl und stellte ihren Arztkoffer auf einen Nachttisch voller Parfümzerstäuber, Pralinenkartons und Ausgaben von Romanen, wie Melissa sie verfaßte. Auch ein Stapel Visitenkarten war vorhanden, auf denen zu lesen war: *Miss Lou, Zimmer 4, Silver Shadow. Immer herzlich willkommen.*

»Wer sind Sie?« wimmerte die unternehmungslustige Lou und wandte den Kopf, um Banner einen gequälten Blick aus ihren lavendelfarbenen Augen zuzuwerfen.

»Dr. O'Brien. Darf ich das Geschwür sehen, bitte?«

Lou zog ihr Nachthemd hoch und streifte ihre spitzenbesetzte Unterhose ab. »Sind . . .«

»Ja«, fiel ihr Banner schroff ins Wort, während sie sich vorbeugte, um das Furunkel zu betrachten. Es schien tatsächlich eine Menge Eiter zu enthalten, und die ganze Wundgegend war infiziert. »Ich bin wirklich Ärztin.«

»Wo ist Adam?«

Banner preßte die Lippen zusammen und holte Watte, Alkohol, ein Skalpell und Karbolsäure aus ihrem Arztkoffer. »Dr. Corbin ist auch an Bord. Möchten Sie ihn sehen?«

»Nein!« rief Lou entsetzt. »Nicht so jedenfalls. Es ist viel besser, von einer Frau behandelt zu werden.«

Banner unterdrückte ein Lächeln und ging zum Waschtisch, um ihre Hände zu schrubben. Danach legte sie das Skalpell in Karbolsäure und reinigte die Wundgegend mit Alkohol. »Es wird ein bißchen weh tun«, warnte sie Lou freundlich.

Lou preßte die Augen zusammen. »Ich bin bereit, Doc!«

So vorsichtig wie möglich öffnete Banner das Furunkel, ließ den Eiter auslaufen, desinfizierte die Wunde und verband sie. Während sie ihre Hände wusch und das Skalpell reinigte, beklagte Lou sich unaufhörlich darüber, mit einem solchen Verband auf dem Po nicht arbeiten zu können.

Banners Lippen zitterten vor Belustigung. »Eine kleine Pause werden Sie sich doch sicher leisten können«, bemerkte sie freundlich.

Lou streckte sich flach auf dem Rücken aus, zuckte leicht zusammen und zog ihre dunklen Augenbrauen hoch. »Ich werde mich schrecklich einsam fühlen, so ganz alleine hier! Wie lange dauert es, bis die Wunde heilt?«

»Ein paar Tage.« Banner ließ ihre Tasche zuschnappen. »Versuchen Sie nicht zu ... arbeiten, bevor es soweit ist. Eine Infektion wäre noch sehr viel schmerzhafter als es das Furunkel war.«

Lou versprach mürrisch, ihr Unternehmen für einige Tage zu schließen.

»Ich komme bald wieder«, sagte Banner, bevor sie ging. Es überraschte sie nicht, daß Adam auf dem Gang stand, aber was ihr sofort auffiel, war, daß er seinen Rock nicht trug. »Meiner Patientin geht es gut«, erklärte sie ihm steif. »Was macht deine?«

Adams Mundwinkel zuckten. »Ich habe sie geheilt«, versetzte er in anzüglichem Ton.

Banner hätte ihn gern von neuem geschlagen, wie vorhin an der Schiffsrampe, aber das wagte sie nicht. Sie spürte, daß er einen zweiten Angriff nicht so widerspruchslos akzeptieren würde wie den ersten. »Gehen wir?«

Er machte eine angedeutete Verbeugung. »Nach Ihnen, Mylady.« An Deck wartete eine andere Prostituierte in einem blauen Satinkleid, das sicher zwei Nummern zu klein war. Darunter trug sie schwarze Netzstrümpfe und Spitzenstrumpfhalter. Mit einem Lächeln warf sie Adam seinen Überrock zu.

Er fing ihn auf und zog ihn an, ohne zu bemerken, daß Banners Gesicht kirschrot geworden war. »Danke«, sagte er zu dem Freudenmädchen.

»Ich danke *dir*«, flötete das halbnackte Geschöpf, bevor es sich abwandte, um in den Saloon zurückzugehen.

Adam reichte Banner seinen Arm und zog in gespielter

Verwirrung die Brauen hoch, als sie ihn zurückstieß und allein die Rampe hinunterstampfte.

Sie saßen schon im Wagen und waren auf dem Weg nach Water Street, als er fragte: »Was ist los, O'Brien?«

Sie schaute ihn nicht an. »Nichts ... *Corbin*!«

Er lachte amüsiert. »Du liebe Güte, hast du etwa gedacht, ich hätte mich dort auf dem Schiff den Freuden des Fleisches hingegeben?«

»Es ist mir egal, ob du es getan hast oder nicht.«

»Das glaube ich dir nicht. Warum gibst du nicht zu, daß es dich ärgern würde?«

Banner schaute sich mit übertriebenem Interesse nach einen altersschwachen Spielsalon um.

»O'Brien.«

»Was ist?«

»Schau mich an!«

»Nein.«

»Warum nicht?«

»Weil ich dich abscheulich finde. Als verantwortungsbewußter Arzt gehst du hin und ...«

»Genau. Als verantwortungsvoller Arzt habe ich mir erlaubt, mir Hermiones Mandeln anzusehen.«

Banner schnaubte verächtlich. »Mandeln! Ha! Für wie dumm hältst du mich eigentlich? Um Mandeln zu untersuchen, braucht man sich nicht auszuziehen!«

Adam lachte entzückt. »Ich habe meinen Rock ausgezogen, Kleeblatt, weil mir zu heiß war. Und das war alles, was ich ausgezogen habe – zu deiner Information.«

»Ich will nichts davon hören.«

Sie spürte, wie er die Schultern zuckte. »Na schön.«

»Er hat sich ihre Mandeln angesehen!« murmelte Banner gereizt.

»Wenn du so herumlaufen würdest wie sie, O'Brien,

hättest du auch bald entzündete Mandeln. Und wahrscheinlich nicht nur das, sondern auch . . .«

Bevor er den Satz zu Ende sprechen konnte, kam ein Mann aus einem Saloon gestürzt und schwenkte erregt die Arme. »Adam!« schrie der Mann. »Halt an, Adam!«

Adam zog die Zügel und sprang schon aus der Kutsche, bevor Banner die Decke über ihren Knien zurückschlagen konnte. »Was ist?« fragte er, während er nach seiner Arzttasche griff.

»Es ist etwas Schreckliches passiert!« jammerte der Mann und rannte zu seinem Lokal zurück. »Komm herein – schnell!«

Banner nahm ihre eigene Tasche und folgte Adam in den Saloon. Als ihre Augen sich an das Halbdunkel gewöhnt hatten, entdeckte sie eine Gruppe von Leuten, die einen Tisch umringten.

»Verdammt, geht aus dem Weg!« schrie der Saloonbesitzer und drängte sich durch die versammelte Menschenmenge. »Laßt den Doktor vorbei!«

Banner drängte sich rasch in die Schneise, die sich für Adam öffnete, aber als ihr Blick auf den Gegenstand der allgemeinen Aufregung fiel, wünschte sie fast, in die andere Richtung gerannt zu sein.

Ein blonder junger Mann saß regungslos am Tisch, seine rechte Hand von einem Stilett durchbohrt und auf die Tischplatte genagelt. Der Mann war blaß und befand sich in einem starken Schockzustand. Aus seinen Mundwinkeln tropfte Speichel auf den Boden. Er schaute Adam flehend an, schien jedoch kein Wort hervorzubringen.

»Jesus!« stöhnte Adam, umfaßte den Griff des Messers und zog es mit einer raschen, sauberen Bewegung heraus.

Blut spritzte aus dem schmalen Schlitz in der Hand,

und der junge Mann sackte ohnmächtig in sich zusammen.

Endlich zogen sich die Neugierigen vom Tisch zurück, und Banner konnte Alkohol und Verbandsmaterial aus ihrer Tasche nehmen, während Adam das blutige Messer benutzte, um den Rockärmel des Verletzten abzuschneiden. Während Banner die Wunde reinigte, legte er einen Druckverband an.

»Es muß genäht werden«, bemerkte Adam, nachdem Banner die Hand des jungen Mannes verbunden hatte.

»Ich weiß«, erwiderte Banner, aber in Wirklichkeit hatte sie es über der ganzen Aufregung und ihrem Entsetzen vollkommen vergessen.

»Gib ihm etwas gegen die Schmerzen«, befahl Adam, bevor er Banner zur Seite schob und den Verband wieder entfernte. Der Junge bewegte sich jetzt und stöhnte wie ein verwundetes Tier.

Betroffen starrte Banner ihn an. »Laudanum?« fragte sie.

»Morphium, O'Brien. Die Hand muß auf beiden Seiten genäht werden, und die Wunde schmerzt bestimmt auch so schon wie verrückt.«

Banner wandte sich beschämt ab und holte aus Adams Tasche eine Spritze und eine Ampulle Morphium. Sie selber besaß derartige Drogen nicht. Mit zitternden Händen zog sie die Spritze auf und pumpte die Luftblasen heraus.

Befriedigt, daß die Blutung nachgelassen hatte, löste Adam den Druckverband. »Zuerst Alkohol, O'Brien«, sagte er.

Banner errötete bei der Erwähnung einer so bedeutenden Einzelheit. Die aufgezogene Spritze in der einen Hand, tupfte sie mit der anderen über die Armbeuge des jungen Mannes.

Adam schnalzte ungeduldig und nahm ihr den Wattebausch ab. Er tauchte ihn in Alkohol, rieb die hervorstehende Vene kräftig ab und injizierte das Morphium.

»Ich hoffe, du verstehst eine Nadel zu sterilisieren?« fragte er Banner ungeduldig.

Banner fühlte sich so gedemütigt, daß ihr die Tränen in die Augen schossen, aber sie holte die verlangte Nadel, reinigte sie mit Karbolsäure, zog einen Faden ein und reichte sie Adam.

»Was zum Teufel ist hier passiert?« herrschte er die Umstehenden an, während er die Stichwunde vernähte.

Niemand antwortete, und es war ganz offensichtlich, daß auch niemand die Verantwortung für den Zwischenfall übernehmen würde. Oder vorhatte, den Schuldigen zu nennen.

Irgendwann beim Vernähen erwachte der Junge, sah die Nadel und sank von neuem in eine gnädige Ohnmacht zurück.

Dann war Adam fertig. Er legte die Nadel beiseite, reinigte die Wunde erneut und legte einen dicken Verband an.

Augenblicklich wurde es wieder laut im Saloon – als atmeten alle Anwesenden gleichzeitig auf.

»Wer ist die hübsche Dame, Doc?« wollte ein Mann wissen.

»Ihre neue Krankenschwester?« fragte ein anderer.

Ein dritter betrachtete mit unverhohlenem Interesse Banners sanft gerundetes Hinterteil. »Ich hätte nichts dagegen, von ihr gepflegt zu werden«, sagte er, und alle lachten, außer Adam und Banner selbst.

Adam richtete sich auf und ließ seinen Blick von einem Gesicht zum anderen wandern.

Von neuem wurde es still im Raum.

»Wir haben nur Spaß gemacht, Doc«, meinte ein Matrose an der Bar, aber es klang alles andere als reumütig.

Adam nahm Banners Arm und schob sie auf die hölzerne Schwingtür zu. »Warte in der Kutsche«, befahl er knapp.

Doch Banner rührte sich nicht. Es war nicht auszudenken, was Adam alles passieren konnte, falls er es wagte, sich mit diesen Raufbolden anzulegen.

»Nein«, entgegnete sie.

Adam drehte sich wütend zu ihr um. »Verdammt, O'Brien . . .«

O'Brien blieb, wo sie war.

Adam ließ seinen Blick noch einmal durch den Raum wandern, fluchte unterdrückt und half dem Jungen, der inzwischen zu sich gekommen war, auf die Beine. Gemeinsam führten Banner und er den Verletzten in die frische Luft hinaus und verfrachteten ihn in die Kutsche.

Den ganzen Weg zur Klinik saß er stumm und benommen zwischen ihnen.

Erst als der Patient entkleidet war und in einem der Betten lag, richtete Adam seinen zornigen, grollenden Blick auf Banner.

»O'Brien«, begann er in sanftem, aber drohendem Ton, »die Männer dort im Saloon waren keine Gentlemen, die nur darauf warteten, ihren Namen in dein Tanzbuch zu schreiben! Warum bist du nicht hinausgegangen, als ich dich dazu aufforderte?«

Banner wich erschrocken zurück, als er langsam auf sie zukam. »Ich wollte nur . . . ich hatte nicht . . .«

»Wenn ich dir etwas befehle, dann tu es gefälligst!«

Jetzt erwachte Zorn in Banner, und sie errötete vor

Empörung. »Wieso glaubt du, mir Befehle geben zu können?«

Sie hatte inzwischen die Wand neben dem Ofen erreicht und kam nicht weiter. Adam stand dicht vor ihr, und Banner war überzeugt, daß er ihr gleich etwas antun würde. Ob er es wirklich vorhatte, sollte sie jedoch nie herausfinden. Ihre Rettung war eine angenehme weibliche Stimme, die energisch sagte:

»Adam? Ist das Banner? Stell mich ihr sofort vor!«

Adam ließ die Hände sinken. Ein schwaches Lächeln erschien auf seinem Gesicht, als er sich zu der schlanken blonden Frau umdrehte, die hinter ihm erschienen war.

»Hallo, Mama«, sagte er ernst, bevor er die schöne Frau umarmte.

Banner war verblüfft, daß ein so schönes, zartes Wesen die Mutter vier erwachsener Kinder sein sollte, aber ihre klaren blauen Corbin-Augen bewiesen ganz eindeutig, daß es sich tatsächlich um Adams Mutter handelte. Jetzt beugte sie sich gespannt vor und musterte die Frau, der sich ihr Sohn gerade so drohend genähert hatte.

»Jeff und Melissa hatten recht – Sie sind bezaubernd!« meinte sie mit ihrer klingenden, warmen Stimme. »Und zusätzlich auch noch Ärztin! Hm ... das muß dich ganz schön ärgern, was?« fügte sie an ihren Sohn gewandt hinzu, und ein zärtlicher Blick erschien in ihren Augen. »Gnade«, versetzte sie lachend.

Auch Adam lachte. »Ich wollte sie gerade erwürgen, Mama. Du hast recht, es ist Banner O'Brien. Banner – das ist Katherine, meine Mutter.«

Katherine reichte Banner ihre zierliche Hand. »Er hätte Sie schon nicht erwürgt«, bemerkte sie mit lustig funkelnden Augen. »Er weiß, daß er dann meine Reitpeitsche zu spüren bekommen hätte.«

Aus lauter Erleichterung und Freude über das sympathische Wesen dieser Frau mußte Banner lachen. »Ich freue mich sehr, Sie kennenzulernen, Mrs. Corbin«, sagte sie aufrichtig.

»Ich auch, mein Kind«, erwiderte die Dame, nahm Banners Arm und zog sie von Adam fort aus dem Krankensaal. »Aber Sie müssen mich Katherine nennen, und ich möchte alles über Sie erfahren, Banner O'Brien.«

Abends hatte Jenny, die Indianerin, nicht nur eine Mahlzeit zubereitet, sondern sogar Wasser für ein Bad erhitzt.

Nach dem Essen zog Banner sich in ihr Zimmer zurück und sank dankbar in die Wanne mit dem dampfend heißen Wasser.

»Sie müssen einen anstrengenden Tag gehabt haben«, bemerkte Jenny, die mit dem Rücken zu Banner vor der Kommode stand und Kämme, Bürsten und andere Toilettenutensilien ordnete.

»Das ist stark untertrieben«, seufzte Banner, als der Schmerz in ihren Gliedern im heißen Wasser nachzulassen begann. »Aber sag mir doch, Jenny, wie du in dieses Haus gekommen bist?«

»Adam hat mich eingestellt. Er sagte, solange der Hahn fort sei, sollte ich die Gelegenheit nutzen und den Hühnerdreck entfernen.«

Banner schmunzelte. Bei Adams Abneigung gegen Dr. Henderson konnte sie sich eine solche Bemerkung gut von ihm vorstellen. »Ich bin froh, dich hier zu haben«, sagte sie zu Jenny.

Die Indianerin zuckte die Schultern und antwortete nicht.

»Wie lange kennst du Adam schon?«

Die Indianerin hockte sich auf Banners Bettkante und strich ihren Popelinerock glatt. »Mein ganzes Leben. Warum?«

»Er verwirrt mich sehr«, gestand Banner leise.

Jenny lachte. »Er verwirrt jeden.«

»Melissa erzählte mir, er sei oft sehr launisch.«

Jenny zuckte die Schultern. »Das geht uns allen so.«

»Möglich. Aber ich bin trotzdem ziemlich sicher, daß er irgendein Geheimnis hat«, entgegnete Banner nachdenklich.

»Nein.« Jenny schüttelte den Kopf.

»Doch!« beharrte Banner eigensinnig. »Wie ließe sich sein häufiges Verschwinden denn sonst erklären?«

»Er ist Arzt. Er hat Patienten zu besuchen.«

Banner seufzte. Aus Jenny war nichts herauszubringen, das war klar. »Ich glaube, er hat irgendwo eine Frau«, murmelte Banner leise, und der Gedanke brachte ihr den Schmerz in ihren müden Gliedern von neuem zu Bewußtsein.

»So?« erwiderte Jenny schroff und verließ abrupt den Raum.

Nach fünf Minuten intensiven Vergnügens in einem der Séparées legte der Seemann eine Handvoll Münzen auf die Theke und verließ das Lokal.

Draußen wehte ein kalter Wind, und der Mann schaute noch einmal in den Saloon zurück, wo der Barkeeper damit beschäftigt war, die Blutflecken vom Boden und vom Tisch zu entfernen. Der Matrose umklammerte den Perlmuttgriff des Messers, das in seiner Tasche steckte, und dachte befriedigt: Sie werden sich in Zukunft hüten, Mike O'Hurlehey der Falschspielerei zu bezichtigen!

O'Hurlehey ging schneller, als er die Glocke der *Jonathan Lee* hörte. Sein Schiff lief heute nacht nach Kanada aus, und Mike wollte weder auf seinen Anteil an der Beute verzichten noch Temple Royce verärgern – was fast das gleiche war, wenn man es genau bedachte.

Aber selbst als er an Bord kletterte, gelang es ihm nicht, die zierliche Rothaarige zu vergessen, die mit dem Doktor im Saloon gewesen war. Was hätte er nicht dafür gegeben, fünf Minuten mit ihr in einem Séparée verbringen zu können!

O'Brien hieß sie. Banner O'Brien.

O'Hurlehey lachte vor Vorfreude, als er sich auszumalen begann, was er in Portland über die Messerstecherei, den dunkelhaarigen Arzt und diese Banner O'Brien erzählen würde. Der Arzt hatte ausgesprochen kampflustig gewirkt und wäre bestimmt auch ganz gern einmal mit dieser Banner O'Brien für ein paar Minuten in einer Nische des Saloons verschwunden . . .

Ich könnte die Sache so weit ausspinnen, dachte Mike, als hätte ich selbst etwas mit ihr gehabt . . . wer kann dort unten in Oregon schon wissen, wie es wirklich war? Darüber nachzudenken, war fast so schön, wie es zu tun, und darüber zu reden, war auch nicht schlecht.

Adam stand am Wohnzimmerfenster, einen Drink in der Hand, und schaute zu den fernen Bergen hinüber.

Jeff beobachtete seinen Bruder schweigend.

Adam spürte seinen Blick und drehte sich um. »Ist Keith schon da?«

Jeff setzte sich an den Kamin und streckte die langen Beine aus. »Nein. Mama meint, er würde erst morgen im Laufe des Tages kommen.«

Adam hob das Glas an den Mund, aber dann setzte er es wieder ab, ohne getrunken zu haben. Verdammt, warum mußte er dauernd zu den Bergen hinüberschauen, die durch das Schneetreiben ohnehin nicht zu erkennen waren?

»Banner wird ihm gefallen«, meinte Jeff.

Adams Schultern versteiften sich. »Klar – warum sollte es ihm anders ergehen als dir?« entgegnete er schroff.

Jeff seufzte ungeduldig und stand auf, um sich einen Drink einzuschenken. Adams düstere Stimmungen brachten ihn immer aus der Fassung. »Woran denkst du?« fragte er leise.

»An Papa«, antwortete Adam ruhig.

Jeff bereute jetzt, gefragt zu haben. Fünf Jahre waren seit dem Unfall vergangen, aber Adam war dabeigewesen, hatte alles mit angesehen ...

»Es war nicht deine Schuld«, sagte Jeff rasch. »Warum quälst du dich damit?«

Adam antwortete nicht, aber ein düsterer Zug erschien um seinen Mund, als er sich umwandte, um sich Bourbon nachzuschenken.

Es machte Jeff verrückt, den Schmerz seines Bruders mit anzusehen und ihm nicht helfen zu können. »Verdammt, Adam, es ist Jahre her! Ich kann deine Trauer verstehen, aber ...«

»Halt den Mund!« fiel Adam ihm ins Wort. »Du hast ja keine Ahnung! Du weißt nicht, was ich denke oder fühle, also ...«

Jeff sprang empört auf. »Armer Adam!« höhnte er. »Laßt uns alle mitleiden für ihn! Und der Himmel möge verhindern, daß einer von uns ein bißchen Freude hat!«

Eine schreckliche Wut erfaßte Adam. Er ließ sein Glas

fallen und stürzte sich mit einem unterdrückten Aufschrei auf seinen Bruder.

»Mama!« kreische Melissa entsetzt.

Ein wildes Getöse entstand im Raum. Katherine Corbin stand auf, nahm ihre berüchtigte Pferdepeitsche vom Haken hinter ihrem Schreibtisch und ging drohend auf Jeff und Adam zu.

Ihre beiden Söhne rollten sich auf dem Teppich wie zwei ganz gewöhnliche Raufbolde, und es war schwer zu sagen, wo Adams Glieder begannen und Jeffs aufhörten.

Katherine hob die lange Peitsche und ließ sie einmal warnend durch die Luft zischen.

Augenblicklich war der Zweikampf beendet. Ihre Söhne rappelten sich beschämt auf. Adams Unterlippe blutete, Jeff hatte ein blaues Auge.

»Wenn ihr euch schon schlagen müßt, dann geht bitte hinaus«, erklärte ihre Mutter würdevoll.

Adam und Jeff verbeugten sich vor ihr, tauschten einen wütenden Blick aus und verließen wortlos den Raum.

Katherine schüttelte den Kopf, als der Kampf im Garten weiterging, und setzte sich an den Schreibtisch zurück, um ihre Rede zu beenden, die sie in Kürze vor dem Senat zu halten gedachte.

Keith Corbin fror und war todmüde, und das letzte, was er als Begrüßung bei seiner Heimkehr erwartete, war ein Faustkampf im Petunienbeet.

Er blieb stehen und schaute zu, wie Jeff rückwärts an ihm vorbeitaumelte und hart gegen eine Stechpalme stieß.

Jeff heulte wütend auf, senkte den Kopf wie ein gereizter Stier und stürzte sich von neuem auf Adam, der den

Halt verlor und hart in einem anderen Beet landete, wo im nächsten Frühjahr Tulpen und Iris blühen würden.

Keith spreizte die Hände und schrie: »Hurra, ich bin zu Hause!«

Beide Brüder hinkten auf ihn zu, um ihn zu begrüßen.

Am nächsten Morgen hielt Adams Zweisitzer vor Dr. Hendersons Haus, und Banner eilte erfreut zur Tür, um ihn einzulassen.

Aber ihr Lächeln verblaßte, als sie sein Gesicht sah. Seine Unterlippe war aufgesprungen und geschwollen, und er hatte ein blaues Auge. War er etwa doch in diesen schmutzigen Saloon zurückgekehrt und hatte sich mit den Seeleuten geprügelt? Falls es so sein sollte, konnte er sich auf ein zweites blaues Auge gefaßt machen . . .

»Adam Corbin . . .« begann sie drohend.

Er hob die Hand. »Fang bloß nicht an, O'Brien.«

Jenny drängte sich an Banner vorbei und pfiff anerkennend. »Jeff scheint von den Sieben Meeren zurückgekehrt zu sein!«

»Sei still!« knurrte Adam.

Jenny stieß einen Schrei aus, der ihn zusammenfahren ließ. »Er hat dich besiegt!«

»Das ist nicht wahr«, widersprach Adam schmollend wie ein kleiner Junge.

Banner kniff die Lippen zusammen, um nicht zu lachen. »Komm herein und laß dich ansehen«, forderte sie Adam auf.

Sein Blick glitt mit widerwilliger Bewunderung über ihren schwarzen Satinrock und die gestärkte weiße Bluse, bevor er sich von Banner und Jenny in die Küche ziehen ließ.

Dort schob Banner ihn zu einen Stuhl und untersuchte seine aufgeplatzte Lippe. »Es hätte genäht werden müssen«, meinte sie stirnrunzelnd.

Adam versteifte sich. »Wenn du glaubst, ich ließe dich mit einer Nadel an mich heran, O'Brien . . .«

»Jetzt ist es ohnehin zu spät«, entgegnete Banner gekränkt. »Aber wieso hast du dich mit Jeff geprügelt?«

Adam und Jenny wechselten einen Blick, der nicht zu deuten war. Dann zuckte Adam die Schultern, und Jenny wandte sich ab.

Banner fühlte sich ausgeschlossen, aber um sich ihren Ärger nicht anmerken zu lassen, fragte sie kühl: »Wen besuchen wir heute zuerst? Hildie?«

Adam starrte auf seine Kaffeetasse, und Jenny ging aus der Küche, um sich in einem anderen Teil des Hauses zu beschäftigen.

»Adam?« beharrte Banner.

Er stand auf und schaute sie an. »Ich komme gerade von Hildie, Banner. Sie starb, während ich bei ihr war.«

Banner war so betroffen, daß sie schwankte. Adam nahm ihren Arm und zog sie zu einem Stuhl. »Sie war froh, erlöst zu sein«, sagte er, aber sein Ton verriet seine Trauer über Hildies Tod.

Banner nickte. »Was wird jetzt aus den Jungen werden?«

Adam ließ sich seufzend auf einen Stuhl fallen. »Fitz hat schon eine neue Frau im Auge – Miss Mamie Robbins. Er wird sie heiraten, sobald Hildie begraben ist.«

Banner war entsetzt, obwohl sie einsah, daß Hildies Söhne eine neue Mutter brauchten.

Mit einem zärtlichen Lächeln nahm Adam Banners Hand. »Sag nichts, O'Brien. Es geschieht andauernd.«

Banner schwieg und erstickte fast an ihrem Zorn, der

sich zwar nicht auf Adam richtete, aber dafür auf Sean, Hildies Fitz und all jene Männer, die so um ihr eigenes Wohlergehen bemüht waren, daß sie keinen Gedanken auf das Unglück ihrer Frauen verschwendeten.

Adam tippte mit dem Zeigefinger auf Banners Nasenspitze. »Die Jungen werden es gut haben bei Mamie Robbins, Banner. Und Hildie ist von ihrem Leid erlöst. Nur das ist wichtig.«

Banner senkte den Kopf, um ihre Tränen zu verbergen. »Es kommt mir nur so gefühllos vor. Arme Hildie! Gibt es denn niemanden, der um sie weinen wird?«

Adam zeichnete mit dem Zeigefinger die Konturen ihrer Lippen nach, und in Banner erwachten Gefühle, die diesem traurigen Moment so gar nicht angepaßt waren. »Ich glaube, es weint schon jemand um sie«, meinte er sanft.

Banner stand rasch auf, weil sie nicht wußte, wie sie reagieren würde, wenn Adam sie weiterhin anfaßte und so zärtlich mit ihr sprach. »Wir haben noch andere Patienten zu versorgen«, entgegnete sie brüsk. »Sollen wir uns jetzt auf den Weg machen?«

Zu ihrem Erstaunen schüttelte Adam den Kopf. »Ich mache die Besuche heute allein, Banner. Ich möchte, daß du in der Klinik bleibst und dich um unseren verwundeten Spieler kümmerst.«

Banner runzelte verwirrt die Stirn. »Das kann Maggie doch tun«, widersprach sie schnell und aus dem Verdacht heraus, Adam habe ihr nur angeboten, in seiner Praxis mitzuarbeiten, um sie von seinen Patienten fernzuhalten.

Doch Adam schüttelte den Kopf. »Maggie ist mit ihren Weihnachtsvorbereitungen beschäftigt«, erinnerte er.

Sie ließ die Schultern hängen. »Na schön«, stimmte sie widerwillig zu. »Aber ich bleibe nicht jeden Tag in der Klinik! Ich möchte auch Hausbesuche machen.«

»Ich weiß«, sagte Adam, als sie zu seiner Kutsche hinausgingen. »Morgen besuchen wir das Indianerlager.«

Banners Gesicht hellte sich auf. »Ein echtes Indianerdorf?« fragt sie entzückt.

»Ja – komplett mit Flöhen, Fischöl und edlen Wilden«, bestätigte er schmunzelnd.

Der junge Mann hieß Clarence King und verliebte sich in Banner, kaum daß sie die Station betreten hatte. Zumindest hatte Adam diesen Eindruck. Vielleicht hätte er heute doch lieber auf seine Hausbesuche verzichten und in Banners Nähe bleiben sollen . . .

Aber dann rief er sich streng zur Ordnung. Was ist los mit dir? frage er sich verärgert. Gestern abend hatte er seinen Bruder verprügelt, den er liebte, und heute war er versucht, Menschen im Stich zu lassen, die von ihm abhingen!

Vielleicht bleibe ich ja doch zur Weihnachtsparty, ging es Adam flüchtig durch den Kopf, aber dann erinnerte er sich an die Berge und das Versprechen, das er gegeben hatte. Der Gedanke ernüchterte ihn soweit, daß er Banner schließlich doch allein ließ und sich auf den Weg zu seinen Patienten machte.

Lächelnd näherte sich Keith Corbin Adams neuer Kollegin, die neben dem Ofen saß und einen Liebesroman las.

Eine sanfte Röte stieg ihr beim Lesen in die Wangen, und ihre grünen Augen wurden dunkel wie feuchtes Moos. Keith lächelte. Sie war entzückend. Kein Wunder, daß seine Brüder sich gestern abend im Schnee geprügelt hatten!

»Hallo«, sagte Keith und wandte diskret den Blick von dem Roman in ihrer Hand ab. »Ich bin Keith.«

Banner schaute lächelnd auf und legte das Buch mit der Titelseite nach unten auf ihren Schoß. Dann sah sie seinen steifen weißen Kragen, der ihn als Priester auswies, und errötete. »Ha-hallo . . .«

Keith lachte. »Sie müssen Banner O'Brien sein. Machen Sie sich keine Sorgen – ich bin kein Priester.«

Sie stimmte in sein Lachen ein und machte ihm Platz neben dem Ofen. »Was dann?« fragte sie mit einer Offenherzigkeit, die Keith entzückte.

»Ich bin Obstzüchter und Methodistenprediger – trotz meiner streng katholischen irischen Familie.«

Banner starrte ihn an. »Du liebe Güte!«

Keith nahm schmunzelnd ihre Hand, und sie entzog sie ihm nicht. Während die Schneeflocken vor den Fenstern tanzten, redeten sie angeregt und ließen sich auch nicht stören, als Francelle hereinkam und wieder hinausging.

Keith gab Banners Hand erst wieder frei, als er eine entfernte Tür zuschlagen hörte und wußte, daß Adam zu Hause war.

4

»Was hattest du an jenem Tag in der Klink mit mir vor, Adam?« erkundigte Banner sich neugierig auf der Fahrt ins Indianerlager. »Ich meine, bevor deine Mutter hereinkam?«

»Du kennst die Antwort, O'Brien.«

»So?«

Adam maß sie mit einem belustigten Blick. »Ich hätte dich übers Knie gelegt, wenn meine Mutter nicht hereingekommen wäre«, behauptete er schmunzelnd.

Banner bebte vor Entrüstung. »Dann hast du Glück

gehabt, daß deine Mutter kam! Ich hätte dich angezeigt, Adam.«

Adam lachte. »Angezeigt? Dann hätte unser Richter etwas zu lachen gehabt, O'Brien.«

Banner straffte die Schultern und dachte an den Tag, als Sean verhaftet worden war. Wie sollte sie es auch je vergessen, wo sie doch selbst die Polizei gerufen und eine Belohnung für seine Ergreifung kassiert hatte?

Selbst heute noch, Jahre später, zitterte sie vor Angst, wenn sie an die wüsten Verwünschungen zurückdachte, die Sean ihr damals zugeschrien hatte.

»Wie weit ist es noch bis zum Lager?« fragte Banner, um sich von ihren traurigen Erinnerungen abzulenken.

»Sechs oder sieben Meilen, glaube ich«, erwiderte Adam, ohne sie anzuschauen. Dann verstummte er, und Banner schaute sich in dem dichten Wald um, in den der Wagen eingebogen war.

Als sie in einer hohen Tanne einen merkwürdig geformten Korb entdeckte, brach sie von neuem das Schweigen. »Was ist das?«

Adam runzelte die Stirn. »Die letzte Ruhestätte eines Indianerkindes«, antwortete er flach.

Banner erschauerte und zog ihren Umhang fester um die Schultern. »Aber die Tiere könnten . . .«

»Kein Tier käme an den Korb heran, O'Brien. Zu hoch.«

Banner schloß für einen Moment die Augen. »Bestatten die Indianer ihre Erwachsenen auf die gleiche Weise?«

Adam zuckte die Schultern. »Manchmal. Meistens lassen sie sie jedoch in Kanus aufs offene Meer hinaustreiben.«

»Warum können sie ihre Toten nicht auf die übliche Weise begraben?«

Adam warf ihr einen etwas unfreundlichen Blick zu. »Weil es für sie ein barbarischer Gebrauch ist, die Toten zu verscharren. Die Indianer ziehen es vor, zwischen Erde und Himmel zu bleiben, und das kann ich ihnen nicht verübeln.«

Banner schaute auf ihre Hände, die auf der dicken Felldecke ruhten. »Wir Iren sind nicht viel anders, glaube ich – mit unserem Glauben an Elfen und Zwerge«, sagte sie leise.

Adam erwiderte nichts, aber dann stoppte er den Wagen plötzlich, zog Banner stürmisch in die Arme und küßte sie.

Banner erbebte unter seinem zärtlichen Angriff, aber sie fand keine Kraft, sich zu wehren, vor allem nicht, als er die Hände unter die Decke schob, sie über ihre Taille hinaufgleiten ließ und ihre vollen Brüste umfaßte.

Diesmal verschwendete Banner keine Zeit mit Gedanken an Sean oder etwaigen Vergleichen, sondern schmiegte sich in Adams Arme und erwiderte seine Küsse mit einer Leidenschaft, die seiner um nichts nachstand.

Doch dann löste er sich ganz unvermittelt von ihr, fluchte leise und wich ihren Blicken aus, als er die Zügel aufnahm und das Pferd antrieb.

Banner war zu stolz, um zu fragen, was geschehen war. Was hätte sie auch sagen können in einer solchen Situation? *Warum schlafen Sie nicht mit mir, Sir – gleich hier auf dem Kutschensitz?*

»Es tut mit leid«, murmelte Adam etwas später.

Banner schämte sich zu sehr, um ihn anzusehen. »Was?« fragte sie betont gleichmütig, um ihr Interesse an seiner Antwort zu verschleiern.

Aber er schwieg.

Und da wurde Banner zum erstenmal so richtig klar, worin ihr größtes Problem bestand.

Sie hatte sich in Adam Corbin verliebt!

Eine Zeitlang versuchte sie, es sich selbst gegenüber abzustreiten. Es war lächerlich. Unvernünftig. Unmöglich – und völlig hoffnungslos. Ein gebranntes Kind scheut das Feuer, sagte man – und sie war viel zu sehr verletzt worden, um noch einmal blindlings in die gleiche Falle zu stolpern – oder?

Der Zweisitzer rumpelte über den Waldweg, und Banner sehnte den Augenblick herbei, in dem sie aussteigen und der Nähe des Mannes neben ihr entfliehen konnte.

Als hätte er ihren stummen Wunsch vernommen, brachte Adam den Wagen erneut zum Stehen. Ein stechender Geruch nach Fischöl und menschlichen Ausscheidungen hing in der Luft.

Banner rümpfte die Nase.

Adam zog eine Braue hoch und deutete auf das Indianerdorf, das vor ihnen im Tal lag. »Angenehm, nicht wahr?« meinte er gedehnt. »Würdest du lieber hier auf mich warten?«

Heftige Übelkeit erfaßte Banner, aber sie schüttelte entschieden den Kopf. Schlechte Gerüche waren etwas, woran man sich als Arzt gewöhnen mußte, und im übrigen war sie wahnsinnig neugierig auf das Dorf und seine Bewohner.

Von ihrem erhöhten Standpunkt aus waren mehrere langgestreckte Holzgebäude zu erkennen, zwischen denen dunkelhäutige Kinder im Schnee spielten. Indianersquaws in rehledernen Röcken oder schlechtsitzenden, abgelegten Kleidungsstücken weißer Frauen waren mit Körbeflechten beschäftigt oder suchten Muscheln am Strand neben dem Dorf.

Die Männer des Stammes saßen im Kreis und schienen in irgendein Glücksspiel vertieft.

Banner war ein bißchen enttäuscht, daß nirgendwo Tipis zu sehen waren.

Adam sicherte die Wagenbremsen und stieg aus. »Komm, O'Brien«, forderte er Banner lächelnd auf, bevor er den Abstieg begann.

Banner folgte ihm so hastig, daß sie stolperte und wohl gestürzt wäre, wenn Adam nicht ihren Arm ergriffen hätte.

Die Indianer hatten sie inzwischen bemerkt. Die Kinder waren die ersten, die ihnen entgegenliefen und Adam mit Fragen bedrängten – in einem Kauderwelsch aus Englisch und Chinook, von dem Banner fast nichts verstand.

Ein kleiner Junge zog an Adams Hand. *»Kloochman?«* rief er freudestrahlend und zeigte auf Banner. »Großer Doktors *Kloochman?«*

Adam schüttelte lachend den Kopf.

»Was hat er gesagt?« flüsterte Banner ihm neugierig zu.

Ein zärtlicher Blick erschien in Adams Augen, doch die Frage beantwortete er nicht. »Unwichtig, O'Brien. Ich erkläre es dir später.«

»Ub-ran!« rief der kleine Junge triumphierend.

»Was ist *ub-ran?«* fragte Banner, während sich die Dorfbewohner um sie scharten.

»Du, Kleeblatt«, erklärte Adam. »Der Kleine hat versucht, O'Brien zu sagen.«

Banner schaute sich um. »Sind die Indianer gefährlich?« flüsterte sie besorgt.

»Nur wenn man ihre Einladungen zum Essen annimmt.«

»Sie sind doch keine Kanibalen!« rief Banner entsetzt, aber gar nicht sicher.

Adam lachte. »Nein, nur ganz furchtbar schlechte Köche. Komm, Ub-ran. Die Urwaldpraxis wartet.«

Einer der Männer trat vor und zupfte mit seiner nicht besonders sauberen Hand an Banners Umhang. *»Kloochman?«* erkundigte er sich strahlend bei Adam.

Adam lachte schallend. Das Geräusch schien den Wilden genauso zu befriedigen wie Adams Antwort: »Der Himmel möge es verhindern!«

Diesmal war Banner entschlossen, sich nicht auf später vertrösten zu lassen. »Was ist ein *Kloochman*?« fragte sie gepreßt.

»Eine Gattin«, erwiderte Adam ungehalten.

Banner versteifte sich, aber nicht einmal ihr verletzter Stolz hätte sie veranlassen können, ihren sicheren Platz an Adams Seite aufzugeben. »Darf ich dazu bemerken, daß ich die Annahme, ich könnte deine Frau sein, genauso tadelnswert finde wie du?« bemerkte sie spitz.

Adam lachte, schüttelte den Kopf und vertiefte sich in eine für Banner unverständliche Unterhaltung mit dem Indianer. Um sich abzulenken, betrachtete sie die Kinder, die halbnackt im Schnee standen und vor Kälte zitterten. »Wie halten sie das bloß aus?« murmelte Banner verwundert.

»Sie sind es gewohnt«, antwortete Adam. »Und wenn du kein Chinook sprechen kannst, dann halte bitte deinen hübschen Mund. Es ist unhöflich, eine Sprache zu benutzen, die deine Gastgeber nicht verstehen.«

»Du hast es eben auch getan.«

»So?«

»Ja. Du hast gesagt, ›der Himmel möge es verhindern‹, und das hat der Mann verstanden.«

»Er begreift nicht einmal die Hälfte davon. Sei still, Kleeblatt, sonst tausche ich dich gegen eine Ziege und einen Korb mit Beeren ein.«

Banner biß sich errötend auf die Lippen.

Als sie sich einer der langgestreckten Hütten näherten, kam ein jüngerer Mann heraus und sagte in Chinook etwas zu Adam.

Adam hörte aufmerksam zu und erwiderte etwas. Wieder fiel das Wort für ›Gattin‹, und wieder wehrte Adam die Unterstellung entschieden ab.

Der Indianer maß Banner mit einem langen Blick und begann, beschwörend auf Adam einzureden.

Adam drehte sich zu Banner um. »Mir sind gerade vier getrocknete Lachse und ein Kanu für dich angeboten worden«, berichtete er lächelnd. »Was ist dein Gegenangebot?«

Banner errötete und drängte sich noch dichter an Adams Seite, obwohl sie nun fest davon überzeugt war, ihn zu hassen. »Wie bitte?« fragte sie entrüstet.

»Was gibst du mir, damit ich dich behalte?«

»Bastard!« zischte Banner empört.

Adam drehte sich zu dem Indianer um, spreizte die Hände und sagte ein paar bedauernde Worte.

Der Tapfere machte eine enttäuschtes Gesicht und ging, doch die anderen Stammesmitglieder zogen Adam mit sich in die Hütte.

Sie ließen eine sehr verwirrte Banner bei den Frauen zurück, die sie neugierig umringten, ihre Kleider betasteten und ihr lächelnd ihre Körbe zeigten, auf die sie mit Recht stolz waren.

Banner begann sich für die Frauen zu erwärmen, denn schließlich gehörten sie Jennys Volk an – und einer uralten Kultur, die Respekt verdiente.

Doch nach einer Weile wurde Banner ungeduldig. Das Stimmengewirr und Gelächter in der Hütte wurde immer lauter, und Adam schien nicht vorzuhaben, wieder herauszukommen.

Waren sie denn nicht hergekommen, um Patienten zu behandeln?

Aus Langeweile ging Banner auf eine steinerne Hütte in Ufernähe zu. »Was ist das?« fragte sie die Indianerinnen.

Mehrere Frauen antworteten zugleich, doch nur eine von ihnen sprach Englisch. »Wir treiben dort Krankheiten und böse Geister aus«, erklärte eine alte Frau in einem viel zu weiten braunen Satinkleid und einem geflickten Wollschal um die Schultern.

Böse Geister! Banner bückte sich schaudernd, um durch die niedrige Hüttentür zu sehen.

Als Adams Stimme neben ihr erklang, zuckte sie erschreckt zusammen. »Sie erhitzen Steine und tauchen sie in der Hütte ins kalte Wasser«, sagte er. »Wenn der Dampf den Patienten fast erstickt hat, schleppen sie ihn zum Ufer und werfen ihn ins Wasser.«

Banner war entsetzt, aber ihre Erleichterung, Adam neben sich zu wissen, war fast noch größer. »Du lieber Himmel!«

Adam betrachtete die Hütte, als hätte er sie am liebsten eingerissen, Stein für Stein. »Sie machen es aber nur, wenn eine Pockenepidemie auftritt. Sollten wir gehen, Kleeblatt?«

Banner atmete auf, obwohl der Besuch im Lager auch seine interessanten Seiten hatte. »Ist denn niemand krank?«

Adam nahm lächelnd ihre Hand, und die harmlose Geste löste eine süße, verwirrende Wärme in Banner aus. »Nein«, bestätigte er, bevor sie zur Kutsche zurückgingen, um sich auf den Heimweg zu machen.

»Haben sie dir wirklich Fisch und ein Kanu für mich angeboten?« fragte Banner, als das Pferd sich in Bewegung setzte.

Adam nickte lächelnd. »Ja. Im Inneren der Hütte wurden die Angebote dann noch viel interessanter.«

»*Wie* interessant?«

»Zwei ihrer Frauen, ein Pferd, und alle Kanus, die ich verlangt hätte.«

Banner unterdrückte ein Lächeln. »Warum bist du nicht darauf eingegangen?«

Adam wurde ernst. »Aus dem gleichen Grund, aus dem ich die Situation nicht ausnutzte, als wir auf dem Weg gehalten haben.«

»Und der wäre?« fragte Banner schnell.

Adam nahm die Zügel in eine Hand und strich mit der anderen über Banners von der Kälte gerötete Wange. »Weil ich kein Recht dazu besaß«, antwortete er heiser.

Banner senkte den Kopf, aber Adam zwang sie, ihn anzuschauen.

»Glaubtest du etwa, ich begehrte dich nicht?« fragte er.

Das Blut schoß Banner in die Wangen. »Ja«, gab sie leise zu.

»Dann hast du dich geirrt, O'Brien. Schwer geirrt.«

Es war ein beruhigendes Gefühl, zu wissen, daß er sie begehrte, aber Banner begriff seine Reaktion trotzdem nicht. Hatte er sich nur aus Respekt zurückgehalten, oder weil er sie noch für unberührt hielt?

Und warum machte sie sich überhaupt Gedanken über eine derart skandalöse Frage?

Banner empfand plötzlich den Wunsch, Adam von Sean zu erzählen, von ihrer unglücklichen Ehe, den Schlägen, dem Leid und ihrer schrecklichen Angst. »Adam, ich . . .«

Aber er ließ die Hand sinken und schien auf einmal meilenweit entfernt. Dachte er an die Frau, die er irgendwo besaß, und sein Versprechen, ihr treu zu sein?

Banner schluckte ihre Tränen hinunter, und für den Rest des Weges blieben beide stumm.

Es war neblig in der Meerenge von Puget, und die Schiffsmasten ächzten im Rhythmus der Brandung. Die großen Segel der *Jonathan Lee* waren im Moment völlig nutzlos.

Temple Royce umklammerte fluchend die Reling. Verdammt, wo blieb der Wind?

Der erste Offizier starrte in die Finsternis hinaus. »Es ist ein Küstenschutzboot, Käpt'n«, sagte er düster. »Wir sind schwer in der Patsche, wenn sie uns mit all den Chinesen erwischen. Und was ist mit dem Rum und den Ballen Stoff?«

Ja, was? »Bist du sicher, daß es ein Boot der Küstenwache ist?« fragte Temple. Er wunderte sich, daß der Mann es in der Finsternis erkennen sollte.

»Ich bin seit über vierzig Jahren im Schmuggelgeschäft«, erwiderte der Erste Offizier beleidigt. »Und *das* ist die Küstenwache, Käpt'n. Darauf können Sie Gift nehmen.«

Temple seufzte. Er litt unter Kopfschmerzen und Übelkeit. »Sag den Männern, sie sollen die Ladung versenken«, flüsterte er.

»Die *ganze* Ladung?«

»Ja, alles. Und schnell, verdammt.« Damit wandte Temple sich ab und ging hastig in seine Kajüte zurück.

Aber selbst dort waren die Schreie der Chinesen zu hören, die über Bord geworfen wurden . . .

Einige werden es sicher bis zur Küste schaffen, tröstete Temple sich und nahm einen tiefen Zug aus der Whiskeyflasche. *Aber falls tatsächlich eine Hölle existieren sollte, besteht sie nicht aus Glut und Feuer, sondern aus der Erinnerung an diesen Tag!*

Stewart Henderson kehrte am Sonntagmorgen in aller Frühe zurück. Er war ein untersetzter kleiner Mann mit gierigem Gesichtsausdruck und schmutzigen Fingernägeln. Ein kompliziertes System von Drähten hielt sein verletztes Kinn zusammen, was ihm das Sprechen sehr erschwerte.

»Sie können selbstverständlich im Haus bleiben, kleine Lady«, murmelte er.

Banner trat entsetzt zurück, aber dann nahm sie sich zusammen und lächelte. »Nein, das wäre nicht passend«, erwiderte sie kühl.

Dr. Henderson stampfte den Schnee von seinen Stiefeln, bevor er das Haus betrat. Seine farblosen Augen glitten prüfend über Banner, dann schaute er sich in der blitzsauberen kleinen Eingangshalle um. »Jemand hat hier ordentlich saubergemacht.«

Jenny war beim Erscheinen von Dr. Hendersons Wagen durch die Hintertür geflüchtet, und ein Instinkt warnte Banner davor, die Indianerin zu erwähnen. Aus diesem Grund verzichtete sie lieber auf eine Erwiderung.

Henderson sank in einen Sessel am Kamin, streifte die Stiefel ab und streckte aufatmend die Beine aus.

Augenblicklich erfüllte ein unangenehm stechender Geruch den Raum, und Banners empfindliche Nase zuckte.

Dr. Henderson lächelte anzüglich. »Sie sind ein hübsches Ding«, murmelte er. »Die hübscheste kleine Lady, die ich je gesehen habe.«

Sich für das Kompliment zu bedanken widerstrebte

Banner, daher verschränkte sie nur die Hände und fragte sich, wann dieser Rüpel das letzte Mal seine Socken gewechselt haben mochte. »Ich hörte, Sie würden länger fortbleiben«, sagte sie schließlich in sachlichem Ton.

Henderson berührte die Drähte an seinem Kinn und versuchte zu lachen, aber es gelang ihm nicht. »Es braucht schon mehr als eine kleine Auseinandersetzung mit einem Großmaul wie Adam Corbin, um mich zu vertreiben«, entgegnete er flüsternd.

»Ich habe Dr. Corbin schon kennengelernt«, entgegnete Banner ruhig.

»Das wundert mich nicht. Es geschieht nicht viel in dieser Stadt, wovon er nicht erfährt.« Henderson bemühte sich, ein besorgtes Gesicht zu machen. »Er hat Sie doch hoffentlich nicht belästigt?« erkundigte er sich galant.

»Nein«, log Banner. »Er hat mich nicht belästigt.«

Henderson schüttelte seinen fast kahlen Kopf. »Er ist ein schlechter Mensch, dieser Adam Corbin. Ein schlechter, verabscheuungswürdiger Mensch.«

Banner wußte es besser, aber sie hütete sich, ihre Meinung auszusprechen. Statt dessen sagte sie nur ruhig: »Ich habe mich bereit erklärt, in Dr. Corbins Praxis einzutreten.«

Der kleine Mann warf ihr einen bösen Blick zu. »Das ist ein Fehler«, sagte er nach einer langen Pause.

»Nein, das glaube ich nicht«, widersprach Banner entschieden, während sie ihren Umhang und ihren Arztkoffer nahm. »Ich lasse meine Sachen abholen«, sagte sie schon an der Tür, und dann stand sie draußen in der frischen, kalten Luft und im beginnenden Schneetreiben und atmete auf.

Während sie zu Fuß ins Stadtzentrum ging, zählte sie in Gedanken die wenigen Dollar, die im Boden ihres

Arztkoffers versteckt waren, und hoffte, daß sie für ein sauberes Zimmer in einem anständigen Haus reichten.

Wie es das Pech so wollte, begegnete sie im Eingang des einzigen Hotels Jeff Corbin. »Banner?« sagte er und blinzelte sie verwundert an.

Ob der Herr Kapitän eine Brille braucht? fragte sie sich und versuchte, nach einem kurzen Gruß weiterzugehen.

Aber Jeff ließ sie nicht vorbei. »Was machen Sie hier?« fragte er mit der typischen Offenheit der Corbins.

Banner senkte den Kopf. »Ich werde hier wohnen«, antwortete sie. »Falls ein Zimmer frei ist natürlich nur.«

Jeff nahm ihren Arm und zog sie ein Stück weiter über den Bürgersteig, wo sie von den eintretenden Hotelgästen nicht gehört werden konnten. »Hier? Ich dachte, sie lebten . . .«

Banner wurde langsam ungeduldig. Die Corbins schienen es darauf abgesehen zu haben, sie andauernd irgendwohin zu schieben oder zu ziehen. »Dr. Henderson ist zurück«, zischte sie gereizt. »Erwarten Sie etwa, daß ich bei ihm im Haus bleibe?«

»Natürlich nicht. Das wäre ja lachhaft. Unser Haus . . .«

»Nein, Jeff«, fiel Banner ihm kopfschüttelnd ins Wort. »Ich kann nicht in Ihrem Haus wohnen.«

»Warum denn nicht? Dort arbeiten Sie doch auch – in der Klinik, meine ich.«

Banner hielt es für besser, ganz aufrichtig zu sein, obwohl sie lieber Ausflüchte gemacht hätte. »Adam ist dort«, sagte sie leise.

Nun zeigte sich Verstehen in Jeffs Blick, aber auch eine gewisse Qual. Dennoch schien er nicht zum Nachgeben bereit. »Gehen wir hinein«, schlug er vor. »Dann können wir darüber reden.«

Der Hotelspeisesaal war ein bescheiden eingerichteter Raum mit Blick auf die Küste, aber er war makellos sauber. Banner seufzte erleichtert, als ein Kellner zwei Becher Kaffee brachte.

»Banner«, begann Jeff freundlich und berührte in einer brüderlichen Geste ihre Hand, »lieben Sie Adam?«

Sie betrachtete die Abschürfungen an seinen Fingerknöcheln, dann hob sie den Kopf und schaute ihm in die Augen. Sie waren genauso intensiv blau wie die von Adam. »Ich weiß es nicht«, antwortete sie ausweichend.

»Aber?«

Sie errötete. Verdammt, welche Antwort erwartete er von ihr? »Wir haben Schwierigkeiten.«

Jeff grinste entwaffnend. »In Verbindung mit Adam entstehen immer Schwierigkeiten«, gab er zu. »Aber er ist ein guter Mann, Banner.«

Sie deutete auf seine Verletzungen. »Sehen Sie doch, was er Ihnen angetan hat, Jeff! Oder wie Dr. Henderson aussieht«,

Jeff lächelte. Der Bluterguß an seinem Wangenknochen reichte fast bis an sein rechtes Auge. »Es ist nicht Adams Temperament, das Ihnen Sorge macht, Banner?« bemerkte er mit unheimlicher Einsicht. »Sie müssen wissen, daß alle Brüder von Zeit zu Zeit Auseinandersetzungen haben, und als Ärztin werden Sie verstehen, was Adam empfand, als er sah, was Henderson angerichtet hatte.«

»Es ist die Frau«, murmelte Banner bekümmert.

»Welche Frau?«

Banner spürte, wie ihr das Blut ins Gesicht schoß. Was hatte sie gesagt? Ihr Verdacht, daß Adam irgendwo eine Geliebte und vielleicht sogar Kinder hatte, beruhte nur auf Hirngespinsten und ihrem tief verwurzelten Mißtrauen. Und selbst wenn es so sein sollte, welches Recht besaß sie schon, nach nur fünf Tagen Bekanntschaft mit Adam darüber zu sprechen?

»Banner«, beharrte Jeff sanft.

Zu ihrem Entsetzen begann sie zu weinen. »Bitte ... es tut mir leid ... ich hatte kein Recht ...«

»Sie lieben ihn«, stellte Jeff in freundschaftlichem, aber entschiedenem Tonfall fest.

Banner nahm eine Serviette vom Tisch und trocknete ihre Tränen. »Ich bin eine Närrin«, murmelte sie beschämt.

Jeff lachte. »Nein.«

»Ich war früher immer so vernünftig ...«

Er hob die breiten Schultern. »Und das hat sich geändert, seit Sie Adam lieben?«

»Ja. Ich weiß nicht mehr, was ich denken soll. Ich empfinde etwas, und ganz plötzlich etwas völlig anderes ...«

»Und Sie glauben, er hätte eine Geliebte.«

Banner hätte gern etwas entgegnet, aber es fiel ihr beim besten Willen nichts ein. So nickte sie nur stumm.

Jeff schien plötzlich durch sie hindurchzusehen und starrte aus dem Fenster in den dichten Schnee ... Möglich, daß er an den Unfall dachte, dem sein Vater zum Opfer gefallen war, aber vielleicht suchte er auch nur die passenden Worte, um Banner beizubringen, daß Adam eine andere Frau liebte.

Sie sollte es nie erfahren, denn plötzlich tauchte Adam an ihrem Tisch auf.

»Sehr aufschlußreich«, bemerkte er mit wütender Miene.

Jeff schien unbeeindruckt. »Mach dich nicht lächerlich, Adam«, sagte er. »Banner wollte hier einziehen, nachdem Henderson nach Hause gekommen ist, und ich habe versucht, es ihr auszureden.«

Die merkwürdige Spannung, die Adams Schultern beherrschte, ließ spürbar nach, und er hockte sich auf einen Stuhl an ihrem Tisch. »Jenny hat mir schon erzählt, daß er zurück ist«, gab er verlegen zu.

Banner bereitete sich auf eine Auseinandersetzung vor. Er würde sagen, das Hotel sei zu weit von der Klinik entfernt, oder nicht sicher genug, oder . . .

»Ich glaube, es ist am besten, wenn sie hierbleibt.«

Seine Worte trafen Banners verwirrtes Herz wie ein Stein und verschlugen ihr die Sprache.

Jeff hatte derartige Schwierigkeiten nicht. »Was?«

Adam zuckte mit übertriebener Nonchalance die Schultern. »Die meiste Zeit seid ihr nicht da, Melissa, Mama und du, Jeff, und ich lebe allein, abgesehen von Maggie. Kannst du dir den Klatsch vorstellen, wenn Kleeblatt einzöge?«

Seiner Logik war nichts entgegenzusetzen. Banner hatte sie selbst schon angewandt mit ihrem Entschluß, sich ein Hotelzimmer zu suchen. Trotzdem empfand sie Adams gleichgültigen Ton als kränkend.

Mit bemerkenswerter Würde stand sie auf, entschuldigte sich und ging zur Rezeption, um sich nach einem Zimmer zu erkundigen.

Eine halbe Stunde später wurde ihr Gepäck gebracht. Banner war schon im Begriff, sich auf ihr schmales Eisenbett zu werfen und sich die Augen auszuweinen, als Jenny erschien.

»Sie gehören zu Adam«, sagte das Mädchen, während es seinen dicken Wollmantel auszug und eine nervöse Wanderung durch das kleine Zimmer begann.

Banner hockte sich aufs Bett und schüttelte betrübt den Kopf. »Was hast du jetzt vor, Jenny?«

Die Indianerin hob lächelnd die rundlichen Schultern.

»Ich gehe natürlich zu Miss Callie Maitland zurück. Ich arbeite schon sehr lange bei ihr.«

Beschämt wurde Banner bewußt, daß sie sich nie dafür interessiert hatte, wo Jenny arbeitete, wo sie lebte, was sie erhoffte, und was sie bereute. Das Mädchen war ihr einfach eine Freundin gewesen, die stets zur Stelle war, wenn sie sie gebraucht hatte.

Jenny schien ihre Gedanken zu erraten. »Sie dachten, Adam hätte mich herbeigezaubert, nicht wahr?« scherzte sie. »Wie einen guten Geist.«

»Ich habe mir überhaupt keine Gedanken darüber gemacht, Jenny, und das tut mir schrecklich leid!«

Die Indianerin setzte sich neben Banner. »Es wird alles gut werden, machen Sie sich keine Sorgen«, meinte sie tröstend.

Nichts war gut, seit Banner Adam begegnet war, aber das sagte sie nicht, weil es sinnlos gewesen wäre, Jenny mit ihren Sorgen zu belasten. »Ja«, stimmte sie tonlos zu. »Es wird alles gut werden.«

Jenny stand auf und zog ihren Mantel an. »Miss Callie lebt in Harbor Street«, erklärte sie ruhig. »Nummer fünf. Werden Sie mich einmal besuchen, Banner?«

Banner drückte Jennys kräftige braune Hand. »Ganz gewiß!«

Einen Moment später fiel die Tür mit einem leisen Klicken hinter der Indianerin ins Schloß.

Melissa marschierte aufgeregt durch den Raum. Ihre Absätze klapperten auf dem harten, abgenutzten Boden von Banners Zimmer. »Findest du meinen Roman wirklich gut, Banner?« fragte sie begeistert. »Du sagst es nicht nur, damit ich es weiter versuche?«

Melissas Heiterkeit war wie Balsam für Banners Seele. »Ich würde dich nicht belügen, Melissa«, antwortete Banner lächelnd. »Ich halte dich für sehr begabt.«

Wie Quecksilber wechselte Melissa zu einem anderen Thema über.

»Willst du hier wirklich wohnen, Banner?«

»Irgendwo muß ich wohnen.«

»Dann komm zu uns! Das Haus ist groß genug. Wir könnten eine ganze Armee darin unterbringen!«

Banner schüttelte den Kopf, obwohl sie sich insgeheim nach diesem großen Haus auf dem Hügel sehnte. »Es wäre nicht korrekt.«

»Korrekt!« spottete Melissa.

»Ja, korrekt!« beharrte Banner streng. »Darf ich dich daran erinnern, daß dein Bruder und ich nach den Feiertagen ganz allein im Hause wären?«

»Maggie ist immer da.«

Wieder schüttelte Banner den Kopf.

»Wie prüde du bist, Dr. Banner! Wie soll eure Romanze erblühen, wenn du nie mit Adam allein bist?«

Banner zuckte die Schultern.

Melissa wirkte enttäuscht, aber dann schien sie eine Eingebung zu haben. »Ich weiß! Du könntest wenigstens die Feiertage bei uns verbringen – bis wir alle abreisen! Du schläfst in meinem Zimmer und . . .«

»Melissa.«

»Willst du nicht wenigstens zum Essen mitkommen? Keith wartet unten, um uns nach Hause zu fahren, und Mama verläßt sich darauf, daß du mitkommst.«

Abzulehnen, nur um Adam aus dem Weg zu gehen, hätte wenig Sinn gehabt. Schließlich würden sie von jetzt an täglich zusammen arbeiten und gemeinsam ihre Patienten betreuen.

Außerdem kam sich Banner in diesem tristen kleinen Zimmer vor wie im Exil.

»Na schön«, sagte sie, und ihr Herz machte einen kleinen Freudensprung, als kehre auch sie, wie Melissa, nach Hause zurück.

Francelles Vater saß Banner am Tisch gegenüber und lächelte sein für die Öffentlichkeit bestimmtes Senatorenlächeln.

»Eine Ärztin! So, so. Francelle hat es mir schon erzählt, aber ich gebe zu, daß ich es nicht glauben konnte.«

Banner kam sich vor wie ein Zirkusaffe. *So, so, Francelle hat es mir schon erzählt, aber ich gebe zu, daß ich es nicht glauben konnte.*

Katherine hatte den Gesetzesvertreter ihres Distrikts schon während des ganzen Essens mit peinlichen Fragen gequält. Jetzt schaute sie lächelnd Banner an, Adam und den Senator. »Finden Sie es nicht merkwürdig, Thomas, daß eine Frau in einem Staat Medizin praktizieren darf, aber nicht das Recht besitzt, zu wählen?«

Thomas Mayhughs Augen flackerten, und er griff nervös nach seiner goldenen Taschenuhr. »Katherine, ich habe es Ihnen doch schon einmal gesagt! Ich habe selbst eine Gesetzesänderung vorgelegt, um zu erreichen, daß das Wahlrecht Frauen und ... und ...«

Katherine beugte sich eifrig vor.

»Frauen und Mischlingen eingeräumt wird?« schloß sie für ihn.

Senator Mayhughs Tochter kam ihm zu Hilfe. Mit einem giftigen Blick in Banners Richtung sagte sie: »Ich finde, Frauen sollten sich um das Haus kümmern und Kinder haben. Warum sollten wir wählen wollen, wenn unsere Männer doch bestimmen würden, wen wir zu wählen haben?«

Als niemand sprach, schaute Francelle Adam fragend an. »Was meinst du, Adam? Sollen Frauen wählen?«

Adam lächelte. »Einige Frauen«, konterte er mit freundlichem Spott. »Im übrigen ist es keine faire Frage, Francelle. Schließlich muß ich in diesem Haus leben.«

Katherine betrachtete ihren Sohn mit einer Mischung aus Interesse und Belustigung. »Du hast deine Berufung verfehlt, mein Lieber«, warf sie trocken ein. »Wer so viele Worte machen kann, ohne wirklich etwas gesagt zu haben, gehört in die Politik, nicht in die Medizin.«

Adam hob sein Weinglas zu einem stummen Gruß.

5

Die Fahrt den steilen Hügel hinunter nach Port Hastings erschien Banner an diesem Abend noch gefährlicher als sonst, vor allem mit Adams Chauffeur. Wie üblich machte Banner Konversation, um sich abzulenken.

»Deine Mutter hatte recht«, sagte sie. »Du hast nicht verraten, ob du für das Frauenwahlrecht bist oder dagegen.«

Adam schaute sie an – das spürte sie an der Bewegung – aber sein Gesichtsausdruck war im Dunkeln nicht zu erkennen. »Ich bin nicht gegen das Wahlrecht für Frauen, O'Brien«, erwiderte er.

»Aber auch nicht unbedingt dafür?«

Adam schien sich auf die steil abfallende Straße zu konzentrieren. »Da Frauen vor der Justiz als verantwortlich gelten, sollten sie auch die Rechte genießen, die uns die Gesetze bieten.«

Banner runzelte die Stirn. »Die meisten Männer denken anders, Adam. Warum nicht auch du?«

Er beobachtete sie wieder. »Es hat etwas mit der Prohibition zu tun. Die meisten Männer stellen sich eine ganze Armee von Frauen vor, die sich mit der Axt in der Hand um die Wahlurnen versammeln. Falls je der Alkoholgenuß verboten wird, ist es kein weiter Schritt, bis auch die Prostitution für illegal erklärt wird.«

Banner schwieg und kuschelte sich tiefer unter die Decke, als ein kalter Windstoß über die Kutsche dahinzog. Wie sich die Männer an ihre beiden Lieblingsbeschäftigungen klammern! dachte sie empört.

»Sag etwas, O'Brien.« Sie hatten inzwischen den Stadtrand erreicht und bogen in den Geschäftsbezirk ein. Banners Hotel war nur noch wenige Meter entfernt.

»Ich dachte nur, wie egoistisch Männer sind«, erwiderte sie aufrichtig. »Stell dir erwachsene Menschen vor, die anderen Grundrechte verweigern, nur weil sie weitertrinken wollen und . . .«

Adam brachte den Wagen unter einer Laterne vor dem Hotel zum Stehen. »Und was?« fragte er amüsiert.

Banner errötete vor Ärger und merkte – leider zu spät – wie geschickt er sie in die Falle gelockt hatte. »Du weißt schon!« zischte sie.

Adam hob kapitulierend die Hände. »Gnade, O'Brien!« sagte er lachend. »Erschieß mich nicht. ›*Du weißt schon*‹ kommt mir leider immer häufiger in den Sinn, wenn ich in deiner Nähe bin.«

Banner zerrte die Decke herunter und stieg hastig aus dem Wagen. »Mach, daß du nach Hause kommst!« rief sie Adam zu.

»Komm mit!« antwortete er.

Mit hochrotem Gesicht wandte Banner sich ab und stürmte auf ihr sicheres Hotel zu. Adams Lachen verfolgte sie bis in die Eingangshalle.

Der Schnee fiel immer stärker in den nächsten Tagen, bis die Hausdächer unter seinem Gewicht ächzten, die Kinder aus der Schule gehalten wurden und keine Schiffe mehr im Hafen einlaufen oder ihn verlassen konnten.

Banner hatte ein unbehagliches Gefühl in jenen Tagen, obwohl sie stark beschäftigt war mit Adams Klinik und seinen Patienten. Es war, als käme etwas Bedrohliches auf sie zu, eine unbekannte Gefahr, die sie unter sich begraben würde wie der Schnee die Außenschuppen und Hühnerhäuser.

Im Gegensatz zu ihrer düsteren Stimmung herrschte ein munteres, festliches Treiben im Hause der Corbins. Die Atmosphäre war beherrscht von Geheimnissen, überall wurden Tannenzweige und Kränze befestigt und Weihnachtslieder gesungen. Denn es hatte sich herausgestellt, daß Clarence King, der Spieler, einen wunderschönen Bariton besaß.

Um all dieser Fröhlichkeit zu entfliehen, zog Banner sich an jeden stürmischen dreiundzwanzigsten Dezember zu Maggie in die Küche zurück.

Die rundliche Frau mit den lustigen Augen und dem wirren grauen Haar rollte auf einem Arbeitstisch Teig aus und summte ein Weihnachtslied.

»Kein Lächeln für die alte Maggie?« fragte sie, als Banner eintrat.

Banner schenkte sich Kaffee ein und setzte sich mit verdrossener Miene auf eine Bank dicht am Kamin. Die Wärme des flackernden Feuers schien durch eine unsichtbare Barriere von ihr getrennt zu sein, denn sie erreichte sie nicht. »Ich fürchte, mir ist nicht nach lächeln zumute«, sagte sie leise.

»Vermissen Sie Ihre Familie?«

Banner hatte keine Familie, die sie vermissen konnte. An ihre Eltern erinnerte sie sich nur schwach, und ihre Großmutter, die sie aufgezogen hatte, war lange vor ihrer Heirat mit Sean verstorben. »Hört es denn nie mehr auf, zu schneien?« flüsterte sie, ohne Maggies Frage zu beantworten.

»Doch.« Maggie beschäftigte sich wieder mit ihrem Teig. »Es wird aufhören, und dann kommt die Sonne wieder heraus.«

Die doppelte Bedeutung, die hinter ihren Worten lag, tröstete Banner etwas. »Sie kochen schon seit Tagen«, bemerkte sie. »Werden Sie nie müde?«

»Ich hebe mir meine Müdigkeit für den Tag nach Weihnachten auf«, scherzte Maggie. »Bis dahin wage ich kaum, Atem zu holen.« Sie zuckte die runden Schultern. »Ich habe gern die ganze Familie hier. Es wäre kein richtiges Weihnachten für mich, wenn ich nicht alle paar Minuten einen der Jungen von meiner Blaubeertorte verjagen müßte.«

Banner lächelte, und zum ersten Mal seit Tagen war es echt. »Sie lieben sie sehr, nicht wahr, Maggie?«

Die alte Frau nickte. »Melissa natürlich auch. Aber die Jungen sind mir ganz besonders ans Herz gewachsen, vor allem Adam. Mit ihm hatten wir von Anfang an die größten Schwierigkeiten. Als Baby wäre er fast verhungert, unser Adam. Ich glaube, deshalb koche ich jetzt so gern für ihn.«

»Verhungert?« wiederholte Banner verblüfft.

Maggie nickte. »Die Muttermilch bekam ihm nicht, und er hätte das erste Jahr bestimmt nicht überlebt, wenn die alte Martha Washington nicht gewesen wäre.«

Martha Washington? Banner hätte fast ihrer Verwirrung Ausdruck verliehen, als sie sich an den albernen Brauch erinnerte, Indianern die Namen berühmter Persönlichkeiten zu verleihen. »Was hat sie getan?«

»Sie kam eines Tages zur Hütte und sagte, sie habe gehört, wir hätten ein krankes Baby. Miss Katie war in Tränen aufgelöst, Daniel war unterwegs, und Adam brüllte wie am Spieß – bis die alte Martha die Sache in die Hand nahm. Als sie sich davon überzeugt hatte, daß er die Muttermilch nicht annahm, kochte sie eine Handvoll frischer Muscheln und gab ihm die Brühe. Und davon lebte Adam, bis er zehn Monate alt war.«

Banner stellte sich die kleine Hütte vor, die verzweifelte junge Mutter und dachte, wie vieles sich seitdem geändert hatte. »Daniel war Mrs. Corbins Mann?«

Maggie nickte. »Er war ein hübscher Kerl, wenn auch etwas draufgängerhaft, und er besaß ein außergewöhnliches Talent zum Geldverdienen. Als Keith zur Welt kam, hatte Daniel schon vier Schiffe, die die Weltmeere befuhren, und eine Werft und eine Sägemühle waren im Bau. Dieses Haus hier haben sie am gleichen Ort errichtet, wo früher die Hütte stand.«

Banner überlegte sich gerade eine Antwort, als die Tür aufging und Adam hereinkam. Er lächelte Banner flüchtig zu und stürzte sich mit ausgestrecktem Zeigefinger auf Maggies Pfirsichkuchenfüllung.

»Wenn du das anfaßt, setzt es Schläge!« warnte Maggie und hob drohend die mehlbedeckte Teigrolle.

Adam sprang in gespieltem Entsetzen zurück, dann setzte er sich neben Banner auf die Bank. »Faulenzt du schon wieder, O'Brien?« erkundigte er sich gedehnt.

Banner stieß ihm den Ellenbogen in die Rippen. »Faulenzen? Ich war den ganzen Morgen in der Klinik, habe Patienten behandelt und Instrumente gereinigt. Du hingegen . . .«

Adam lachte. »Es ist nicht meine Schuld, daß Jeff und Keith sich jede Tanne zwischen hier und Portland anschauen mußten, bevor sie sich für einen Weihnachtsbaum entschieden.«

»Apropos Weihnachten«, warf Maggie ein, während sie mit grimmiger Miene ihren Teig bearbeitete. »Wirst du morgen zu Hause sein, oder hast du vor, schon wieder ganz allein auf Wanderschaft zu gehen?«

Der humorvolle Blick verschwand aus Adams Augen. »Ich breche morgen früh auf – wie immer«, antwortete er scharf und stand auf, ohne Banner zu beachten. »Sorge dafür, daß die Lebensmittel gepackt sind.«

Maggie schien mindestens so ärgerlich wie Adam, doch sie nickte stumm und ließ ihre Wut am Teig aus.

Adam schlenderte hinaus und überließ es Banner, ihre eigenen Schlüsse aus seinen Plänen für den Weihnachtstag zu ziehen.

Als sie ihm das nächste Mal begegnete, auf der Station, untersuchte er gerade Clarence Kings Hand. Da Banner sich schon oft genug davon überzeugt hatte, daß keine Infektion bestand und die Wunde sauber verheilte, begriff sie nicht, warum Adam den jungen Mann nicht aus der Klinik entließ. Aber vielleicht wußte Clarence ja nicht, wohin er gehen sollte, und deswegen behielt Adam ihn über die Feiertage hier?

Zu stolz, um Adam anzusprechen, ging Banner zum Fenster und starrte schweigend hinaus.

Unten im Garten lieferten sich Melissa und Francelle eine wilde Schneeballschlacht. Ihre hellen Stimmen drangen durch die kalte Winterluft zu ihnen herüber, aber Banner hörte und sah die Mädchen nicht. Sie dachte an die Frau, die Adam morgen besuchte, die Frau, der er Lebensmittel bringen würde. Ob sie schön war? Liebte er sie sehr?

Banners Augen brannten, sie preßte die Lippen zusammen. Adams Geliebte muß eine besondere Frau sein, dachte sie düster, wenn er am Weihnachtstag seine Familie verlaßt, um zu ihr zu gehen!

Am Hafen heulte eine Dampfersirene auf. Der Ton vermischte sich mit Francelles und Melissas übermütigem Gelächter, und Banner kam sich noch viel einsamer vor.

Doch sie hob energisch das Kinn und dachte von neuem an Adams Geliebte. Ich werde ihn dir fortnehmen, schwor sie sich – sie, Banner O'Brien, die nie wieder einen Mann in ihrem Leben hatte haben wollen und schon gar nicht den Geliebten einer anderen Frau!

»Kleeblatt?«

Widerstrebend wandte sie sich um. »Was macht Clarence' Hand?« fragte sie unnötigerweise.

Adam verschränkte die Arme vor der Brust und betrachtete Banner. »Sie verheilt sehr gut«, antwortete er mit einem humorvollen Funkeln in seinen blauen Augen. Ob er wohl ahnte, was sie dachte?

Banner errötete ein bißchen und hoffte, daß es nicht so war. »Es schneit«, sagte sie und haßte sich für diese nichtssagende Bemerkung, noch bevor sie ausgesprochen war.

Adams blaue Augen glitzerten belustigt. »Ja, Kleeblatt,

es schneit tatsächlich«, bestätigte er, bevor er in die Innentasche seiner grauen Seidenweste griff und ihr einen Umschlag reichte. »Hier. Ein Monatsgehalt.«

Banners Augen weiteten sich vor Überraschung – der Umschlag war dick mit Scheinen gefüllt. »Ich habe noch keinen Monat gearbeitet«, erinnerte sie ihn, aber vor Freude wurde ihr ganz warm ums Herz. Immerhin war in zwei Tagen Weihnachten, und da sie das Fest hier mit der Familie verbringen würde, war es ein beunruhigender Gedanke gewesen, nicht einmal das kleinste Geschenk kaufen zu können.

Adam zuckte die Schultern. »Ich kann mich wohl darauf verlassen, daß du mich nicht im Stich läßt, bevor der Monat vorüber ist, nicht wahr, O'Brien?«

Banner zählte das Geld im Umschlag verstohlen. Es waren fünf Zwanzigdollarscheine – insgesamt einhundert Dollar! Soviel hatte sie mit etwas Glück in ihrer eigenen Praxis in einem ganzen Jahr verdient! »Ist das nicht ein bißchen viel – für einen Monat?«

Adam lächelte beschwichtigend. »Nein, wenn man bedenkt, wie anstrengend die Arbeit in einer Praxis wie dieser ist. Bisher war es leicht, O'Brien, aber wenn die Klinik erst voll belegt ist und sich im Wartezimmer die Patienten drängen, wirst du noch eine Gehaltserhöhung von mir verlangen.«

Banner schaute auf das Geld und dachte an das hübsche Spitzentaschentuch, das sie in einem Schaufenster gesehen hatte – ein perfektes Geschenk für Mrs. Corbin. für Melissa wäre das wunderschöne, in kostbares Leder gebundene Tagebuch geeignet, das sie ebenfalls gesehen hatte. Plötzlich war ihre düstere Stimmung verflogen.

»Nimm dir ein paar Stunden frei«, forderte Adam sie

auf, und diesmal wußte sie sicher, daß er ihre Gedanken erraten hatte.

»Jeff muß irgendwo im Haus sein. Bestimmt wird er dich mit Vergnügen in die Stadt fahren.«

Adam lachte, als Banner sich voller Eifer abwandte, um ihren Umhang zu holen. Mit geröteten Wangen blieb sie an der Tür stehen, die zum Gang ins Wohnzimmer führte. »Danke, Adam«, sagte sie leise.

Adam zuckte nur die Schultern.

Jeff war im Salon und überwachte das Aufstellen der riesigen, duftenden Weihnachtstanne. Eine Bewegung hinter den dichten Zweigen verriet die Anwesenheit einer zweiten Person.

»Zum Fenster hin, Keith! Verdammt – ans Fenster!« polterte Jeff.

»Ich kann das Fenster nicht sehen!« entgegnete Keith gereizt. »Würdest du bitte ›nach rechts‹ oder ›nach links‹ sagen?«

»Steuerbord«, rief Jeff mit kaum verhohlener Ungeduld.

Der riesige Baum schwankte nach rechts. *»Steuerbord!«* murmelte die Stimme im Baum. »Wir sind hier im Salon, du Idiot, und nicht auf deiner *Sea Mistress!«*

Banner hatte die Szene amüsiert beobachtet, ohne etwas zu sagen, aber jetzt entschlüpfte ihr ein Kichern, und Jeff drehte sich zu ihr um.

»Hallo, Dr. O'Brien.«

»Bin ich jetzt vor dem verflixten Fenster oder nicht?« fragte Keith.

Banner lachte laut, und ihre Stimmung erfuhr einen weiteren unerwarteten Aufschwung. »Ein bißchen mehr nach links«, sagte sie.

Gehorsam glitt der massive Baum nach links und verbreitete bei der Bewegung seinen würzigen Duft im Raum.

»Jetzt?« fragte Keith verdrossen.

»Jetzt«, bestätigte Banner.

Die Zweige raschelten, als Keith gebückt hervortrat, mit zerzaustem Haar und leicht verärgerter Miene. Bei Banners Anblick hellte sein Gesicht sich jedoch auf, er schaute grinsend zu Jeff hinüber und murmelte: »Ist dir aufgefallen, daß Adam immer die besten Geschenke bekommt?«

Jeff nickte, und für einen Moment erschien ein wehmütiger Blick in seinen blauen Augen.

Banner war verblüfft über den Wechsel in seinem Ausdruck, aber sie beschloß, nicht weiter darüber nachzudenken. Sie wollte die festliche Stimmung nicht zerstören. »Ihr Bruder meinte, Sie würden mich vielleicht in die Stadt fahren«, wandte sie sich an Jeff. »Ich möchte etwas einkaufen.«

Jeff machte eine angedeutete Verbeugung vor ihr. »Ich stehe zu Ihren Diensten, Mylady. Ich lasse die Kutsche sofort vorfahren.«

»Der Zweisitzer reicht auch«, warf Banner, die nicht an Luxus gewöhnt war, ein.

»Nicht für Sie«, widersprach Jeff galant, bevor er ihre Hand nahm und sie küßte.

Keith verdrehte die Augen. »Sie müssen meinem Bruder verzeihen, Banner. Er bringt manchmal die Jahrhunderte durcheinander und verwandelt sich vor unser aller Augen vom Kapitän eines modernen Schiffes in einen prahlerischen Piraten. Einige von uns verdächtigen ihn sogar, bei voller Fahrt mit gezogenem Schwert am Ende der Laufplanke zu stehen oder im Takelwerk zu hängen.«

»Kümmere dich um deine Schäflein!« entgegnete Jeff

herablassend, ohne den Blick von Banner zu lösen. »Meine Chauffeurdienste haben allerdings einen Preis, Dr. O'Brien.«

Banner wußte, daß kein Anlaß zur Unruhe bestand; von Jeff drohte ihr keine Gefahr. »Und der wäre?« fragte sie lächelnd.

»Sie müssen sich von mir zum Abendessen einladen lassen.«

»Einverstanden«, stimmte sie bereitwillig zu.

Keith stieß seinen Bruder in die Rippen. »Ich hoffe, du hattest ein langes erfülltes Leben«, sagte er geheimnisvoll, bevor er ging.

Eine knappe Viertelstunde später saß Banner in der bequemen Familienkutsche, eine dicke Felldecke über den Knien.

Ihr erstes Ziel war Banners Hotel, wo sie ihr bestes Kleid abholte – ein Abendkleid aus hellblauem Taft, das gebügelt werden mußte, bevor sie es anziehen konnte. Nachdem sie es in Wung Los Wäscherei abgegeben hatten, machten sie sich auf den Weg zum einzigen Warenhaus der Stadt.

In der Annahme, Banner sei lieber allein beim Einkaufen, schützte Jeff eigene Besorgungen vor und versprach, sie später wieder abzuholen.

Der Laden war gut bestückt, und ein mächtiger Ofen sorgte für angenehme Wärme. Das Spitzentaschentuch für Mrs. Corbin und das Tagenbuch für Melissa waren schnell gefunden. Danach suchte Banner ein Parfüm für Maggie aus, Bücher für Jeff und Keith und – nach langer Überlegung – ein hübsches Duftkissen aus glänzendem Satin für Jenny.

Nun blieb nur noch Adam.

Banner ging zu den Büchern zurück, aber keins davon

erschien ihr passend für Adam. Stirnrunzelnd betrachtete sie Auslage um Auslage, nahm Gegenstände in die Hand und legte sie kopfschüttelnd wieder zurück.

»Schwierigkeiten?« fragte eine männliche Stimme, als Banner vor einer Sammlung kleiner Indianertrommeln stehenblieb. Banner drehte sich um und schaute in das markante, lächelnde Gesicht von Temple Royce. »Hallo«, grüßte sie ihn.

»Dr. Henderson sagte, Sie wären in Adam Corbins Praxis eingetreten«, sagte Mr. Royce verdrossen, und sein Lächeln wirkte plötzlich sehr erzwungen. »Ich muß sagen, das hat mich überrascht.«

»Warum?« fragte Banner mit abwesender Miene, während sie überlegte, ob ein Karton mit Pralinen ein passendes Geschenk für Adam wäre.

»Es ist nicht leicht, mit Adam auszukommen«, erklärte Mr. Royce mit vielsagendem Blick.

Banner nickte lächelnd. »Das stimmt. Aber er ist ein hervorragender Arzt, und ich bin sicher, daß ich sehr viel von ihm lernen werde.«

Ein Muskel zuckte an Royces glattrasierter Wange. »Möglich«, sagte er nach einer Weile, drehte seinen eleganten Hut aus Biberfell in den Händen und schien sich sehr unbehaglich zu fühlen.

»Stimmt irgend etwas nicht?« erkundigte sich Banner verblüfft.

Wieder dieses erzwungene Lächeln. »Nein ... natürlich nicht. Es ist nur ... nun ja, ich ...«

»Ja?«

Mr. Royce klopfte die Schneeflocken von den Ärmeln seines gutsitzenden Rocks. »Da ich es war, der Sie nach Port Hastings gebracht hat, würde ich mich verantwortlich fühlen, falls etwas ... passierte.«

»Zum Beispiel?« Banner war gekränkt, obwohl ihr selbst nicht ganz klar war, warum sie sich gekränkt fühlen sollte.

Bevor Royce etwas erwidern konnte, kehrte Jeff zurück. Seine großen Hände steckten in den Taschen seiner blauen Kapitänsuniform. Schnee glitzerte auf seinen Schultern und unterdrückter Zorn in seinen Augen, als er Royce neben Banner erblickt.

»Royce«, sagte er knapp, und Banner fragte sich, ob es ein Gruß sein sollte oder eine Drohung.

Temple lächelte nervös. »Jeff«, erwiderte er mit einer angedeuteten Verneigung.

Jeffs Blick ging zu Banner, und seine Züge wurden weicher. »Sind Sie fertig?« fragte er.

Banner hielt ihren Einkaufskorb so, daß Jeff nicht den Inhalt sehen konnte. Sein Geschenk sollte eine Überraschung für ihn sein. »Noch nicht. Könnten Sie mir noch ein paar Minuten Zeit lassen?«

Jeff zuckte gutmütig die breiten Schultern. »Ich warte«, stimmte er zu, und als Banner weiterging, hörte sie, wie er in gedämpftem, aber eindringlichem Ton auf Royce einsprach.

Aber Banner hatte Wichtigeres zu tun, als sich Gedanken darüber zu machen. Sie blieb von neuem vor den Indianertrommeln stehen, und aus einer plötzlichen Eingebung heraus wählte sie die schönste und bunteste für Adam aus – als Erinnerung an jenen Tag im Indianerlager.

Temple Royce war schon fort, als Banner an die Kasse trat, und Jeff hielt sich diskret zurück, bis alle Geschenke verpackt waren. Dann kam er zu ihr hinüber und nahm ihr das Paket ab.

Während Banner an der Eingangstür wartete, das

Schneetreiben und den Kutschenverkehr auf der Straße beobachtete, kaufte auch Jeff rasch etwas ein. Er schob das Päckchen in die Jackentasche, bevor er zu Banner hinaustrat.

Obwohl es noch viel zu früh zum Abendessen war, deutete er auf ein Speiselokal auf der anderen Straßenseite. »Sind Sie hungrig, Banner?«

Sie war sogar sehr hungrig, da sie nichts zu Mittag gegessen hatte, aber es drängte sie auch, ihr Kleid vom Bügeln abzuholen. Am nächsten Tag fand nach dem Schlittschuhlaufen eine Party statt, und Banner wollte so hübsch wie möglich sein, selbst wenn Adam nicht anwesend war. Als Ärztin war ihr bewußt, daß jeden Augenblick ein Notfall auftreten konnte und ihr dann vielleicht keine Zeit blieb, das Kleid abzuholen.

»Ich würde lieber zuerst zur Wäscherei gehen«, antwortete sie.

Jeff nickte und bot ihr seinen Arm. »Wie gut kennen Sie Temple Royce?« fragte er gelassen.

»Nicht besonders gut.« Jeffs Frage erinnerte Banner an die Feindseligkeit, die sie im Laden zwischen den beiden Männern gespürt hatte. »Sie mögen ihn nicht, oder?«

»Das ist stark untertrieben«, erklärte Jeff in hartem Ton. »Ist er Ihnen sympathisch, Banner?«

Sie dachte nach. »Darüber habe ich mir noch keine Gedanken gemacht. Er ist mir ziemlich gleichgültig, glaube ich.«

Banner hatte nicht gemerkt, wie Jeff sich innerlich versteifte. Erst jetzt, als sich seine Muskeln lockerten, fiel es ihr auf. »Gut«, sagte er erleichtert. Dann hatten sie Wung Los Wäscherei erreicht, und Jeff hielt die Tür für Banner auf.

Drinnen war es heiß und feucht, und es roch angenehm nach Stärke. Dampf stieg von verschiedenen Waschkesseln hinter der Theke auf, und eine Reismühle drehte sich knarrend. Die Regale waren mit exotischen Teesorten gefüllt, Reistüten und Bündeln von sauberer, sorgfältig eingepackter Wäsche.

Wung Lo begrüßte Banner lächelnd und gab ihr unter unzähligen Verbeugungen zu verstehen, daß ihr Kleid leider, leider noch nicht fertig sei.

Banner und Jeff schauten zu, wie er ein Bügelbrett heranzog, das Kleid holte und es auf dem Brett ausbreitete. Dann füllte er seinen Mund mit Wasser, spuckte auf Banners geliebtes Kleid und stellte das Eisen auf die feuchte Stelle.

Jeff erstickte fast vor Lachen, als er Banner entsetzte Miene sah. »Erstaunlich«, bemerkte er leise. »Aber sehr wirkungsvoll.«

Banners Augen weiteten sich, als der Chinese immer wieder seinen Mund füllte und auf das Kleid spuckte. Dabei bewegten sich eine kleinen, flinken Hände unaufhörlich, und als er fertig war, sah das Kleid wie neu aus.

»Ich bringen zu Missys Haus?« fragte Wung Lo strahlend.

Banner hätte das Kleid lieber mitgenommen, aber sie befürchtete, es auf dem Weg erneut zu zerknittern. Außerdem wollte sie noch mit Jeff essen gehen.

»Liefern Sie es bitte in die Residenz der Familie Corbin«, sagte Jeff und legte einige Münzen auf die Theke. »Heute noch.«

»Heute«, bestätigte Wung Lo heiter.

Auf der Straße steckte Banner ihr Paket unter den Arm, um in ihrer Tasche nach Münzen zu suchen, weil sie Jeff zurückzahlen wollte, was er für sie ausgelegt hatte.

Jeff nahm ihr das Paket ab und schüttelte den Kopf. »Lassen Sie das!« erklärte er entschieden.

Doch sobald sie im Restaurant saßen, nahm Banner die entsprechende Summe aus der Tasche und legte sie wortlos auf den Tisch.

Jeff ignorierte das Geld während der ganzen Mahlzeit, die ausgesprochen gut war. Banner hatte noch nie Geflügelpastete probiert und aß jetzt mit einem solchen Appetit, daß Jeff ihr anbot, eine zweite Portion zu bestellen.

Nach einem stummen Vortrag über damenhaftes Verhalten lehnte Banner bedauernd ab und begnügte sich mit dem Apfelwein, der heiß serviert wurde, gewürzt mit Zimt und Zucker, und ganz köstlich schmeckte.

»Sie scheinen sich sehr wohl zu fühlen«, bemerkte Jeff, als die Serviererin das leere Geschirr abräumte.

Banner lächelte. »Das macht Ihre Gesellschaft, Kapitän Corbin.«

Er erwiderte ihr Lächeln, aber es haftete ihm etwas Trauriges an. »Wirklich?«

»Ja«, versicherte Banner gerührt.

Jeff berührte ihre Hand, aber dann zog er sie so hastig zurück, als bereute er die Geste schon. »Es stört Sie hoffentlich nicht, daß ich Wung Lo gesagt habe, er solle das Kleid zu uns nach Hause bringen. Mama und Melissa hoffen, Sie würden bei uns übernachten.«

Da Melissa Banner längst dazu überredet hatte, nickte sie nur zustimmend. Im Grunde war Banner froh, nicht in ihr karges Hotelzimmer zurückkehren zu müssen, wenn auch nur für kurze Zeit.

Ein kurzes Schweigen entstand, das Banner mit einem erschrockenen Ausruf brach.

»Was ist?« fragte Jeff besorgt.

»Ich habe vergessen, ein Geschenk für Clarence zu besorgen!«

Jeff schüttelte lachend den Kopf. »Das geht natürlich

nicht. Was wollen Sie unserem bezaubernden jungen Spieler denn schenken, Banner?«

Sie hatte an ein Exemplar von Melissas Liebesroman gedacht, aber das konnte sie Jeff nicht sagen, solange Melissas Karriere als Schriftstellerin ein Geheimnis war. Daher zuckte sie nur die Schultern und wechselte das Thema.

Als sie das gemütliche Restaurant verließen, gingen sie noch einmal ins Kaufhaus zurück, wo Banner das Buch erstand. Danach wies Jeff den Kutscher an, sie zum Hafen zu fahren, wo die *Sea Mistress* vor Anker lag.

Da Banner spürte, wie stolz Jeff auf seinen schlanken Klipper war, bewunderte sie das Schiff gebührlich und stellte viele Fragen. Ihr Interesse war nicht vorgetäuscht; sie war fasziniert von Jeffs Erzählungen über seine Reisen in fremde Länder und die exotischen Orte, die er gesehen hatte. Er sei sogar einmal in Hawaii gewesen, sagte er, und sein Vater habe ihn auf dieser Reise begleitet.

»Das war sechs Monate vor dem Unfall«, setzte er seine Erzählung fort, als sie über den Pier zur Kutsche zurückgingen. »Bevor Papa ertrank.«

Banner schob die Hand unter Jeffs Arm und sagte tröstend: »Dann war es gut, daß Sie vorher noch eine Reise zusammen gemacht haben, nicht wahr?«

Jeff nickte und hob die Hand, als wollte er Banners Haar berühren, aber er tat es nicht. Seufzend half er ihr beim Einsteigen und bestieg dann selbst die Kutsche.

Banner blieb still, als sie seine nachdenkliche Stimmung bemerkte, und schweigend legten sie den Heimweg zurück.

Adam durchquerte mit ungeduldigen Schritten den langen Krankensaal. Als er die gegenüberliegende Wand erreichte, kehrte er um und marschierte zurück. Jeden Augenblick brach die Dunkelheit herein, und Banner war noch nicht zurück. Wo steckte sie bloß? Hatte sie etwa doch ihr Monatsgehalt genommen und Hals über Kopf die Stadt verlassen?

»Adam.«

Beim Klang der Stimme seines jüngeren Bruders blieb er stehen und drehte sich mit geballten Fäusten um.

Keith lachte. »Willst du den Saal ausmessen?«

Adam winkte ungeduldig ab.

An den Türrahmen gelehnt, verschränkte Keith die Arme vor der Brust und beobachtete seinen Bruder gelassen. Obwohl Keith das helle Haar seiner Mutter und ihre blauen Augen hatte, kam es Adam vor, als wäre er dem Vater sehr viel ähnlicher. Er war immer so ruhig, so gelassen, und so verdammt selbstsicher.

»Jeff hat Banner eingeladen, mit ihm essen zu gehen, Adam. Deshalb sind sie noch nicht zurück.«

»Wer hat gesagt, daß ich auf die beiden warte?«

»Ich.« Keith schaute zu dem schlafenden Patienten hinüber. »Clarence sieht schon viel besser aus. Meinst du nicht, du könntest ihn eine Weile allein lassen und eine Partie Schach mit mir spielen?«

Adam lachte. »Du hoffst doch nicht etwa, mich schlagen zu können?«

Keith zuckte die Schultern. »Ich hoffe es nicht, ich weiß es. Schließlich übe ich seit dem Herbst. Außerdem hast du die Angewohnheit, deine Königin unbewacht zu lassen.«

Die Bemerkung ließ Adam an Banner und Jeff denken, und er verzog verärgert das Gesicht. Sie waren also essen gegangen, was? Verdammt, er hatte O'Brien nicht freigegeben, damit sie essen ging – und erst recht nicht mit Jeff!

»Zerbrich dir nicht den Kopf«, warnte Keith, als sie über den Gang zum Haus gingen.

»Essen«, murmelte Adam gereizt. »Haben wir etwa nicht genug zu essen im Haus?«

Keith lachte. »Wie unromantisch du bist«, sagte er vorwurfsvoll. »Frauen gehen ab und zu gern einmal aus, Adam.«

»Danke schön, Herr Prediger, für diese weise Feststellung. Aber O'Brien ist meine Angestellte, und sie hat kein Recht . . .«

Keith stieß die Tür zum Eßzimmer auf. »Kein Recht, Jeff zu mögen?« beendete er Adams angefangenen Satz.

Adam seufzte verdrossen. »Spielen wir nun Schach oder nicht?« entgegnete er schroff.

Keith deutete mit einer leichten Verbeugung auf den Salon. »Nach Ihnen, Sir. Hast du Banner ein Weihnachtsgeschenk gekauft?«

»Und wenn ich es getan hätte?«

Im Salon, vor der großen Tanne, die darauf wartete, geschmückt zu werden, kniete Melissa und kramte in einer Schublade mit Christbaumschmuck.

Als ihre Brüder eintraten, schaute sie strahlend auf. »Es ist der schönste Baum, den wir je hatten!«

Adam maß die hohe Tanne mit einem düsteren Blick und dachte an die kalten Füße, die er sich bei der Suche nach dem Baum geholt hatte. Ein ganzer verdammter Wald zur Auswahl, und seine Brüder hatten Stunden gebraucht, um einen geeigneten Baum zu finden!

»Eine verdammte Feuerfalle«, entgegnete er, während Keith den Lederkasten mit den elfenbeinernen Schachfiguren holte.

Melissa streckte Adam die Zunge heraus und kramte weiter.

»Du bist außergewöhnlich charmant heute«, stellte Keith spöttisch fest, während er die Figuren auf einem mit Ebenholz und Bronze eingelegten Schachtisch am Kamin aufbaute.

Adam zog sich einen Stuhl heran, ließ sich darauf fallen und begann damit, seine Bauern aufzustellen. Dabei fragte er sich, wo Banner und Jeff speisen mochten und was sie bestellt hatten . . .

Irgendwann im Verlauf des Spiels schaute er sinnend zum Fenster hinaus. Es schneite noch immer, und da es sehr kalt war, würde der Teich hinter dem Haus morgen hart gefroren sein. Es war also nicht damit zu rechnen, daß die traditionelle Schlittschuhpartie der Familie abgesagt wurde.

Adam fragte sich, wie er den Berg hinaufkommen sollte, und ob sie Verständnis dafür haben würden, wenn er sich verspätete und die Lebensmittel einen Tag später brachte.

Stirnrunzelnd brachte er einen Läufer in Sicherheit und stellte sich Banner in Schlittschuhen auf dem Teich vor.

Sie mußte einen entzückenden Anblick bieten mit ihren vor Eifer geröteten Wangen und dem kupferroten Haar, das sich bestimmt aus den Spangen löste und ihr frei auf die Schultern fiel . . .

Eine Uhr auf dem Kaminsims ließ fünf Schläge erklingen. Fünf Uhr nachmittags! Wie lange waren Jeff und Banner schon unterwegs? Zwei Stunden? Drei? Und wie würde sie reagieren, falls Jeff einfallen sollte, sie zu küssen?

Adam nahm sich mühsam zusammen und versuchte,

sich auf das Schachspiel zu konzentrieren. Was interessierte es ihn, ob O'Brien seinen Bruder küßte?

»Adam.«

Er hob den Kopf und begegnete Keith' wissendem Blick. »Was?« Keith lächelte zuvorkommend. »Schachmatt«, sagte er.

Banner versteckte ihre Geschenke in Melissas Zimmer, bevor sie zur Klinik hinüberging, um Adam zu suchen. Er war nirgendwo zu sehen, als sie die Station betrat, aber Clarence saß aufrecht im Bett und starrte mit düsterer Miene vor sich hin.

Banner berührte seine Stirn und lächelte flüchtig, als sie über das ausschweifende Leben dieses jungen Mannes nachdachte. Was würde seine Mutter sagen, wenn sie wüßte, daß ihr Sohn in einem schmutzigen Saloon einen Messerstich in die Hand erhalten hatte?

»Geht es Ihnen besser?«

Clarences Lächeln wirkte etwas forciert. »Meine Hand tut nicht mehr weh«, antwortete er.

»Aber dafür Ihr Herz, nicht wahr?« entgegnete Banner sanft, um Clarences Stolz nicht zu verletzen. »Vermissen Sie Ihre Familie?«

Clarence nickte und schlug die Augen nieder. »Sie bereiten sich bestimmt schon seit Oktober auf die Feiertage vor«, erwiderte er bedrückt.

Bevor Banner ein paar tröstende Worte sagen konnte, kamen Melissa und Jeff herein. »Wir essen heute abend im Salon«, verkündete sie heiter und bedachte den verdutzten Clarence mit einem aufmunternden Lächeln. »Sie sind sicher schon kräftig genug, um uns Gesellschaft zu leisten, Mr. King. Maggie hat Austernsuppe gekocht, wie jedes Jahr, und nach dem Essen wird der Baum geschmückt.«

Über Melissas dunklem Kopf trafen sich Jeffs und Banners Blicke, und er lächelte. Anscheinend hatte Melissa ihn mitgebracht, um Clarence auf dem Weg zur anderen Seite des Hauses zu stützen, falls es nötig sein sollte.

Clarence wirkte sehr verlegen. »Ich ... ich ...«

Banner klopfte ihrem Patienten beruhigend auf die Schulter. Manchmal – dachte sie – kommt die beste Medizin nicht in Pulver- oder Tropfenform, sondern durch Menschen. »Miss Corbin wäre sehr enttäuscht, wenn sie ihre Einladung nicht annähmen«, sagte sie.

Clarence Gesicht hellte sich auf. »Gern«, erwiderte er schüchtern, aber dann sah er sein Nachthemd und den Morgenrock und errötete. »So kann ich nicht gehen!«

»Unsinn!« widersprach Melissa herzlich.

Dann half Jeff dem Kranken aus dem Bett, Melissa führte ihn am Arm hinaus, und Jeff und Banner blieben allein zurück.

Banner beschäftigte sich mit dem Glattziehen von Clarences Laken. »Sie werden zu spät zum Essen kommen«, mahnte sie.

»Ich habe schon gegessen«, entgegnete Jeff. »Erinnern Sie sich?«

Banner nickte, schaute ihn an und sah, daß er mit verschränkten Armen an der Tür lehnte und sie beobachtete.

»Mir wird wohl nichts anderes übrigbleiben, als mich – was Sie angeht, Banner – auf brüderliche Gefühle zu beschränken, oder?«

Banner biß sich auf die Lippen und nickte wieder. Jeff sah gut aus, er war witzig und humorvoll, und sie war gern mit ihm zusammen. Aber er war eben nicht Adam, und das war nicht zu ändern, obwohl es soviel einfacher gewesen wäre, diesen Bruder zu lieben statt den anderen.

Jeff wandte sich ab und ging, und als Banner später zum Christbaumschmücken in den Salon zurückkehrte, war er nicht da.

6

Der Morgen des vierundzwanzigsten Dezember dämmerte klar und kalt herauf, und die ganze Welt lag unter einer unberührten weißen Schneedecke begraben. Adam Corbin trat gähnend vom Küchenfenster zurück.

»Verdammter Narr«, flüsterte Maggie mürrisch, während sie zwei Gläser mit Apfelkompott in dem großen Deckelkorb verstaute.

Adam lachte in sich hinein und ging zum Herd, wo eine Kanne mit heißem Kaffee stand. »Hast du Jim gesagt, er soll den Schlitten anspannen?«

Maggie wickelte zwei große Pasteten in karierte Servietten und steckte sie zu dem Kompott, einer gebratenen Gans und anderen Köstlichkeiten in den Korb. »Ja«, antwortete sie mürrisch.

»Danke!« entgegnete Adam genauso schroff, obwohl sein Ärger im Gegensatz zu Maggies nur gespielt war. Er wußte, wie sie es haßte, wenn er oder ein anderes Mitglied der Familie Geheimnisse vor ihr hatte.

Dabei hätte Adam sich Maggie sehr gern anvertraut — sie war eine vernünftige Frau, und seine Last würde erträglicher sein, wenn er sie mit jemandem teilen konnte — aber er wagte nicht, das Risiko einzugehen. Zu viele Menschen würden leiden, falls es bekannt wurde . . .

»Hast du eine Squaw dort oben?« fragte Maggie streng wie jedesmal, wenn Adam zu einer Reise in die Berge aufbrach.

Er trank nachdenklich von seinem Kaffee und legte ein bestiefeltes Bein auf die Bank vor dem Kamin. »Du kannst dir denken, was du willst, Maggie.«

Ein verschlagener Ausdruck erschien auf Maggies gutmütigem Gesicht. »Wirklich schade, Adam, daß du nicht da sein kannst, um dich um Dr. Banner zu kümmern.«

»Das werden Jeff und Keith schon tun«, entgegnete Adam verdrossen.

»Das meinte ich ja. Sie ist ein hübsches Ding, diese Banner. Die Männer werden sich darum reißen, ihr die Schlittschuhe zuzubinden und ihr heiße Schokolade zu besorgen.«

Adam schüttete erbost seinen Kaffee ins Feuer.

Maggie lachte zufrieden. »Lüg mich jetzt nicht an und sag mir nicht, es machte dir nichts aus, Adam Corbin, denn ich weiß es besser. Wenn du diese Frau für dich selbst haben willst, solltest du aufhören, alle drei Wochen in die Berge zu verschwinden und dich etwas mehr um Banner kümmern.«

Maggie machte eine wirkungsvolle Pause, bevor sie fortfuhr: »Jeff interessiert sich auch für das Mädchen, wie du weißt, und er ist so vernünftig, sich zu bemühen um das, was er haben will.«

Adam hob seine leere Tasche und nickte Maggie höhnisch zu. »Ich wünsche ihm viel Erfolg dabei«, log er. »Weißt du, Maggie, O'Brien verkörpert all das, was ich nie in einer Frau gesucht habe.«

Maggie bebte vor Empörung und schlug entrüstet den Korbdeckel zu. »Vielleicht solltest du einmal die Brille aufsetzen, die du zum Lesen benutzt, wenn du Banner anschaust! Sie ist bezaubernd schön, unser Fräulein Doktor, und keine Frau würde besser zu dir passen als sie!«

»Sie ist die geborene Volksverhetzerin, genau wie Mama«, widersprach Adam leise. Und sehr gelassen, wie er hoffte.

»Die Frau, die ich einmal heirate – falls ich heirate – wird eine Hausfrau sein, die nachts in meinem Bett schläft und morgens an meinem Tisch sitzt. Auf gar keinen Fall wird sie die Hälfte des Jahres in der Hauptstadt verbringen und unseren Politikern auf die Nerven gehen.«

»Oder Medizin praktizieren?« warf Maggie sachlich ein. »Du erstaunst mich, Adam. Ich habe eher den Eindruck, als könnte Banner eine großartige Gehilfin für dich sein.«

Das und noch viel mehr, stimmte Adam schweigend zu und fragte sich, wie lange er es noch in der Nähe der temperamentvollen kleinen Irin aushalten würde, bevor er sie in sein Bett schleppte – notfalls mit Gewalt.

Entgeistert schüttelte er den Kopf. Wie kam er bloß auf derartige Ideen. Schließlich hatte er noch nie zuvor

Gewalt angewandt bei einer Frau. Verdammt, er hatte es bisher nicht einmal nötig gehabt, eine Hure zu bezahlen . . .!

Adam murmelte noch empörte Worte vor sich hin, als er seinen Mantel überzog, den schweren Korb aufnahm, den Maggie widerwillig gepackt hatte, und die Küche verließ.

Der Schlitten und zwei der kräftigsten Pferde erwarteten ihn vor den Ställen. Die üblichen Vorräte – Kaffee, Mehl, Zucker, warme Kleidung – waren hinter dem Sitz verstaut.

Adam nahm gerade die Zügel auf, als Jeff auf seinem fuchsroten Wallach in den Hof ritt. Der Anblick seines jüngeren Bruders brachte Adam fast zu Lachen – Jeffs Hemd stand bis zur Taille offen, und er trug keinen Rock. Sein Haar war zerzaust, und auf seinem Gesicht und seiner nackten Brust waren Lippenstiftspuren zu sehen.

Jeff betrachtete den Schlitten und glitt aus dem Sattel. »Schon wieder einer deiner geheimnisvollen Ausflüge?« fragte er gedehnt und mit ärgerlichem Blick, aber merkwürdigerweise klang eine gewisse Befriedigung in seiner Stimme mit.

Adam ignorierte die Frage. Das Thema war schon oft besprochen worden, und so gern er Jeff auch alles erzählt hätte – er konnte es einfach nicht. Vor allem nicht Jeff. »Du siehst aus, als wärst du zwei Wochen lang in einem Bordell gefangengehalten worden«, lästerte er statt einer Antwort.

Jeff grinste, als der Stallbursche sein Pferd wegführte. »Eine halbe Stunde«, berichtete er. »Davor war ich durchaus willig.«

Adam lachte wieder und ließ die Pferde antraben. Hinter seiner Belustigung verbarg sich die Überzeugung, daß eine bittere Auseinandersetzung zwischen ihnen erfolgen würde, sobald er anfing, sich zu fragen, was seinen Bruder dazu getrieben hatte, einen Besuch auf der *Silber Shadow* zu machen.

Banner freute sich, Clarence King für gesund genug erklären zu können, um sie alle zur Schlittschuhpartie an den Teich zu begleiten. »Sie dürfen nur nicht selber laufen!« warnte sie mit drohend erhobenem Zeigefinger. »Sie könnten stürzen, und das würde Ihre Wunde wieder öffnen.«

Clarence versprach es hoch und heilig, und Banner verließ ihn, damit er sich anziehen konnte.

Im Büro traf sie Francelle, die wie immer mit grimmiger Miene in die Tasten hieb. »Adam ist nicht da!« bemerkte sie unfreundlich, bevor Banner überhaupt etwas sagen konnte.

»Das weiß ich«, entgegnete Dr. O'Brien, obwohl sie bis jetzt die ziemlich alberne Hoffnung genährt hatte, Adam möge es sich doch noch anders überlegen und bleiben. »Haben wir heute irgendwelche Termine?«

»Nein«, antwortete Francelle etwas freundlicher. »Schließlich fängst um zehn die Schlittschuhpartie an.«

Banner holte tief Luft. »Francelle, die Leute können sich verletzen und krank werden, obwohl eine Schlittschuhpartie im Gange ist.«

Francelle zuckte die Schultern. »Dann werden sie Sie am Teich suchen, selbst wenn sie keine Nachricht auf der Tafel an der Tür hinterlassen.« Die heimliche Hoffnung, Banner könne doch noch abgerufen werden, klang in ihrer Stimme mit.

»Ich bin Ihnen unsympathisch, Francelle, nicht wahr?«

Das Mädchen starrte auf die Tasten und nickte. »Ja.«

»Warum?«

»Weil ich gesehen habe, wie Adam Sie küßte.«

Die Erinnerung daran ließ Banner vor Scham erröten. »Und?«

»Ich kannte Adam vorher. Ich liebe ihn.«

»So? Und er erwidert deine Gefühle?«

Ein verzweifelter Ausdruck erschien in Francelles samtbraunen Augen. »Er behandelt mich wie ein Kind – und dabei bin ich schon siebzehn! Papa sagte, der beste Weg, einen Arzt zum Heiraten zu finden, sei, in seinem Büro zu arbeiten, aber ...«

Francelle tat Banner plötzlich leid, aber sie wußte, daß das Mädchen kein Mitleid von ihr wollte, und wechselte deshalb das Thema. »Ich bin froh, daß es aufgehört hat zu schneien.«

Aber Francelle ließ sich nicht vom Thema ablenken. »Er hat eine Geliebte«, murmelte sie bedrückt. »Keiner weiß, wer sie ist, aber er besucht sie regelmäßig einmal im Monat.«

Banner zwang sich zu einem Lächeln. »Tatsächlich?«

»Kommen Sie sich nicht ... billig vor, wenn Sie mit einem Mann herumschmusen, der einer anderen Frau gehört?«

Jetzt wurde Banner wütend und versteifte sich vor Empörung, aber bevor sie etwas erwidern konnte, stürmte Melissa herein.

»Das Frühstück ist fertig!« verkündete sie fröhlich. »Und dann geht's hinaus zum Teich!«

»Ich habe schon gegessen«, erklärte Francelle in hochmütigem Ton und beugte sich wieder über ihre Maschine.

Melissa nahm Banners Arm und zog sie mit sich. »Ärgere dich nicht über Francelle«, flüsterte sie ihr zu.

»Sie ist ganz verrückt nach Adam, aber er ist so blind für sie, daß er vermutlich seinen Rock an ihr aufhängen würde, wenn sie lange genug stillhielte.«

Banner lachte, aber nur schwach, denn Francelles Worte beschäftigten sie doch mehr, als ihr lieb war. *Er hat eine Geliebte – keiner weiß, wer sie ist – er besucht sie einmal im Monat.*

Der Teich lag in einem Wald hinter dem Haus verborgen. Mehrere Dutzend Gäste waren schon da, als Melissa und Banner eintrafen, und ein großes, munter flackerndes Feuer verbreitete Wärme und Festtagsstimmung.

»Ist es jedes Weihnachten so?« fragte Banner Jeff, der sich angeboten hatte, ihr bei ihren ersten Versuchen zur Seite zu stehen. Er sah sehr attraktiv aus in seinem blauen Wollrock und den dunklen Hosen.

»Wenn es kalt genug ist, ja«, antwortete er.

In diesem Augenblick glitt Katherine am Arm von Francelles Vater, dem Senator, vorbei.

»Ich dachte, sie mag ihn nicht«, flüsterte Banner Jeff verstohlen zu.

Er nickte schmunzelnd. »Sie findet ihn anmaßend und arrogant«, vertraute er Banner an. »Aber sie will erreichen, daß das Frauenwahlrecht in die Gesetzgebung aufgenommen wird.«

»Wird es dazu kommen? Was meinst du?«

Jeff dachte kurz nach. »Es wäre möglich. Aber falls das Gesetz durchkommt, wird es sehr starke heftige Proteste in der Öffentlichkeit hervorrufen.«

Banner runzelte die Stirn. »Ich begreife nicht, warum die Leute sich darüber aufregen sollten. Immerhin . . .«

Jeff hob eine Hand. »Warte! Mich brauchst du nicht

zu überzeugen, Banner. Glaub mir, ich bin auf eurer Seite.«

Sie waren stehengeblieben und schauten sich an. »Obwohl als Folge dieses neuen Gesetzes Alkohol und Prostitution verboten werden könnten?«

Jeff lächelte vielsagend. »Alkohol kann ins Land geschmuggelt werden«, meinte er spöttisch. »Und ein Mann bräuchte kein Bordell aufzusuchen, wenn er . . .«

Banner errötete und entfernte sich rasch von ihm.

»Wenn er eine Frau hätte!« schrie Jeff ihr nach, und dann war er wieder an ihrer Seite und lenkte sie lachend durch die Menge der schlittschuhlaufenden Gäste.

Banner bemühte sich, die amusierten Blicke der anderen Läufer zu übersehen. »Viele dieser Männer haben Frauen!« zischte sie wütend. Nach ihren Erfahrungen mit Sean wußte sie sehr gut, wovon sie sprach. »Und gehen trotzdem ins Bordell!«

»Wenn ich eine Frau habe, werde ich ihr treu sein«, erklärte Jeff ernst.

»Das sagst du jetzt!« versetzte Banner gereizt, und für einen Moment empfand sie wieder die alte Qual, die sie bei Sean ausgestanden hatte.

Jeff brachte Banner erneut zum Stehen und zwang sie, ihn anzusehen. »Jemand hat dich sehr verletzt, nicht wahr, Banner?«

Sie nickte stumm.

»Wer?«

»Das kann ich dir nicht sagen«, flüsterte sie unglücklich. »Nicht jetzt, jedenfalls. Bitte, Jeff.«

Er berührte ihre Wange und nickte. »Schon gut, Banner, schon gut.«

»Danke.«

»Banner!« Melissa stoppte in einer beeindruckenden

Schleife vor ihnen und schaute sie mit glänzenden Augen an. »Komm mit – ich brauch' dich.«

»Was ist?«

Melissa warf einen vielsagenden Blick auf ihren Bruder und verzog das Gesicht. »Muß ich das jetzt erklären? Ich brauche dich einfach, das ist alles!«

Banner folgte ihrer jungen Freundin über einen schmalen Pfad in den Wald, was nicht ganz einfach war mit Schlittschuhen an den Füßen. »Was . . .?«

Hinter einem Haselnußbaum ging Melissa in die Hocke.

»Hättest du das nicht allein gekonnt?« erkundigte sich Banner gereizt.

»Natürlich nicht«, entgegnete Melissa fröhlich. »Frauen müssen solidarisch sein.«

»Du lieber Himmel!« stöhnte Banner.

Melissa zog ihre lange, spitzenbesetzte Unterhose hoch und richtete ihren roten Wollrock. »Magst du Jeff?«

Banner verdrehte die Augen. »Ja. Du etwa nicht?«

»Natürlich, du Gans!« kicherte Melissa. »Er ist schließlich mein Bruder. Aber magst du ihn genug, um ihn zu küssen oder so?«

»Nein!«

»Gut.«

»Was soll das heißen – gut?«

Sie gingen zum Teich zurück.

»Ich möchte, daß du Adam heiratest«, verkündete Melissa so gelassen, daß Banner lachen mußte.

»Aha. Ich verstehe.«

Melissa schaute sich stirnrunzelnd nach ihr um. »Ob er dich immer noch ›O'Brien‹ nennen würde, wenn du seine Frau wärst?«

»Ja«, antwortete Banner mit Überzeugung und einem wehmütigen Gefühl im Herzen. »Oder Corbin.«

Melissa schmunzelte. »Du hast recht«, sagte sie und glitt davon, als sie den Rand des Teichs erreichten. Banner starrte ihr ärgerlich nach.

»Hallo!« Temple Royce war unvermutet hinter Banner aufgetaucht.

Banner erwiderte nichts. Sie war sehr erstaunt, Mr. Royce auf dieser Party zu begegnen, nachdem sie Jeffs Einstellung ihm gegenüber kannte.

Mr. Royce spreizte die Hände, die in eleganten Lederhandschuhen steckten. Irgendwie schien er Banners Gedanken erraten zu haben. »Mrs. Corbin lädt die ganze Gemeinde zu derartigen Anlässen ein. Da sie im Freien abgehalten werden, kann sie darauf verzichten, spater ihr Silberbesteck zu zählen.«

Aus Verlegenheit wechselte Banner das Thema. »Wie geht es Dr. Henderson?«

»Besser. Und wie geht es Ihnen?«

Banner gab eine unverbindliche Antwort, als sie Jeff zu ihnen herüberkommen sah. Um die zu erwartende Konfrontation zu vermeiden, verabschiedete sie sich rasch von Mr. Royce und lief ihrem Freund entgegen.

»Was wollte er von dir?« fragte Jeff stirnrunzelnd.

Banner verzog entnervt das Gesicht. »Du liebe Güte, er hat mir nur ›Guten Tag‹ gesagt!«

Jeff nickte widerwillig. »Entschuldige«, sagte er widerstrebend.

Banner lächelte ihn an. »Könnten wir uns eine Weile ans Feuer stellen? Mir ist eiskalt.«

Am Feuer sprach Banner mit Jenny, während Jeff sich anbot, heiße Schokolade zu besorgen. Aber Dr. O'Briens Herz war weit, weit weg – irgendwo in den fernen Bergen, wo Adam seine Geliebte besuchte.

Gegen Mittag brachte Adam den Schlitten zum Stehen. Es herrschte eine unheimliche Stille im Wald, die nur vom Schnauben der ermüdeten Pferde unterbrochen wurde.

Adam schrie, und sein Atem bildete eine weiße Wolke in der kalten Luft. Es kam keine Antwort.

Eine vertraute Furcht schnürte ihm die Kehle zu, aber er schüttelte sie trotzig ab. Sie mußten irgendwo in der Nähe sein und warten. Sie wußten, daß er kam.

Adam fand die kleine Blechtasse und den Metallbecher mit Kaffee im Proviantkorb. Nachdem er sich Kaffee eingeschenkt hatte, zog er eine flache Silberflasche aus einer Rocktasche und gab einen großzügigen Schuß Brandy hinein.

Fünfzehn oder zwanzig Minuten später fütterte er die Pferde mit dem mitgebrachten Hafer und rief von neuem.

Und diesmal wurde sein Ruf beantwortet.

Er setzte die Kaffeetasse ab, holte die Lebensmittel aus dem Schlitten und brachte sie zu einer schneefreien Stelle unter den weit ausladenden Ästen einer großen Fichte. Dann hockte er sich zum Warten auf den weichen Waldboden und lehnte sich gegen den mächtigen Baumstamm. Manchmal zeigten sie sich; manchmal nicht.

Diesmal kamen sie nicht. Nach einer weiteren halben Stunde Wartens ließ Adam prüfend seinen Blick über die Bergkette gleiten, stand auf und ging ärgerlich zum Schlitten. Das leise Klingeln der Glöckchen am Geschirr ließ ihn an O'Brien denken, und plötzlich sehnte er sich mit einer Intensität nach ihr, die schon fast an Schmerz grenzte.

Hinzu kam seine Verzweiflung. Wieder öffnete er die Silberflasche und trank diesmal direkt aus ihr, schluckte den Brandy in gierigen Zügen, die ganz allmählich sein Bewußtsein und den Schmerz einschläferten.

Und als die Qual zurückkam, ertrug er sie.

Der Weihnachtsbaum der Corbins schimmerte und glitzerte, obwohl keine Kerzen an den Zweigen brannten. Der Schmuck des Baumes bestand aus zierlichen silbernen Ornamenten und glänzenden Spiralen aus Gold- und Silberfolie, ergänzt von bunten Seidenbändern und einem phantastischen goldenen Stern, der die Baumspitze krönte.

Banner legte ihre hübsch eingepackten Geschenke unter die Zweige zu den anderen Päckchen und trat zurück, um den festlich geschmückten Baum zu betrachten. Es war ein gutes Gefühl, wieder Christi Geburt feiern zu können und Menschen zu haben, denen sie etwas schenken konnte.

»Sind deine Zehen inzwischen aufgetaut? Meine nicht.«

Banner erschrak. Sie hatte geglaubt, allein im Salon zu sein, aber nun sah sie Keith, der in einem Sessel am Kamin saß, die nackten Füße dicht am Feuer.

Sie lächelte nachsichtig. Im Haus war es still. Die ganze Familie hatte sich nach der Party in die Kirche begeben, um die Mitternachtsmesse zu feiern. »Mir ist angenehm warm, danke.«

Keith erhob sich galant und deutete einladend auf den Sessel neben sich. Als Banner sich gesetzt hatte, nahm auch er wieder Platz.

»Warum bist du nicht mit den anderen in die Kirche gegangen, Banner?«

Obwohl sie innerlich wie erstarrt war vor Schmerz, weil Adam noch nicht aus den Bergen zurückgekommen war, zuckte sie betont gleichmütig die Schultern.

»Bist du etwa eine Ungläubige, wie ich?«

Banner dachte an ihre Scheidung von Sean. »Das kann schon sein«, sagte sie ausweichend.

»Fragst du dich nicht, warum jemand, der in einer streng katholischen Familie aufwuchs, Methodistenprediger geworden ist?«

Banner schüttelte den Kopf. »Das ist nicht meine Angelegenheit. Aber ich habe eine andere Frage: Warum habt ihr keine Kerzen auf dem Baum?«

Keith lachte über ihren auffälligen Themawechsel. »Adam erlaubt es nicht. Es ist zu gefährlich, behauptet er.«

Adam. Wie hatte *er* sich jetzt in die Unterhaltung eingeschlichen, nachdem sie die ganze Zeit versucht hatte, nicht an ihn zu denken? »Ist er immer so autoritär?«

»Im allgemeinen ja. Und Mama läßt es sich trotz ihrer modernen Einstellung gefallen. Für sie ist er das Familienoberhaupt.«

»Adam ist ein Tyrann«, bemerkte Banner sanft und in Gedanken schon wieder oben in den Bergen.

»Ein derart zärtliches Urteil habe ich noch nie über ihn gehört«, stellte Keith fest. »Aber Spaß beiseite – wie stehst du wirklich zu ihm, Banner?«

»Versprichst du mir, es nicht weiterzusagen?«

»Du weißt, daß ich es nicht tun würde, Banner.«

»Ich glaube, ich liebe Adam.«

Keith stieß einen leisen Freudenschrei aus und sprang begeistert auf. »Würdest du ihn heiraten, wenn er dich darum bäte?«

Banner errötete. Sie hatte nicht vorgehabt, sich je wieder zu verlieben, geschweige denn zu heiraten, aber da hatte sie auch Adam noch nicht gekannt. »Ja«, antwortete sie bedrückt.

Keith jubelte und bückte sich, um ihr einen schallenden Kuß auf die Stirn zu geben. »Sag Adam, was du für ihn empfindest, Banner«, riet er dann ernst.

»Das könnte ich nicht!«

»Warum nicht?«

»Es wäre übereilt! Und stell dir vor, er sagt . . .«

»Du wärst überrascht, wenn du wüßtest, was er sagen wird, Banner. Adam hat dich sehr gern.«

»Aber wir kennen uns doch kaum eine Woche!«

Keith wandte sich ab und nahm ein kleines Päckchen vom Kaminsims. Nach einem Blick auf die Uhr legte er es Banner in den Schoß. »Adam bat mich, es dir zu geben, falls er nicht rechtzeitig genug zurück sein sollte.«

Das Herz schlug Banner bis zum Hals, während sie mit zitternden Fingern die Schleife löste und das Papier entfernte. Und als sie das Samtkästchen öffnete und das Kleeblatt aus Goldfiligran sah, das an einer zierlichen goldenen Kette befestigt war, kamen ihr die Tränen.

Keith küßte Banner auf den Scheitel und verließ diskret den Raum.

Für eine Weile war Banner so überwältigt, daß sie nicht aufstehen konnte. Aber dann riß ein metallisches Klirren sie abrupt aus ihrer träumerischen Versunkenheit.

Sie sprang auf und eilte mit raschelnden Röcken zur Klinik hinüber, aus der die Geräusche kamen. Als sich das Klirren wiederholte und ein anhaltendes Krachen folgte, begann Banner zu laufen.

Auf der Station schlief Clarence friedlich in seinem Bett, und Banner eilte nach einem kurzen Blick auf ihn weiter.

Sie fand Adam in einem der Behandlungsräume, und sein Anblick ließ sie das Schmuckstück an ihrem Hals vergessen. Adams Hemd stand bis zur Taille offen, sein Haar war zerzaust, und an seinem Kinn schimmerten dunkle Bartstoppeln.

Er winkte ihr mit unsicherer Hand zu und grinste

schief. »Hallo, O'Brien«, sagte er mit der schleppenden Stimme eines hoffnungslos Betrunkenen. »Frohe Weihnachten.«

Banner starrte auf das Sammelsurium von chirurgischen Instrumenten auf dem Boden. »Was ist passiert?«

Adam zuckte die Schultern. »Sie sind mir heruntergefallen. Schläfst du heute nacht mit mir, O'Brien?«

Banner war froh, sich mit dem Aufsammeln der Geräte beschäftigen zu können; so sah Adam wenigstens nicht ihre flammend roten Wangen. »Nein, das werde ich nicht.«

Adam hockte sich – unter erheblichen Schwierigkeiten – neben ihr auf den Boden und schaute sie an. Banner sah die Qual in seinen Augen und unterdrückte ihren Zorn.

»Warum nicht?«

»Weil wir nicht verheiratet sind«, versetzte sie kühl und legte die Instrumente auf das Tablett, das mit ihnen auf dem Fußboden gelandet war.

Doch Adam legte ihr die Hand unters Kinn und zwang sie, ihn anzusehen. »Ist das dein Preis, O'Brien? Heirat?«

Banner nickte stumm, obwohl sie am liebsten geweint und erwidert hätte, sie habe keinen Preis.

Doch die traurige Wahrheit sah leider ganz anders aus, wenn es sich um Adam handelte . . .

Er umfaßte ihre Schultern. »Ich brauch' dich, O'Brien. Ich . . .«

Banner schloß die Augen, aber die Worte, die sie erhoffte, kamen nicht, und so hob sie schließlich die Hände und legte sie um sein Gesicht. »Du brauchst Kaffee, Adam. Und Schlaf.«

»Heirate mich.«

»Du bist betrunken«, entgegnete Banner seufzend. »Wir können nicht . . .«

Adam zuckte die breiten Schultern. »Warum nicht? Hast du schon einen Mann, O'Brien?«

Sie stellte sich auf die Zehenspitzen und küßte die Bartstoppeln an seinem Kinn. »Nein, ich habe keinen Mann. Aber ich war einmal verheiratet, Adam. Er hieß ... Sean.«

Adam schwankte. »Sean?« fragte er verdutzt.

Banner nickte. »Ja. Ich bin geschieden, Adam.«

»Das ist mir egal.«

»Aber der Kirche nicht. Sie würde eine Ehe zwischen dir und mir nicht anerkennen.«

»Das ist mir egal«, wiederholte er stur.

»Wenn du wieder nüchtern bist, wirst du anders denken.«

Ein Erschauern ging durch Adams kräftigen Körper, und er stieß einen Ton aus, der wie ein Schluchzen klang. »Halt mich fest. O'Brien«, murmelte er.

Banner umarmte ihn zärtlich. »Ich liebe dich«, flüsterte sie.

»Dann heirate mich.«

Banner konnte nur hoffen, daß die kalte Nachtluft ihn ernüchtern würde. »Na schön, Adam. Gut. Aber wo sollen wir heiraten? Wir haben keine Lizenz und ...«

Adam holte seinen Rock, der nach Wald und Brandy roch, und legte ihn Banner um die Schultern. »Mach dir keine Sorgen, O'Brien«, sagte er und zog sie in die kalte Nacht hinaus.

»Adam ...«

Er führte sie zu den Ställen, wo er erstaunlich geschickt – wenn man seinen Zustand bedachte – ein Pferd vor den Zweisitzer spannte.

Anschließend hob er die verblüffte Banner auf den Wagen und kletterte neben sie.

Anscheinend brachte die kalte Luft Adam doch nicht zur Vernunft . . .

»Adam, bitte«, flehte Banner, als der Wagen über die steil abfallende Straße rumpelte. »Das können wir nicht tun! Du bist betrunken!«

Adam sah sie nur an, erwiderte nichts.

Banner sank in ihren Sitz zurück und verschränkte nervös die Finger. Was sollte sie machen, wenn Adam nicht bald nüchtern wurde? Wenn sie ihr Ziel – was immer das auch sein mochte – erreichten, bevor er zur Vernunft gekommen war?

»Stell dir vor, ich würde sagen, daß ich dich doch nicht heirate?« bemerkte sie, um ihn zu testen.

Adam zuckte die Schultern und bedachte sie mit einem überlegenen Lächeln. »Dann wirst du trotzdem mir gehören, O'Brien. Gleich hier im Wagen.«

Banner errötete vor Empörung, aber gleichzeitig durchfuhr sie ein erwartungsvolles Beben. »Das würdest du nicht tun.«

Adam lenkte den Wagen auf den Straßenrand zu. »Möchtest du eine Wette eingehen?«

»Nein!«

»Dann solltest du mich lieber heiraten.«

Und nun wurde Banner zu ihrer Beschämung bewußt, daß sie gar nicht darauf gehofft hatte, Adam möge nüchtern werden. So verrückt es schien, wollte sie ihn tatsächlich heiraten, sein Leben mit ihm teilen, sein Bett und Kinder mit ihm haben.

Sie sagte nichts mehr, bis sie merkte, daß sie in Water Street einbogen. »Warte mal, Adam! Wo . . .«

Adam lachte. »Du kannst unseren Enkeln erzählen, daß wir in einem Bordell geheiratet haben, O'Brien.«

»In einem Bordell?«

Der Zweisitzer holperte schon über den Hügel, der zum Liegeplatz der *Silver Shadow* hinunterführte. Die Fenster des ehemaligen Dampfers leuchteten einladend hell im dichten Schneetreiben, und aus dem Inneren des Schiffes ertönten fröhliche Weihnachtslieder.

»Adam!« Banner umfaßte verzweifelt sein unrasiertes Gesicht. »Adam Corbin – hörst du mir zu? Nein. Hörst du? Nein!«

Er kletterte aus dem Wagen und zog Banner mit sich. Hinter ihm stolperte sie über die vereiste Rampe aufs Deck von Water Streets elegantem Bordell.

»Adam!«

Er küßte ihren Hals und biß zärtlich in ihr Ohrläppchen. »Ich werde dich heute nacht besitzen, O'Brien – so oder so«, sagte er warnend. »Ist es da nicht besser, wenn du dein Dokument bekommst, damit es legal ist?«

Banner war ganz schwindlig vor Aufregung, in ihrem Bauch flatterten tausend Schmetterlinge. Sie hatte versucht, Adam zur Vernunft zu bringen, nicht wahr? Sie hatte ihm von ihrer Scheidung erzählt und ihn auf seinen betrunkenen Zustand hingewiesen. Was konnte sie denn sonst noch tun?

Adam nahm sie auf die Arme und trug sie zum Ende eines langen, dunklen Gangs, wo er sie wieder absetzte. Banner erschauerte, als seine rechte Hand ihre Brüste berührte.

Adams leises Lachen hallte durch die kalte Winterluft. Er schob den Rock, den er ihr über die Schultern gelegt hatte, beiseite, und zupfte am Ausschnitt ihres blauen Taftkleides. Banners Brustspitzen richteten sich steil auf, als er auch ihr spitzenbesetztes Hemd herunterzog und ihre Brüste freilegte.

»Du kannst wählen, O'Brien. Entweder du heiratest

mich, oder ich nehme dich jetzt gleich hier.« Damit senkte er den Kopf und umschloß eine der rosigen Spitzen mit den Lippen. Sie hätte sich wehren sollen, das wußte sie. Aber sie fand keine Kraft dazu, denn ihr Verlangen nach Adam stand seinem um nichts nach, war vielleicht sogar noch größer. Seine Hände und Lippen bereiteten ihr eine süße Qual, und sie fühlte sich in seinen Armen so lebendig und weiblich wie nie zuvor.

Nein, Banner konnte ihm nicht widerstehen. Sie mußte dieser zärtlichen Aufforderung nachkommen. Ob Adam wirklich vorhatte, sie hier zu nehmen – hier vor der Wand?

Sie mußte die Frage laut ausgesprochen haben, denn er hob den Kopf und sah sie an. In seinen Augen lag unverhohlenes Verlangen. »Hier!« bestätigte er ruhig.

Banner atmete tief ein. Empfindungen, die sie nie gekannt hatte, überfielen sie mit aller Kraft. Sie erschauerte, als ein heißes Kribbeln sich in ihrem Körper ausbreitete. Wie er es verstand, sie zu streicheln! Wie ihr Körper auf jede seiner Berührungen reagierte! Es war ungeheuer!

Von neuem senkte Adam den Kopf und küßte ihre rosigen Spitzen. Dann zog er ihr Hemd hinauf, richtete ihr Kleid und klopfte an die Tür direkt neben ihnen.

»Wer ist da?« rief eine heisere Stimme.

Adam schrie seinen Namen – so laut, daß Banner zusammenzuckte.

»Herein!« antwortete die Stimme brüsk.

In einem großen, hell erleuchteten Raum saß ein weißhaariger alter Mann an einem Tisch und legte Patiencen. Er trug einen abgenutzten Anzug und eine Brille, und sein schütteres Haar war so gekämmt, daß es eine kahle Stelle am Hinterkopf verdecken sollte.

»Nun?« fragte er alte Herr in barschem Ton.

»Ich möchte diese Frau heiraten«, erwiderte Adam.

Der alte Mann betrachtete Banner, sah ihr zerzaustes Haar und ihr zerknittertes Kleid und grinste, wobei zwei Goldzähne sichtbar wurden. »Sieht so aus, als wäre es auch besser«, bemerkte er spöttisch. »Gut – Sie füllen die Papiere aus, und ich sage die nötigen Worte.«

Adam und Banner unterschrieben ein Dokument, auf dem sogar Platz für ihre Fotografien war, falls sie sie später einfügen wollten.

»Wer ist dieser Mann?« flüsterte Banner Adam zu, als der alte Herr hinausging, um die nötigen Trauzeugen zu holen.

Adam lächelte nachsichtig. »Er ist Friedensrichter. Im allgemeinen nimmt er nur Trauungen zwischen Seeleuten und Prostituierten vor.«

»Na wunderbar!« zischte Banner, die jetzt, da ihr Blut sich beruhigt und ihr Herz wieder seinen normalen Rhythmus aufgenommen hatte, Bedenken bekam. »Adam, wir können es nicht tun.«

Er zog die Augenbraue hoch. »Muß ich dich von neuem überzeugen, Kleeblatt?«

Banner bezweifelte nicht, daß er dazu imstande war. »Nein, nein, ich bin überzeugt«, sagte sie hastig.

Der alte Mann kehrte zurück, begleitet von einer Prostituierten und einem Mann in einem Hemd mit Spitzenjabot, der einen auffallend großen Diamanten am Ringfinger trug. Nachdem die Anwesenden die richtige Position eingenommen hatten, räusperte der Richter sich, öffnete ein schwarzes Buch und begann die Zeremonie.

Fünf Minuten später war alles vorbei.

Adam packte Banners Hand und zog sie auf den Gang hinaus und zur Rampe. Dort hob er sie auf die Arme und trug sie zum Wagen.

Banner öffnete erst wieder die Augen, als sie den gepolsterten Kutschensitz unter sich spürte. Nachdenklich ließ sie ihren Blick über die *Silver Shadow* gleiten, betrachtete ihre ringlose Hand und fragte sich, was sie veranlaßt haben mochte, eine derartig übereilte Handlung zu begehen.

Die Rückfahrt zu dem dunklen Haus auf dem Hügel kam Banner endlos lange vor, und sie hatte Zeit, ihre Dummheit zu bereuen, sich darüber zu freuen und abwechselnd zu lächeln und zu weinen.

Im Stall hob Adam sie aus dem Wagen und preßte sie an sich. Sofort durchströmten die gleichen verlangenden Gefühle, die sie wieder unter Kontrolle gehabt zu haben glaubte, ihren Körper, und sie wußte, daß es nicht mehr lange dauern würde, bis sie einander ganz gehören würden ...

Doch Adam schien es nicht eilig zu haben. Er küßte Banner endlos lange, bis sie beide außer Atem waren und es vor Erregung kaum noch aushielten.

Endlich löste Adam sich von ihr und spannte das Pferd aus. Als das Tier in seiner Box stand und sein Futter bekommen hatte, nahm Adam Banners Arm und zog sie ins Freie hinaus, über den schneebedeckten Hof und in die Küche hinein.

Schweigend durchquerten sie den Raum und stiegen die Hintertreppe hoch. Im ersten Stock nahm Adam Banner wieder auf die Arme und trug seine frischgebackene Ehefrau über die Schwelle in sein Zimmer.

Ein Feuer im Kamin war die einzige Lichtquelle im Raum. Schatten tanzten auf Adams Gesicht, als Banner zu ihm aufschaute. In diesem Augenblick hätte er ein Teufel oder ein Engel sein können, ihr Adam.

Er nahm ihr den Rock ab und ließ ihn achtlos zu Boden fallen.

Sekunden später hatte er auch die Haken am Rücken ihres Taftkleides gelöst, und Banner bog lustvoll den Kopf zurück, als sie seinen heißen Blick auf ihrem Hemdchen spürte. Dann rutschte auch das zu Boden, und sie fühlte, wie Adam die Nadeln aus ihrem schweren Haar zog.

Er stöhnte verlangend auf, als ihre lange, kupferrote Mähne frei bis auf ihre Taille fiel, und Banner freute sich, die Macht zu besitzen, ihn derart zu erregen.

Sehr sanft strich Adam ihr das Haar über die Schultern, streichelte ihre Wangen. Fiebrig glitten seine Hände weiter über ihre Oberarme und zu ihren Brüsten. Dabei flüsterte er ihr schamlos zu, was er mit ihr zu tun gedachte und wie er sie erfreuen würde.

Banner erschauerte verlangend und löste aus eigenem Antrieb die Seidenbänder, die ihre lange Spitzenhosen zusammenhielten. Leichtfüßig trat sie aus ihnen heraus und blieb vor ihrem Gatten stehen, nackt bis auf den goldenen Anhänger an ihrem Hals.

Adam berührte das zierliche Kleeblatt mit dem Zeigefinger, bevor er ihn zu ihrer Brustspitze weiterwandern ließ.

Banner stockte der Atem, als er den Kopf senkte, um seine Lippen um ihre rosige Spitze zu schließen.

Er küßte die zarte Knospe mit unglaublicher Zartheit. Sein warmer Mund entzündete ein Feuer in ihr, das wie flüssige Lava durch ihre Adern floß und ihren ganzen Körper entflammte. »Liebe mich«, flehte sie kühn.

Adam lachte. »O nein – noch nicht. Noch nicht, O'Brien.«

Banner bebte vor Erregung und drängte ihm in einer stummen Einladung ihren Körper entgegen.

Adam küßte ihre Brustspitzen und nahm gierig alles, was Banner ihm bot. Und dann kniete er vor ihr nieder.

Mit zärtlichen Fingern spreizte er ihre Schenkel und drückte seine Lippen auf das seidenweiche Haar, das ihre empfindsamste Stelle verbarg. Banner bog sich ihm ströhmend entgegen.

»Nein ... oh ... Adam ...«

»Du ... gehörst ... jetzt ... mir«, murmelte er und unterstrich jedes Wort mit einem feuchten, warmen Kuß.

Banner schrie leise auf unter den lustvollen Liebkosungen seiner Lippen und seiner Zunge und hatte das Gefühl, ohnmächtig zu werden vor Verlangen.

Sie schnappte nach Luft, der Atem stockte ihr, und ihre Augen weiteten sich, als sie spürte, wie Adams Zunge sie in Besitz nahm, während seine Hände ihren kleinen Po liebkosten und ihre Schenkel immer weiter spreizten. Sanft zog er sie zu sich herunter, bis sie über ihm kniete und den Mund zu einem stummen Schrei öffnete, um die Spannung zu lösen. Es war zuviel, und doch nicht genug. Sie warf ihren Kopf von einer Seite zur anderen. »Adam ...«

Er hörte nicht auf, sie zu liebkosen, bis sie sich mit geschlossenen Augen der Ekstase überließ. In diesem Augenblick höchster Lust schrie Banner Adams Namen, und er brachte sie vom Gipfel der Lust in die Wirklichkeit zurück – mit zärtlichen Küssen, die sehr schnell von neuem brennendes Verlangen in ihr auslösten.

7

Banner erinnerte sich nicht, aufgehoben und auf das Bett gelegt worden zu sein; als sei sie schwebend dorthingelangt. Ein einzigartiges Gefühl der Befriedigung erfüllte ihren Körper und ihre Seele.

Sie war Ärztin und hätte daher wissen müssen, wie es um den menschlichen Körper beschaffen war und welche Lust erfahrene Zärtlichkeiten und Küsse auslösen konnten. Aber sie wußte es nicht. Nie hatte sie bei Seans kurzem, selbstsüchtigem Liebesspiel derartige Gefühle erfahren oder die Leidenschaft empfunden, die Adam mit einer einzigen Berührung in ihr auslösen konnte.

Er zog sich aus und kam zu ihr aufs Bett. Seine Fingerspitzen strichen sanft über ihre Brüste und ihren flachen glatten Bauch. Adam hatte sie auf den Höhepunkt der Lust geführt, ohne sie wirklich zu besitzen, und nun schien der Moment der endgültigen Vereinigung gekommen.

»Bitte«, stöhnte Banner unterdrückt. »Bitte, Adam – jetzt!«

Er zog seine Hand zurück, um eine Nachttischlampe anzuzünden, in deren sanftem Schein er Banner verlangend betrachtete. »Ich möchte dich sehen, Banner. Ich möchte sehen, ob du es genießt.«

Banner erschauerte, als seine Hände sich von neuem um ihre Brüste schlossen; sie stöhnte, als er an den erregten Spitzen zupfte. »Ich . . . ohhh . . .«

Adam lachte, nahm ein Kopfkissen und schob es unter Banners Hüften. Sie fühlte sich schwächer und verwundbarer als je zuvor, als sie so vor ihm lag.

Seufzend schloß sie die Augen, als Adams Hände von neuem ihr erotisches Spiel aufnahmen, ihre Brüste streichelten und eine feurige Spur auf ihrem Bauch hinterließen, während er ihre Knie anhob und ihre Schenkel spreizte, bis sie bereit war, ihn aufzunehmen.

Aber Adam zögerte den Augenblick der Vereinigung noch hinaus. Er massierte, streichelte, und liebkoste jede Stelle ihres Körpers.

Banner schrie auf, als seine Fingerspitzen in ihre intimsten Regionen eindrangen. Ihr Atem ging in heftiges Keuchen über, als er rasch den empfindsamsten Punkt ihres Körpers fand und ihn mit gezielten, zarten Bewegungen reizte. Augenblicklich fühlte sie ein heißes, drängendes Verlangen, das sich in ihr ausbreitete und durch ihren Körper pulsierte.

Sie versuchte, die Knie zusammenzunehmen, weil die lustvollen Gefühle, die Adam in ihr weckte, fast zu stark waren, um ertragen zu werden – aber Adam ließ es nicht zu.

Er lächelte und spielte mit ihren Sinnen, bis sie das Gefühl hatte, vor Lust zu vergehen. Ihr Begehren wuchs ins Unerträgliche, Tränen glitzerten zwischen ihren Wimpern, und sie stöhnte heiser: »Adam ... bitte ... ich flehe dich an ...«

»Laß dich gehen, Banner«, flüsterte er ihr beschwörend zu. »Es ist etwas Wunderbares und Natürliches.«

Banners ganzer Körper bebte nun. Sie umklammerte Adams Schultern, drängte ihm lustvoll ihren Schoß und ihre Hüften entgegen. Ein leises Stöhnen, das fast wie ein Flehen klang, entrang sich ihren Lippen ... und dann geschah es. Banner bäumte sich in Adams Armen auf, bis der Sturm nachgelassen hatte.

Wieder brachte Adam sie mit zärtlichen Küssen in die Wirklichkeit zurück, Küsse, die ihre Glieder in weiches Wachs verwandelten und ein heißes Sehnen in ihr weckten, das nur er erfüllen konnte ... Aber wieviel konnte sie davon noch ertragen?

Mit dem Gedanken, ihm die süßen Qualen zu vergelten schloß sie ihre Hand um sein Glied. Es fühlte sich wie heiße Seide an – glatt, hart und wunderbar lebendig. Adam stöhnte lustvoll auf, als sie sich über ihn beugte und dort küßte, wo seine Erregung am größten war. Wie er, der auch keine Gnade gekannt hatte, reizte sie ihn mit rücksichtsloser Leidenschaft, selbst als er sie stöhnend bat, aufzuhören.

Schließlich drängte Adam sie aus lauter Verzweiflung zurück und drang mit einer heftigen Bewegung in sie ein. Der Schmerz, den Banner erwartet hatte – bei Sean war es immer mit Schmerzen verbunden gewesen – blieb aus. Mit ungläubiger Überraschung, mit einem atemlosen Glücksgefühl erlebte sie, wie es sein konnte, mit einem Mann ganz eins zu werden.

Es war das Schönste, Erregendste, Wunderbarste von allem.

Ihre Körper bewegten sich im völligen Gleichklang. Banner schlang die Arme um Adam und schloß die Augen vor Entzücken, als die Welt um sie herum in einem gewaltigen Crescendo unterging.

Fast übergangslos sanken sie in den Schlaf, ohne sich aus ihrer innigen Umarmung zu lösen.

Adam öffnete unwillig die Augen in der zunehmenden Helligkeit und sah, daß Banner neben ihm lag. Eine rosige Brustspitze hatte sich verlockend unter dem Laken hervorgehoben.

Er stöhnte leise und verspürte den unwiderstehlichen Drang, diese wunderbare Frau an seiner Seite zu küssen und zu lieben – wie in der vergangenen Nacht.

Doch wie würde Banner reagieren? Er hatte sie verführt, als er betrunken war. Verdammt!

Banner bewegte sich neben ihm, und ihre Brustspitze, die sich in der kalten Morgenluft aufgerichtet hatte, reizte Adam so sehr, daß er sich aufrichtete und sanft seine Zunge darübergleiten ließ.

O'Brien stöhnte wohlig und öffnete ihre großen grünen Augen. Dann legte sie eine Hand unter ihre Brust und hob sie an Adams Lippen.

Adam küßte und reizte sie, hörte selbst dann nicht auf, als Banner sich aufsetzte. Wichtig war nur, die süßen Knospen zu küssen, die sie ihm so bereitwillig bot.

Banner strich ihm zärtlich übers Haar, drückte seinen Kopf an ihre Brust und stieß leise, lustvolle Schreie unter seinen Liebkosungen aus. Irgendwann schob sie seinen Kopf an ihre andere Brust und streifte seine Lippen mit ihrer erregten Spitze, bis Adam ungeduldig aufstöhnte und seinen Mund darum schloß.

Seine sanfte Gier weckte sein so ungestümes Verlangen in Banner, daß sie vor Entzücken stöhnte.

Als Adam ihre Brüste ausgiebig gekostet hatte, verlangte es ihn nach mehr. Banner schaute mit großen Augen, aber voller Vertrauen zu, wie er ihre Beine hob und sie sanft – eins nach dem anderen – auf seine Schultern legte.

Sein Mund suchte und fand ihre empfindsamste Stelle, und Adam lächelte erfreut, als Banner lustvoll aufstöhnte. Er ließ seinen Blick über ihren Körper gleiten und sah die glühende Leidenschaft, die sich auf ihrem schönen Gesicht abzeichnete.

Um sie noch zu intensivieren, strich er mit der Zungenspitze über die winzige Knospe zwischen ihrem seidenweichen Haar. Banner bäumte sich auf und bog ihm in rhythmischen Bewegungen ihre Hüften entgegen. Als sie leise, flehende Worte stöhnte, küßte und reizte er sie, bis ihr Körper von einer Welle der Ekstase geschüttelt wurde.

Sie fiel erschauernd zurück und hieß ihn willkommen, als er zur endgültigen Erfüllung zu ihr kam.

Als er sich auf sie rollte und die Leere in ihr ausfüllte, für immer gezeichnet von ihrem Feuer, wurde ihm bewußt, daß er sie liebte.

Vielleicht wäre es gar nicht schlecht, dachte Adam, wenn ich O'Brien heiraten würde . . .

»Was?« rief Adam entsetzt und starrte Banner über das breite, zerwühlte Bett an.

Sie schluckte betroffen. Er erinnerte sich nicht! Beschämt zog sie das Laken unters Kinn und griff nach dem Dokument, das sie irgendwann im Laufe der Nacht gefunden und auf den Nachttisch gelegt hatte.

Nun segelte es durch die Luft und landete auf Adams nackter Brust.

Er hob es stirnrunzelnd auf und las. »Soll das ein Witz sein, O'Brien?«

Heiße Tränen traten in Banners Augen. Sie hatte es die ganze Zeit geahnt, aber das machte es nicht erträglicher.

»Wir haben auf der *Silber Shadow* geheiratet, Adam. Erinnerst du dich nicht?«

Adam warf den Beweis achtlos beiseite. »Ich erinnere mich an drei Dinge«, knurrte er und starrte düster an die Zimmerdecke. »Eins: ich war betrunken. Zwei: wir haben zusammen geschlafen. Drei: du warst keine Jungfrau mehr, O'Brien.«

Das Blut stieg Banner in die Wangen. »Das hatte ich dir gesagt, Adam . . . ich habe dir von meiner . . .«

Mit einer erschreckend brüsken Bewegung warf Adam die Decke zurück und sprang auf. »Schamlosen Vergangenheit erzählt?« fiel er ihr scharf ins Wort, während er seine Kleider überzog.

Er hätte Banner nicht schlimmer verletzen können, wenn er sie geschlagen hätte. Sie hatte ihm von Sean und ihrer Scheidung erzählt – sie hatte ihm alles gesagt! Es war schließlich nicht ihre Schuld, daß er sich geweigert hatte, zuzuhören!

»Geh zum Teufel, Adam Corbin!« flüsterte sie. »Ich . . .«

Aber er war schon an der Tür. »Du solltest dir Visitenkarten drucken lassen, O'Brien«, fauchte er. »›*Stets ein freundliches Willkommen*‹.«

Banner weinte vor Wut und Schmerz, und plötzlich kam er zum Bett zurück. Mit einer heftigen Bewegung, vor der Banner erschreckt zurückzuckte, ergriff er das goldene Kleeblatt an ihrem Hals.

»Bis jetzt war ich immer stolz darauf, noch nie eine Frau für das bezahlt zu haben, was du mir gerade gegeben hast«, flüsterte er erbost und ließ den Anhänger fallen. Er fühlte sich seltsam schwer und kalt an, als er Banners Haut berührte. »Aber jetzt ist es anscheinend doch so weit gekommen, nicht wahr, O'Brien?«

Banner warf sich mit geballten Fäusten auf ihn, wie blind in ihrem Zorn, aber Adam hielt sie mühelos zurück. Seine Finger schlossen sich wie Schraubstöcke um ihre Handgelenke.

»Du warst so scharf darauf, meine Frau zu werden, daß du nach einem Trick gegriffen hast«, fuhr er in brutalem Ton fort. »Und das wirst du jetzt sein, Kleeblatt.«

Banners Kehle verengte sich vor Angst, und sie starrte ihn entsetzt an. »W-wie meinst du das?«

»Ich meinte, du kleine Hexe, daß ich beabsichtige, meine volle Befriedigung aus dieser Ehe zu ziehen, wann und so es mich danach gelüstet. Und laß dir versichern, meine Liebe, daß meine Phantasie keine Grenzen kennt. Hast du mich verstanden?«

Wütend riß Banner sich von ihm los und sammelte ihre Kleider ein. Sie hatte ihn sehr gut verstanden, aber sie wäre lieber gestorben, als es zuzugeben.

Adam zerrte ihr die lange Unterhose aus der Hand und riß sie mit einer heftigen Bewegung mitten durch. »Die brauchst du jetzt nicht mehr«, zischte er böse und warf die beiden Stücke spitzenbesetzten Stoffs in den Kamin.

Banner zitterte vor hilflosem Zorn, und ihr Herz schien nicht in ihrer Brust zu schlagen, sondern in ihrer Kehle. Die Empörung machte sie sprachlos, und ihr Mann stürmte aus dem Zimmer und knallte die Tür hinter sich zu, bevor sie sich von der Stelle rühren konnte.

Adam vermied den vorderen Teil des Hauses, da es Weihnachtsmorgen und damit zu rechnen war, daß sich die ganze Familie im Speisezimmer aufhielt. Er war erleichtert, die Küche leer zu finden, als er sie über die Dienstbotentreppe erreichte.

Er ging zum Fenster und starrte auf die schneebedeckte Landschaft und die Berge hinaus. Warum hatte er O'Brien nur so behandelt? Er liebte sie doch! War er verrückt?

Aus der Ferne hörte er Melissa lachen, ein beruhigender Ton, der ihn allerdings auch nicht dazu bewegen konnte, sich seiner Familie zu stellen und die notwendigen Erklärungen abzugeben.

Ich habe O'Brien gestern nacht geheiratet, hörte er sich im Geiste sagen. Natürlich erinnere ich mich weder daran, ihr einen Antrag gemacht zu haben, noch ein Ehegelübde abgelegt zu haben, aber sie hat den Trauschein, also muß es stimmen.

Erinnerungen zerrten an ihm, bis er glaubte, den Verstand zu verlieren: O'Brien in seinem Bett, wo sie ihn berührt hatte, wie er es sich nie in seinem Leben vorgestellt hatte – und das nicht nur körperlich. O'Brien, die ihn liebkost und gereizt hatte, bis er halbblind vor Verlangen nach ihr gewesen war.

O'Brien, O'Brien, O'Brien.

Und wer hatte sie vor ihm gehabt? Wer war der Mann,

der sie ein solch stürmisches, unglaublich befriedigendes Liebesspiel gelehrt hatte?

Wieder schaute Adam zu den Bergen hinüber. Dort war jemand, den er sehen, mit dem er reden mußte – wenn er nicht den Verstand verlieren wollte.

Zum ersten Mal in seiner Karriere kehrte Adam Corbin seinen Verpflichtungen den Rücken zu, ohne zurückzuschauen, ohne eine Nachricht zu hinterlassen, wo er zu erreichen war, und ohne Anweisungen für seine Patienten.

Ungeachtet der Tatsache, daß er ungekämmt und unrasiert war, schnappte er sich seinen Rock und verließ das Haus.

Das Weihnachtsfest war kaum zu ertragen für Banner Corbin. Sie verteilte Geschenke, empfing selber welche und nahm an den aufwendigen Mahlzeiten teil, die ihr wie Zement im Magen lagen. Adam war fort, und während seine Familie nicht übermäßig besorgt schien, trauerte Banner und litt.

Mehrmals im Laufe dieses hektischen Tages nahm sie sich vor, aufzustehen und zu verkünden, daß sie Adams Frau war, aber dann brachte sie es doch nicht über sich. Wenn er schon glaubte, ihre Heirat sei ein Trick gewesen, was mochten dann erst die anderen darüber denken?

Jeff beobachtete Banner und wurde immer wütender. Verdammt, es war Weihnachten, und Banner sah aus wie jemand, der seine Seele verloren hatte!

Wo steckte Adam bloß?

Jeff blieb seufzend vor der Schlafzimmertür seines Bruders stehen. Adam würde sich jetzt entscheiden müssen, ein für allemal, ob er Banner O'Brien haben wollte oder nicht. Denn wenn nicht, war Jeff mehr als bereit, in die entstandene Lücke zu treten.

Nach einem tiefen Atemzug klopfte Jeff an die massive Tür. Es kam keine Antwort, aber das hatte nichts zu bedeuten – Adam ignorierte es oft, wenn jemand klopfte, vor allem, wenn er gerade in einer seiner düsteren Stimmungen war.

Jeff öffnete die Tür und trat ein, innerlich auf eine unfreundliche Reaktion seines Bruders vorbereitet. Adam war nicht da, aber die Nacht hatte er hier verbracht, denn sein Bett war zerwühlt, die Kissen lagen auf dem Boden und ...

Jeff schaute sich mit jähem Unbehagen um, und dabei entdeckte er den Trauschein auf dem Teppich neben dem Bett.

Ein Muskel verkrampfte sich in seinem Magen, als er sich bückte, um das Dokument aufzuheben. Es schien tausend Pfund zu wiegen, dieses kleine Stück Papier, und eine Ewigkeit verging, bevor Jeff sich überwinden konnte, es zu lesen: *Hiermit wird bestätigt, daß Dr. Adam Corbin und Miss Banner O'Brien am vierundzwanzigsten Dezember getraut worden sind ...*

Jeff schloß die Augen und zerknüllte das Papier in der Hand, ohne zu wissen, warum er es tat. Banner hatte gesagt, sie liebte Adam, und Jeff hatte die Leidenschaft gespürt, die zwischen ihr und seinem Bruder schwelte.

Warum war es dann eine solch brutale Überraschung für ihn, zu erfahren, daß sie geheiratet hatten?

Jeff murmelte etwas vor sich hin, warf das Dokument aufs Bett und wandte sich von diesem schmerzhaftesten Beweis für den Sieg seines Bruders ab.

Während er die Tür zu Adams Zimmer mit einer Sanftheit schloß, die in keinem Verhältnis zu seinen Gefühlen stand, beschloß er, die *Sea Mistress* noch heute in See stechen zu lassen, falls das Wetter es erlaubte.

Banner hob das Schneeglas und schüttelte es, bis kleine weiße Schneeflocken auf das Einhorn im Glas herniederrieselten.

»Wie hübsch«, sagte Katherine sanft und in einem Ton, der für Banner wie eine Aufforderung klang, sich ihrer Schwiegermutter anzuvertrauen.

Banner lächelte schwach. »Jeff hat es mir geschenkt.«

Katherine schenkte sich heiße Schokolade ein und setzte sich neben Banner. »Ich verstehe Geheimnisse zu bewahren«, sagte sie ruhig »Gibt es etwas, was du mir gern sagen würdest?«

Banners Augen füllten sich mit Tränen. »Es ist Weihnachten. Ich möchte euch das Fest nicht zerstören.«

»Das könntest du gar nicht, Banner. Denn trotz Adams Abwesenheit ist es ein großer Tag für uns.«

Banners Kehle schmerzte vor ungeweinten Tränen. Adam haßte sie, und bestimmt war er jetzt in den Bergen – bei seiner Geliebten.

Katherine drückte beruhigend ihre Hand. »Er wird zurückkommen, Banner.«

»Ich hasse ihn!« erwiderte Banner heftig und voller Zorn, trotz der Trauer, die sie empfand. »Ich hasse Adam, und es ist mir egal, ob er je zurückkommt!«

Nach dieser albernen Feststellung brach Banner in Tränen aus.

Katherine stellte ihre Tasse fort und zog die jüngere Frau in eine mütterliche Umarmung. »Aber Banner! Es stimmt doch gar nicht, daß du ihn haßt, und das ist das Problem, nicht wahr?«

»Ja!« schluchzte Banner.

»Ich liebe meinen Sohn mit jeder Faser meines Herzens«, erklärte Katherine ernst, während sie die Schwiegertochter, von der sie noch gar nicht wußte, daß sie es war, an sich drückte. »Aber manchmal täte ich nichts lieber, als ihn meine Pferdepeitsche spüren zu lassen!«

Banner schluchzte noch heftiger, und draußen vor den Fenstern wusch ein dichter Nieselregen die letzten Schneereste an den Scheiben ab.

Am nächsten Morgen hatte sich der Schnee in Schlamm und Matsch verwandelt, und die ganze Welt sah grau und trübe aus. Jeff war am Tag zuvor ohne Abschied abgereist, und Melissa packte den Koffer für eine Reise nach Seattle, wo sie die restlichen Feiertage bei Freunden verbringen wollte. Keith hatte vor, nach Tacoma aufzubrechen, wo er einen Zug nach Wenatchee nehmen würde.

Katherine blieb zu Hause bis nach Neujahr, dann wollte sie nach Olympia zurückkehren, um mit Politikern zu sprechen und mit anderen militanten Befürworterinnen des Frauenwahlrechts eine ausgedehnte Reise durch die ganze Provinz zu unternehmen. Reden mußte gehalten und Manifestationen organisiert werden . . .

Der bloße Gedanke an das leere Haus trieb Banner zur Verzweiflung. Adam war noch nicht zurückgekehrt, und sie fühlte sich schon jetzt so einsam wie nie zuvor in ihrem Leben.

Nur wenige Patienten kamen in die Klinik, und diese wenigen litten mehr unter den Folgen übermäßigen Essens oder Trinkens als an echten Krankheiten.

Gegen Mittag erschien der Kommissar und fragte nach Adam. Vier Leichen waren in der Nähe des Indianerlagers an den Strand gespült worden, berichtete er, und obwohl sie ›nur Chinesen‹ waren, war es erforderlich, daß Dr. Corbin als amtlicher Leichenbeschauer einen Bericht abfaßte.

Banner erstickte fast an ihrer stummen Verzweiflung, aber die Leichen vier ertrunkener Menschen zu untersuchen, war keineswegs die Ablenkung, die sie sich erhofft hatte.

»Da Sie Dr. Corbins Assistentin sind«, erklärte der Kommissar und zuckte die Schultern, »genügt es sicher, wenn Sie mich begleiten. Die Leichen sind in einer meiner Zellen, und bevor die Papiere unterzeichnet sind, kann ich sie nicht fortschaffen lassen.«

Banner holte schaudernd ihren Umhang. Aber so unangenehm die bevorstehende Aufgabe auch war, sie gehörte zu ihrem Beruf und mußte daher erledigt werden.

Die Toten waren Chinesen, wie der Kommissar schon gesagt hatte. Ihre Leichen waren aufgedunsen und das Fleisch teilweise von Fischen abgenagt.

Nachdem Banner die nötigen Papiere unterzeichnet und die Teerplane über die Leichen gezogen hatte, verließ sie rasch und in aufrechter Haltung das Gerichtsgebäude, um sich dann ganz diskret in einer Seitenstraße zu übergeben.

Als sie sich einigermaßen erholt hatte, kletterte sie in den Zweisitzer, den sie von einem der Corbinschen Stallburschen hatte anspannen lassen, und nahm die Zügel auf. Um sich vom Anblick der entsetzlich zugerichteten Leichen, die sie gerade gesehen hatte, abzulenken, konzentrierte sie sich auf ihre Empörung.

Die Einstellung, die dieser Kommissar jenen armen Menschen gegenüber bewiesen hatte, war unerträglich arrogant. Immer wieder hatte er sie als ›Chinks‹ bezeichnet und gesagt, die Stadt könne froh sein, daß sie ertrunken waren. Die Ursache ihres Todes festzustellen, schien ihm nicht einmal entfernt in den Sinn gekommen zu sein.

Als Banner ihn mit Fragen bedrängte, hatte er gemeint, die Männer könnten aus Kanada hereingeschmuggelt worden sein, wie viele hundert andere vor ihnen, seit die strengen Einwanderungsbeschränkungen in Kraft getreten waren. Dann – beim Herankommen eines Boots der Küstenwache – seien sie vermutlich über Bord geworfen worden.

Jene, die eine solche Reise überlebten, tauchten in der chinesischen Gemeinde unter und wurden nur sehr selten deportiert, wenn überhaupt.

Als Banner nach Hause zurückkam, war kein Stallbursche zu finden, und so spannte sie das Pferd selber aus und hängte das leichte Geschirr an einen Haken an der Wand, wie sie es bei Adam beobachtete hatte. Dann führte sie das Pferd in seine Box, wo Futter und frisches Wasser warteten. Sie schloß gerade die Boxentür und schob den schweren Metallriegel vor, als eine vertraute Stimme rief:

»O'Brien!«

»Ich bin hier«, antwortete sie in einem Ton, der weder als freundlich noch scharf bezeichnet werden konnte, und trat auf den Hof.

Banner war entschlossen, sich gekränkt zu zeigen, aber Adam sah so hager und mitgenommen aus, daß sie von einer überwältigenden Zärtlichkeit erfaßt wurde. Seine Kleider waren zerknittert, sein Haar hätte eine Wäsche gebraucht, und ein mehrtägiger Bart verdunkelte sein Gesicht.

»Wie geht es deiner Frau?« fragte sie spitz, um sich nicht in Adams Arme zu stürzen.

Adam zuckte die Schultern. »Keine Ahnung, Kleeblatt. Wie geht es dir?«

Da Banner nicht wußte, was sie darauf erwidern sollte, sagte sie nichts, verschränkte nur die Arme vor der Brust und wartete.

»Es tut mir leid«, sagte Adam schließlich leise.

»Zweifellos«, erwiderte Banner.

Er lachte, aber Banner wußte nicht, ob aus Belustigung oder Resignation. »Hast du meiner Familie erzählt, daß wir ... verheiratet sind?«

Banner spürte, wie ihr Blut in die Wangen stieg. »Natürlich nicht. Unter den gegebenen Umständen erschien es mir reichlich unpassend.«

Adam trat näher, blieb dann unsicher stehen. »O'Brien ...«

Banner zog sich zurück. »Was?«

»Wie zum Teufel soll ich mich entschuldigen, wenn du mich nicht an dich heranläßt? Ich habe mich unmöglich benommen, und das tut mir leid.« Adam verschränkte die Arme und musterte sie. »Trägst du Unterhosen?«

Banner unterdrückte einen empörten Aufschrei. »Selbstverständlich, Adam Corbin, und wage nicht, auch nur einen einzigen Schritt näherzukommen!«

Adam lachte, dann meinte er gelassen: »Darf ich dich daran erinnern, daß du meine Frau bist?«

»Das gibt dir nicht das Recht, mir zu befehlen, keine Unterwäsche zu tragen oder mich zu nehmen, wo es dir beliebt ...«

Adam winkte müde ab. »Ich weiß, O'Brien. Ich sagte doch schon, daß es mir leid tut.«

Banner drängte die Tränen zurück. Waren nicht alle Männer gleich? Sie sagten die schrecklichsten Dinge, sogar am Weihnachtstag, vergaßen, daß sie eine Frau hatten, und kamen dann zurück und bildeten sich ein, alles mit einem schlichten ›Es tut mir leid‹ in Ordnung bringen zu können!

»Du Schuft«, sagte sie leise.

Adam spreizte die Hände, als gäbe er ihr recht.

Und das ärgerte Banner so sehr, daß sie die wenigen Schritte auf Adam zuging und ihm hart mit der flachen Hand ins Gesicht schlug.

Er wandte leicht den Kopf und hielt Banner an den Schultern fest. Für einen Moment war sie wie gelähmt vor Angst, aber das verging schnell, als sie den gebrochenen, besiegten Ausdruck in seinen Augen sah.

»Hab keine Angst vor mir, Kleeblatt«, bat er leise. »Ich würde dir nie weh tun. Niemals!«

Vom körperlichen Gesichtspunkt aus mochte das stimmen; Adam war kein Mann, der eine Frau schlagen würde. Aber in seelischer Hinsicht war sie bei ihm verwundbarer als je zuvor in ihrem Leben. Die Qual, die sie in der vergangenen Nacht und am Tag zuvor ausgestanden hatte, war der beste Beweis dafür.

Sie hob trotzig den Kopf, zu stolz, um sich anmerken zu lassen, was sie bereits gelitten hatte. »Wir könnten die Ehe annullieren lassen«, schlug sie vor.

Adam schüttelte den Kopf. »O nein. Erstens ist sie vollzogen worden – auf die beste Weise, die ich mir vorstellen kann. Zweitens habe ich nicht die Absicht, dich aufzugeben.«

Banners müdes Herz machte einen Freudensprung. Wilde Hoffnung erwachte in ihr, um dann gleich wieder zu verlöschen. Adam hatte nicht ein einziges Mal gesagt, daß er sie liebte; seine Gründe, die Annullierung zu verweigern, waren nicht romantischer Natur. Durch die Heirat mit Banner hatte er nicht nur eine Partnerin für seine

Praxis gewonnen, sondern auch noch eine Bettgefährtin. Sie war praktisch für ihn, das war alles.

»Wo warst du?« fragte Banner in einem herausfordernden Ton, der ihren Schmerz verschleiern sollte.

Adams Finger massierten ihre schmalen Schultern und weckten sehr widersprüchliche Gefühle in ihr. »Das kann ich dir nicht erklären, Kleeblatt. Nicht im Augenblick, jedenfalls. Hat es während meiner Abwesenheit irgendwelche Probleme in der Praxis gegeben?«

Es dauerte einen Moment, bis Banner ihre Fassung wiedergefunden hatte und antworten konnte. »Ja. Am Strand sind vier ertrunkene Chinesen aufgefunden worden. Der Kommissar sagte, die Indianer hätten die Leichen entdeckt.«

»Mein Gott – schon wieder Royce!«

Banners Augen weiteten sich vor Erstaunen. »Temple Royce? Du meinst, er hat etwas damit zu tun?«

Adam nahm seine Hände von ihren Schultern und wandte sich ab. »Dieser verdammte Sohn einer . . .«

Banner griff verwirrt nach seinem Arm.

»Adam?«

Er drehte sich zu ihr um und fuhr sich mit der Hand durchs Haar. »Hat Kommissar Peters eine Vorstellung, was passiert sein könnte?«

»Er sagte, die Chinesen wären vermutlich aus Kanada hereingeschmuggelt und über Bord geworfen worden, als die Küstenwache sich dem Schiff näherte. Meinst du, Mr. Royce . . .«

»Ich weiß, daß es Royce war!«

»Wenn er ein Schmuggler ist – und ein Mörder – warum ist er dann noch nicht verhaftet worden?«

Adam lachte bitter. »Er hat Geld, O'Brien, sehr viel Geld. Indem er es in die richtigen Hände legt und ab und zu eine Ladung Schmuggelgut ins Wasser wirft, kommt er immer wieder mit einem blauen Auge davon.«

Banner schüttelte den Kopf und strich geistesabwesend mit dem Zeigefinger über Adams Stoppelkinn. »Warum nehmen die Chinesen denn ein solches Risiko auf sich? Warum gehen sie an Bord eines Schiffes, wenn ...«

Adam nahm ihre Hand und streichelte mit dem Daumen ihre Innenfläche. »Sie sind verzweifelt, O'Brien. Sie wollen in dieser Gegend arbeiten und mit ihren Familien zusammensein. Dafür gehen sie nicht nur das Risiko ein, über Bord geworfen zu werden, sondern bezahlen auch noch hundert Dollar oder mehr für das Privileg.«

Banner zog an ihrer Hand, aber Adam gab sie nicht frei. »Du wirst mir nicht sagen, wo du warst, oder?«

»Nein.«

»Gut.« Wenn er nicht über seine Geliebte sprechen wollte, sah sie keinen Grund, ihm etwas über Sean und ihrer Scheidung zu erzählen. Sollte er sich ruhig den Kopf darüber zerbrechen! »Du brauchst ein Bad.«

Adam lachte und zog Banner in seine Arme. »Ich weiß. Und du wirst mir dabei helfen, nicht wahr – Mrs. Corbin?«

Mrs. Corbin. Machte er sich lustig über sie? »Ich denke gar nicht daran. Du bist ein erwachsener Mann und durchaus imstande ...«

Er brachte sie mit einem stürmischen Kuß zum Schweigen.

Banners verräterisches Herz schlug schneller, und das Blut raste wie flüssige Lava durch ihre Adern. Eine Frechheit! dachte sie empört. Wie kann er es wagen, sich mir zu nähern, nachdem er von einem Rendezvous mit seiner Geliebten heimkommt?

Aber war sie selber etwa besser? Auch sie konnte ihm

nicht widerstehen – und half ihm sogar, die Pferde von seinem Wagen abzuspannen.

Der aufsteigende Wasserdampf hüllte Adams Badewanne ein, aber er war nicht dicht genug, um Adams kräftigen männlichen Körper zu verbergen – oder Banners Erröten.

»Warum kommst du nicht mit mir in die Wanne, O'Brien?« forderte er sie lachend auf.

Banner wußte selbst nicht, warum sie überhaupt noch im Badezimmer war. »Ich heiße nicht O'Brien.«

»Du wirst immer O'Brien für mich sein, Kleeblatt.«

Banner senkte gekränkt den Kopf. »Ich hoffe, es stört dich nicht, daß ich die Totenscheine unterzeichnet habe, damit Kommissar Peters diese armen Männer begraben lassen kann.«

Adam versteifte sich. »Du lieber Himmel!« sagte er entsetzt. »Du hast die Leichen doch nicht etwa untersucht?«

Banner nickte schwach. »Ich bin Ärztin«, gab sie zu bedenken. »Und du warst nicht hier.«

Adam schwieg, und Banner fügte rasch hinzu: »Es war nicht ganz so schlimm, wie du vielleicht glaubst. Während meines Studiums . . .«

Adam hob eine Hand. »Genug, O'Brien. Genug.« Dann streckte er ganz unvermutet die Arme nach ihr aus und zog sie – bevor sie wußte, wie ihr geschah – zu sich in die Wanne hinein.

Sie zappelte empört, doch Adam hielt sie fest, küßte ihr Ohrläppchen und knabberte daran, bis ihre Glieder weich wie Wachs waren und sie sich nicht mehr wehrte. Nicht einmal dann, als er sich über sie kniete und flüsterte. »Jetzt werden wir sehen!«

»Was?« entgegnete Banner gereizt und doch zu allem bereit.

Adam knöpfte ihr Mieder auf und küßte ihre rosigen Brustspitzen. »Ob du Unterhosen trägst, Mrs. Corbin«, antwortete er schmunzelnd, bevor er ihr das Kleid bis über die Hüften herunterzog.

Banner schloß die Augen und spürte, wie ihr das Blut in die Wangen stieg.

»So!« bemerkte Adam triumphierend. »Du bist ja doch eine gehorsame Ehefrau, kleine Rebellin.«

Banner richtete sich erschrocken auf. Sie war allein – Adams Platz neben ihr war leer und kalt.

Langsam kehrte die Erinnerung zurück. Adam war aus den Bergen heimgekehrt. Sie hatten sich in der Badewanne geliebt und dann noch einmal im Bett . . .

Banner seufzte und räkelte sich wie eine zufriedene Katze. Adam, dachte sie, lieber Adam.

Und wie als Antwort auf einen stummen Ruf ging die Schlafzimmertür auf. »Kleeblatt?«

Sie blieb still liegen, als er den Raum betrat, eine Lampe anzündete und sich auf die Bettkante setzte. Er war angekleidet und duftete nach einem herben Eau de Cologne.

Banner hielt den Atem an, als er ihre Hände nahm, sie über ihren Kopf schob und ihre vollen nacken Brüste betrachtete. Dann senkte er den Kopf und schloß die Lippen um eine ihrer rosigen Spitzen.

Es war ein uraltes Ritual, das wußte Banner, aber nie war es so erregend und so neu für sie gewesen, daß ihr der Atem stockte und ihr Herz zu platzen drohte.

Während Adams Lippen eine ausgedehnte Forschungsreise über ihren Körper begannen, befahl er ihr von neuem, keine Unterhosen mehr zu tragen, und erklärte ihr, warum ... Die Worte und seine Liebkosungen lösten ein Beben in Banner aus, ein verlangendes Kribbeln, das immer stärker wurde, bis sie sich ihm einladend entgegendrängte und ihn anflehte, zu ihr zu kommen.

Adam löste sich von ihr und schüttelte lächelnd den Kopf. »Ich ziehe mich nicht mehr aus, O'Brien«, sagte er. »In fünf Minuten wird zu Abend gegessen, und ich habe großen Hunger.«

Doch gleichzeitig legte er seine große warme Hand auf ihre empfindsamste Stelle und schaute Banner fragend in die Augen.

»Ja«, flüsterte sie heiser: »ja«, und bog Adam einladend den Oberkörper entgegen, schlang die Arme um ihn und zog ihn eng an sich heran. Dann fühlte sie, wie er in sie eindrang. Es dauerte nicht lange, bis die Wellen der Lust sie davontrugen.

8

Katherine Corbin senkte den Blick und verbarg ihr Lächeln hinter dem Rand ihrer Teetasse. Es war ziemlich offensichtlich, was das Dinner verzögert hatte. Banners Gesicht glühte, und Adam starrte auf das Essen, als nähme er ihm seine bloße Existenz übel.

Es herrschte ein erwartungsvolles Schweigen, als sie sich dem Tisch näherten, und Melissa, Keith und sogar Clarence King starrten Adam und Banner fragend an.

Sie blieben stehen, Adam legte eine Hand auf Banners Arm und sagte ruhig: »Meine Damen und Herren – meine Frau.«

Seine Ankündigung löste helle Begeisterung aus. Alle sprangen auf, umarmten Banner und schüttelten Adam die Hand.

Sean Malloy blieb vor Ericksons Bar stehen und zählte in Gedanken die Münzen in der Tasche seines abgenutzten Rocks. Ein eiskalter Wind pfiff in seinen Ohren und drang ihm durch die Stiefel bis in die Zehen hinein.

Im Saloon warteten Musik, Wärme, freies Essen und Whiskey, alles Dinge, die Sean nicht mehr gehabt hatte, seit sein Schiff in Portland eingelaufen und er ohne Arbeit war.

Er trat ein und schaute sich beeindruckt um. Über der mahagoniverkleideten Bar hing ein riesiges Gemälde, das eine plumpe nackte Frau darstellte, die von einer ganzen Legion römischer Soldaten vergewaltigt wurde.

Sean runzelte die Stirn. Er hatte es Banner zu verdanken, daß er selbst seit langer Zeit keine Frau mehr gehabt hatte ...

»Einen Drink, mein Freund?«

Sean drehte sich um und schaute argwöhnisch ins Gesicht eines braunäugigen Dandys.

Der Mann lachte und hob entwaffnend beide Hände, die nicht so aussahen, als ob sie je gearbeitet hätten. »Regen Sie sich nicht auf – ich bin ein Mann wie Sie, mein Freund.«

Sean entspannte sich. Er war zu lange im Gefängnis gewesen, zu mißtrauisch geworden. »Sean Malloy«, stellte er sich vor.

»Temple Royce«, entgegnete der elegante Dandy. »Sind Sie Hafenarbeiter, Mr. Malloy?«

»Aye, Sir. Wenn ich Arbeit finde.«

Sean nahm zwei Münzen aus der Rocktasche und bestellte zwei Whiskeys.

»Ich hatte Sie eingeladen«, erinnerte Royce ihn sanft.

Sean fragte sich, was dieser Dandy von ihm wollte. »Ich bezahle selbst, bis ich ich weiß, was anliegt«, erwiderte er kühl.

Royce zuckte mit den Schultern. »Na schön. Sie sind ein kräftiger Mann, Malloy. Haben Sie schon einmal auf einem Schiff gearbeitet?«

Sean lachte bitter. »Aye. Auf der Route um Kap Hoorn. Suchen Sie Seeleute, Mr. Royce?«

»Ja.«

»Wohin geht die Fahrt?« wollte Sean wissen und stützte seinen zweiten Whiskey hinunter. Er brauchte dringend Arbeit – aus seinem Zimmer war er schon hinausgeworfen worden, und er hatte keine Ahnung, wovon er leben sollte, wenn die wenigen Münzen in seiner Tasche aufgebraucht waren. Aber er blieb eigentlich lieber an Land, wo die Gewißheit bestand, daß er ab und zu eine Frau haben konnte ...

»Nach Kanada«, antwortete Royce nach einiger Überlegung.

Sean betrachtete sich im Spiegel hinter der Bar. Er war ein gutaussehender Mann gewesen, aber wer würde das jetzt noch sehen? Sein hellbraunes, früher lockiges Haar war verfilzt und ohne Glanz. Seine braunen Augen lagen tief in ihren Höhlen, und sein markantes Kinn verbarg ein ungepflegter Bart.

»Kanada ...« wiederholte er nachdenklich.

»Ja.«

»Und danach?«

»Seattle. Port Hastings. Und irgendwann hierher zurück.«

»Port Hastings? Wo liegt das denn?«

Royce lächelte. »In der Meerenge von Juan de Fuca – im Territorium von Washington. Es wird ›Klein Sodom und Gomorrha‹ genannt.«

Sean horchte interessiert auf. »Hat die Stadt ihren Namen verdient?«

»Absolut. Ich zahle fünfzig Dollar für die Fahrt nach Kanada; die Hälfte jetzt und den Rest, wenn wir in Port Hastings sind. Was sagen Sie dazu, Mr. Malloy?«

»Einverstanden. Wann laufen wir aus?«

»Morgen früh. Das Schiff ist die *Jonathan Lee.*«

»Aye«, antwortete Sean. Er hatte das Segelschiff schon am Hafen gesehen.

Royce legte das versprochene Geld auf die Theke. »Sorgen Sie dafür, daß Sie bei Tagesanbruch an Deck sind«, sagte er in warnendem Ton.

Sean nickte. »Sie können sich darauf verlassen.«

Als Royce fort war, wurde Sean auf einen großen blonden Mann aufmerksam, der lachend die Angriffe zweier Frauen abwehrte.

»Pah!« bemerkte der alte Matrose, der neben Sean an der Bar hockte.

»Der braucht sie nicht mal zu bezahlen. Es heißt, sie bezahlen ihn!«

Sean bestellte noch zwei Whiskey. »Wer ist er?«

Der Matrose drehte ein Messer mit perlmuttbesetztem Griff in der Hand. Auf einen warnenden Blick des Barkeepers hin steckte er es wieder ein. »Jeff Corbin – Kapitän der *Sea Mistress.*«

Der Name Corbin sagte Sean nichts, aber da er nichts anderes zu tun hatte, hörte er zu, als der alte Seemann fortfuhr: »Es wird erzählt, eine rothaarige Ärztin hätte ihm das Herz gebrochen.«

Sean versteifte sich. »Wissen Sie, wie sie heißt? Die Ärztin, meine ich?« fragte er schroff.

»Ich würde es nie vergessen – ich bin ihr einmal begegnet.«

Für einen Moment schien sich die Bar um Sean zu drehen. Banner hatte er gesagt, sie wollte Ärztin werden. Es war ihr größter Traum gewesen, und ihr ständiges Gerede darüber hatte Sean verrückt gemacht. War es möglich, daß sie es geschafft hatte? Mit dem Geld, das sie für seine Ergreifung bekommen hatte?

»Banner O'Brien«, murmelte er sinnend. Malloy nannte sie sich bestimmt nicht mehr, oder? Nein, nicht nach allem, was sie ihm angetan hatte.

Der Seemann wirkte enttäuscht. »Woher wußten Sie das?«

Ohne ihn einer Antwort zu würdigen, stand Sean auf und folgte Kapitän Corbin, der gerade den Saloon verließ. Auf der Straße rief er ihn an.

Corbin drehte sich um. Er hatte tiefblaue Augen, aber einen merkwürdig leeren Blick. »Ja?«

Sean fürchtete nur wenige Männer, aber dieser mahnte ihn instinktiv zur Vorsicht. Er strahlte eine unglaubliche Selbstsicherheit und Ruhe aus.

»Guten Abend«, grüßte Sean höflich.

Der Kapitän nickte nur. Ein wachsamer Blick lag auf einmal in seinen Augen.

»Ein Mann dort drinnen erzählte mir, Sie würden meine Schwester kennen.«

Corbin erwiderte nichts, aber er ging auch nicht weiter. »Sie heißt Banner«, fuhr Sean vorsichtig fort.

Etwas blitzte in den blauen Augen auf. Erkennen? Qual? Aber Corbin sagte noch immer nichts.

»Es kann sein, daß sie den Namen ihrer Großmutter

benutzt – O'Brien«, beharrte Sean, der nach wir vor außergewöhnliche Vorsicht für angebracht hielt.

Um Corbins Mund zuckte es. Sein Kinn wurde hart. »Wenn Banner Ihre Schwester ist, müßten Sie eigentlich wissen, welchen Namen sie benutzt.«

Ein wildes Triumphgefühl erwachte in Sean und starker Haß, doch er lächelte nur freundlich. »Natürlich. Aber nach einem Streit habe ich sie lange nicht mehr gesehen. Und jetzt würde ich mich gern bei ihr entschuldigen.«

»Dann wünsche ich Ihnen viel Glück«, meinte der Kapitän.

»Geht es ihr gut?« versetzte Sean rasch.

Jeff Corbin nickte. »Ja«, bestätigte er knapp.

»Sagen Sie mir doch bitte, wo ich sie finden kann.«

Der Kapitän schien nachzudenken. »Wie soll ich wissen, daß Sie wirklich Banners Bruder sind? Oder daß sie Sie sehen will?«

»Sie werden mir schon glauben müssen.«

»Geben Sie mir Ihren Namen«, entgegnete Jeff. »Dann richte ich Banner Grüße von Ihnen aus.«

Du lieber Himmel! Sie würde flüchten wie ein Kaninchen, wenn sie seinen Namen hörte, und dann fand er sie überhaupt nicht mehr! »Sehen Sie sie bald?«

»Ich glaube nicht.«

Seans Lächeln verblaßte. Er kam nicht vom Fleck und schien nicht nur seine Zeit zu verschwenden, sondern vielleicht auch noch ein paar gebrochene Knochen zu riskieren. »Sagen Sie Banner, Robert ließe sie grüßen«, sagte er rasch, wandte sich ab und ging in die Bar zurück.

Der alte Seemann, der behauptet hatte, Banner zu kennen, saß noch an seinem Platz und sah sehr durstig aus.

Sean ging lächelnd auf ihn zu.

Drei Wochen vergingen, und eines Tages war Adam wieder verschwunden.

»Er hat eine Geliebte«, beklagte Banner sich bei Maggie.

Maggie zuckte die Schultern. »Warum folgen Sie ihm nicht, sobald es Frühling wird? In drei Wochen wird er wieder in die Berge reiten, dann könnten Sie ein Pferd nehmen und . . .«

»Das wage ich nicht, Maggie! Er würde wütend werden.«

»Haben Sie Angst vor ihm?«

»Natürlich nicht!«

»Also?«

Stiefelgeklapper auf der Treppe ersparte Banner eine Antwort.

»O'Brien!«

Banner seufzte. »Was ist?«

Adam kam so unbekümmert in die Küche, als sei er nicht gerade vierundzwanzig Stunden fortgewesen und habe seine Frau gar nicht betrogen. »Habe ich das Frühstück verpaßt?«

Banner hätte ihn am liebsten geschlagen, aber sie begnügte sich damit, den Kopf abzuwenden, als Adam sie auf die Stirn küßte. Maggie verließ diskret den Raum.

»Hast du mich vermißt, O'Brien?«

»Nicht mehr, als ich die Grippe vermissen würde.«

Er lachte, aber es klang müde und bedrückt. »Ich habe keine Geliebte, O'Brien.«

Banners Augen füllten sich mit Tränen. »Dann sag mir, wo du warst!« entgegnete sie schroff.

»Wenn du mir sagst, wer dich vor mir gehabt hat.«

Banner wirbelte herum und schlug Adam mitten ins Gesicht.

Er lächelte sie so aufreizend gelassen an, daß sie am liebsten mit dem Fuß aufgestampft und geschrien hätte. »Na bitte, wie du siehst, haben wir beide unsere kleinen Geheimnisse.«

»Mein Geheimnis habe ich dir erzählt!« rief Banner empört. »Nur warst du zu betrunken, um zuzuhören.«

»Dann erzähl es mir noch einmal. Jetzt bin ich nüchtern.«

»Ich denke nicht daran, du Schuft.«

Adams Hände umfaßten ihre Taille, glitten zu ihren Brüsten hinauf, und die schon vertraute Erregung erwachte in Banner. Sie haßte sich dafür.

»Laß mich los!«

Ungerührt schüttelte Adam den Kopf. »Das haben wir schon einmal besprochen, Banner. Wann und wo ich will, nicht wahr?«

Seine Daumen glitten über ihre Brustspitzen, und Banner haßte ihn, liebte ihn und hätte ihn am liebsten umgebracht. Oder ihr Leben geopfert, um ihn zu schützen. Er hatte sie verzaubert, sie war ihm hilflos ausgeliefert.

»Du hast mir gefehlt, O'Brien«, murmelte er und zog ihren Rock Zentimeter für Zentimeter höher.

»Hör auf, Adam! Maggie könnte . . .«

Der Rocksaum erreichte ihre Knie und dann ihre nackten Schenkel. Warum hatte sie keine Unterhose angezogen? Jetzt würde er sie wieder auslachen und wissen, daß die Schlacht gewonnen war, bevor sie überhaupt begonnen hatte.

»I-ich hasse dich!«

Adams Hand hatte ihr Ziel gefunden; sanft glitten seine Fingerspitzen über das Zentrum ihrer Weiblichkeit. »Hm«, antwortete er.

»War dir deine Geliebte nicht genug?«

Adams Liebkosungen wurden so schamlos, so aufreizend sinnlich, daß Banner weder atmen noch klar denken konnte. Lieber Gott, er wird es hier in der Küche tun! dachte sie mit prickelnder Empörung, und wußte, daß sie nicht die Kraft aufbrachte, ihn zurückzuhalten.

»Ich werde nie genug von dir bekommen.« Er setzte sich auf die Ofenbank und zog Banner mit sich. »Komm her.«

Banners Herz klopfte wie wild. »Warum?«

»Weil ich dich haben will.«

»Hier?«

»Hier.« Er war schon vorbereitet, und als er Banner über seine Schenkel zog, drang er hart und kräftig in sie ein. Sie schloß die Augen und überließ sich ganz den erregenden Gefühlen, die er in ihr weckte.

Es war eine ungestüme, stürmische Vereinigung. Weder Adam noch Banner nahmen ihre Umgebung wahr. Es war ihnen egal, daß sie sich in der Küche befanden und daß jeden Augenblick jemand hereinkommen konnte.

Erst als beide den Höhepunkt erreicht hatten und Banner wieder zu Atem kam, meinte sie erschrocken: »Adam . . . Maggie könnte hereinkommen . . .«

»Das würde sie nicht wagen«, entgegnete er lächelnd und knöpfte ihr Mieder auf.

»Adam, bitte!«

Wieder lachte er nur und küßte ihre erregten Brustspitzen. »Du brauchst mich nicht zu bitten, O'Brien. Ich verspreche dir vollkommene Befriedigung.«

»Adam, du . . .«

Sein Mund schloß sich um eine ihrer rosigen Knospen, während seine Hände Banners Hüften umfaßten und sie auf und nieder bewegten.

Und nun brachte sie außer einem leisen Stöhnen kein Wort mehr über die Lippen.

Es klopfte leise an der Schlafzimmertür, so leise, daß es nicht Adam sein konnte.

Banner kuschelte sich unter die Decke und gähnte. »Herein.«

Die Tür öffnete sich, und ein vertrauter Duft erfüllte den Raum. »Ich habe dir etwas zu essen gebracht«, sagte Katherine.

Banner richtete sich rasch auf. Für einen Moment schämte sie sich, in Adams Bett zu liegen, aber dann fiel ihr ein, daß sie ja das Recht dazu besaß. »Du bist zu Hause!«

Katherine lächelte über Banners begeisterten Ausruf und stellte ihr das Tablett auf den Schoß. »Ja. Und ich habe wunderbare Neuigkeiten.«

Banner gähnte von neuem und begann, die heiße Suppe zu essen. »Neuigkeiten? Ich dachte, du wolltest Vorträge über Frauenwahlrecht halten und . . .«

Katherine setzte sich lächelnd auf die Bettkante. »Heute ist ein Gesetzesvorschlag durchgekommen, der das Frauenwahlrecht zum Gesetz erklärt.«

Banners Augen weiteten sich, und das Herz klopfte ihr bis zum Hals. Das hatte sie nicht zu hoffen gewagt, trotz der Versprechungen von Francelles Vater und anderen Politikern. »Das ist ja phantastisch!«

»Ja, nicht wahr?«

»Weiß Adam es schon?«

Katherine nickte. »Ich glaube, er hat sich gefreut, aber er riet mir auch, mich auf einen Kampf einzustellen.«

»Einen Kampf? Können sie die Entscheidung denn wieder rückgängig machen?«

»O ja«, antwortete Katherine seufzend. »Das ist schon einmal passiert. Weißt du, Banner, die Männer haben Angst, einen Teil ihrer Macht abzugeben – ich glaube, sie befürchten, wir Frauen könnten Gesetze schaffen, die ihnen ihre heißgeliebte Vorrangstellung nehmen.«

»Keine Bordelle mehr, kein Whiskey.«

»Ihre schlimmsten Befürchtungen – in fünf Worten ausgedrückt«, stimmte Katherine zu. »Aber wie geht es dir, Banner? Bist du glücklich?«

Banner nickte stumm. Sie war glücklich. Es gab nur eins, was ihr Glück trübte – die Tatsache, daß Adam eine Geliebte zu haben schien. Aber das wagte sie ihrer Schwiegermutter nicht anzuvertrauen.

»Was ist, Banner? Was hast du?« fragte Katherine besorgt.

Banner schaute auf ihre Suppe, die plötzlich nicht mehr schmeckte. »Nichts«, log sie.

Der Kommissar schlug die Plane zurück, damit Adam den zierlichen, böse zugerichteten Körper sehen konnte.

»Du liebe Güte!« rief er entsetzt.

»Wie ist das passiert?«

Peters zuckte die Schultern. »Du weißt ja, wie es ist. Vielleicht hat sie versucht, einen Seemann zu bestehlen . . .«

»Eine Prostituierte?«

Kommissar Peters nickte. »Ja. Aus Water Street, soviel ich weiß. Jedenfalls hat man sie dort gefunden.«

Adam betrachtete das lange rote Haar und schloß sanft die weitaufgerissenen grünen Augen, die selbst im Tod ihren verwunderten, entsetzten Ausdruck behalten hatten. »Wie hieß sie?«

»Keine Ahnung.«

Adams Herz zog sich schmerzhaft zusammen, und er deckte rasch das Mädchen zu. Sie war höchstens sechzehn Jahre alt, noch jünger als Melissa, und irgend etwas an ihr löste eine nagende Furcht in ihm aus.

Rotes Haar – grüne Augen. Banner. Sie sah Banner ähnlich – das war es, was ihn beunruhigte. Aber welche Verbindung konnte schon zwischen der ermordeten Dirne und Banner bestehen?

Dann hatte er eine Eingebung. Er zog die Taschenuhr heraus und runzelte die Stirn. Vielleicht blieb ihm noch Zeit . . .

Banner starrte auf den glitzernden goldenen Ring. Adam steckte ihn seiner Frau an den Finger und küßte sie zärtlich. »Ich liebe dich.«

Banner umarmte ihn stürmisch, und er preßte sie an sich, als wollte er sie nie wieder loslassen.

»Ich liebe dich«, sagte er noch einmal leise. »Ich liebe dich.«

»Was hast du, Adam?« fragte Banner, die seine Unruhe spürte.

Aber er zog sie nur noch fester an sich, und es dauerte sehr, sehr lange, bis er sich wieder von ihr löste.

Am nächsten Morgen kam ein Telegramm mit einer kurzen Nachricht: *Banner. Ich habe Robert vor ein paar Wochen in Portland getroffen. Er läßt dich grüßen. Jeff.*

Banner runzelte die Stirn. Robert? Sie kannte niemanden namens Robert – oder?

Während sie die Nachricht ein zweites Mal las, erwachte ein starkes Gefühl des Unbehagens in ihr, und eine völlig unbegreifliche Angst schnürte ihr die Kehle zu. Aber dann zerknüllte sie das Telegramm und warf es kurz entschlossen in einen Papierkorb. Sie hatte keine Zeit für unbegreifliche Ängste.

Doch tief in ihr hatte sich die Furcht bereits festgenagt. So stark, daß sie in der Nacht von Sean träumte. Er stand an ihrem Bett und betrachtete sie mit haßerfülltem Blick.

Banner erwachte von einem Schrei, der auch Adam aus dem Schlaf riß.

»Banner?« murmelte er verschlafen.

»Halt mich ganz fest«, flüsterte sie.

Er zog sie in die Arme, wo sie warm und sicher war und kein Sean existierte, keine Frau in den Bergen und kein Ungeheuer, das am Fuße ihres Bettes kauerte.

»Adam?«

Er strich ihr zärtlich übers Haar. »Hm?«

»Ich war schon einmal verheiratet.«

»Hm.«

Banner seufzte und schmiegte sich noch fester in Adams Arm. Am nächsten Morgen würde sie ihm alles erzählen.

Aber Adam hatte das Haus bereits verlassen, als Banner morgens zum Frühstück herunterkam.

Mit etwas Geld in der Tasche fiel Sean Malloy das Abwarten nicht allzu schwer. Er nahm sich ein Zimmer in Water Street und heuerte zu jeder Schmuggelfahrt nach Kanada auf der *Jonathan Lee* an.

Inzwischen war er völlig sicher, daß Banner in Port Hastings lebte, aber er hatte sie noch nicht gesehen und wagte auch nicht, sich nach ihr zu erkundigen.

Leider hatte sich ein kleines Problem ergeben, als er sie gefunden zu haben *glaubte* und sie am Straßenrand stehen und sich jedem vorbeigehenden Mann anbieten sah. Da hatte ihn blinde Wut erfaßt . . .

Er hatte sie grob am Arm gepackt und in eine Gasse

gezogen, in der Absicht, seine ehelichen Rechte wahrzunehmen, bevor er ihr die Rechnung für ihre vergangenen Sünden präsentierte. Aber sie hatte Geld von ihm verlangt; und da war etwas in ihm zerrissen... Als er gemerkt hatte, daß die Dirne gar nicht Banner war, hatte er ihr bereits die Kehle eingedrückt.

Danach war er vorsichtiger geworden und nur noch in Bordelle gegangen, wenn es ihn nach einer Frau verlangte.

Am Morgen des dritten Februar jedoch machte er einen Fehler. Er trank zuviel und mißhandelte eines der Mädchen von der *Silver Shadow*, das sich wehrte, indem es ihm eine der großen Kupferlampen über den Kopf schlug.

Als er aus seiner Ohnmacht erwachte und aus einer Kopfwunde blutete, wurde er zu allem Überfluß auch noch verhaftet.

Banner ging nervös durch den Salon und stärkte sich innerlich für das Geständnis, das sie Adam machen wollte. Aber als er hereinkam, war er ganz offensichtlich nicht in der Stimmung für ein Gespräch. Er trug seinen Arztkoffer in der Hand und Banners neuen, pelzbesetzten Umhang über dem Arm.

»Kommissar Peters war gerade hier«, sagte er. »Er hat einen Streithahn verhaftet, der ihm jetzt die ganze Zelle vollblutet.«

Banner holte tief Luft. »Ja, natürlich. Ist es ernst?«

Adam zuckte die Schultern. Seine Gedanken waren woanders. In den Bergen vielleicht?

»Wirst du bald wieder in die Berge fahren?« fragte Banner zaghaft, als sie im Wagen saßen.

Adam versteifte sich. »Morgen.«

Banners Schuldgefühle über ihre eigenen Geheimnisse verblaßten. Vergangenes war vergangen, doch jetzt war sie treu, und nichts anderes zählte. »Ich möchte dich begleiten!« forderte sie.

»Nein.«

»Warum nicht?«

»Weil es zu gefährlich wäre.«

»Dann folge ich dir eben.«

Adam warf ihr einen drohenden Blick zu. »Wenn du das tust, Banner, versohle ich dir deinen bezaubernden kleinen Hintern!«

»So?« spottete Banner, obwohl sie nicht sicher war, ob er seine Drohung nicht doch wahrmachen würde. »Ich würde es dir nicht raten, denn dafür könnte ich dich einsperren lassen.«

»Einsperren?« Adam lachte. »Du solltest wissen, O'Brien, daß ich dich nach dem herrschenden Gesetz in diesem Territorium am Daumen an einer Straßenlaterne aufhängen könnte, wenn es mir gefiele.«

»Das ist abscheulich!«

»Und dennoch wahr. Nach Recht und Gesetz gehörst du mir, mein Liebling.«

Banner verzog das Gesicht. »Die Gesetze werden sich bald ändern.«

Sie stritten sich noch immer, als sie die lange Reihe von Zellen im Keller des Gerichtsgebäudes erreichten.

»Halt den Mund«, sagte Adam freundlich, als der Kommissar ihnen mit einem gewaltigen Schlüsselring entgegenkam.

Banner schaute sich um und fragte sich, ob der Kommissar zu Foltermethoden greifen mochte, um einen Gefangenen zum Sprechen zu bringen. Der Gedanke beschäftigte sie so, daß sie den Verwundeten erst richtig wahrnahm, als sie unmittelbar vor ihm stand.

Er war ein großer, kräftiger Mann, und sein lockiges Haar war blutdurchtränkt ...

Banner wich entsetzt zurück und prallte gegen das kalte Eisengitter. *Nein!* schrie etwas in ihr. *Nein!*

»Ich brauche mehr Licht«, verlangte Adam schroff. Er schien ihr Erschrecken nicht bemerkt zu haben. »O'Brien ...«

Banner wollte im Boden versinken, sich in Luft auflösen wie Rauch. Sie hörte nicht auf, den Kopf zu schütteln, als könnte es einfach nicht wahr sein, was sie sah.

Der Kommissar trug eine Petroleumlampe in der Hand und zündete sie rasch an. »Ist es sehr schlimm, Doktor?«

Adam warf Banner einen ungeduldigen Blick zu. »Nicht unbedingt. Kopfwunden bluten meistens sehr stark. Bringen Sie mir eine Schüssel heißes Wasser, Peters, und ein sauberes Tuch.«

Banner näherte sich der Zellentür, aber sie war nicht schnell genug. Peters schlug sie zu, bevor sie die Flucht ergreifen konnte.

Und Sean drehte sich auf seinem Lager um, ließ seinen Blick über Banners zitternde Gestalt gleiten und grinste.

»Hallo, Darling«, sagte er.

9

Banners Fingerknöchel schmerzten, so fest hielt sie das Eisengitter an ihrem Rücken umklammert; ihre Kehle war wie zugeschnürt, und sie brachte kein Wort heraus.

Adam kam zu ihr und umfaßte ihre Oberarme. Bei seiner Berührung wurde es Banner schwarz vor Augen, und sie glitt in eine gnädige Ohnmacht.

Als sie nur wenige Minuten später erwachte, lag sie auf einem Feldbett, und jemand hielt ihr Riechsalz unter die Nase.

Von Übelkeit erfaßt wollte sie sich aufrichten, aber

Kommissar Peters drückte sie sanft auf das Lager zurück. »Ruhen Sie sich aus, Mrs. Corbin«, meinte er. »Ihr Mann vernäht die Wunde dieses verrückten Iren.«

Banner schloß die Augen. Sie hörte Seans Stimme und Adams – sie waren ganz nahe, nur eine Zelle weiter, und doch schienen ihre Worte aus einem endlos langen Tunnel zu kommen.

»Ein hübsches Ding, was?«

»Ja«, erwiderte Adam ruhig. Banner brauchte nicht dabeizusein, um zu wissen, daß er sich ganz auf das Reinigen und Vernähen der tiefen Kopfwunde konzentrierte.

»Arbeitet sie für Sie – oder wärmt sie nachts Ihr Bett?«

»Banner ist meine Frau«, antwortete Adam. »Hätten Sie gern ihre Ohrläppchen an der Nasenspitze angenäht?«

»Ihre Frau? Na so was! Das ist aber wirklich merkwürdig.« Dann kam ein langes Schweigen, in dessen Verlauf Banners Blut in ihren Adern zu gefrieren begann. »Wenn man bedenkt, daß sie schon mit mir verheiratet ist.«

Wieder Schweigen, aber diesmal drohend wie die Stille zwischen zwei heftigen Erdbewegungen.

Sean lachte leise. »Sie dachten, Sie wären der erste, der ihre Schenkel spreizte, was? Aber das sind Sie leider nicht, mein Freund, das kann ich Ihnen garantieren.«

Adam erwiderte nichts, kein Wort. Und das war in gewisser Weise noch viel schlimmer als ein Wutanfall.

Banner richtete sich auf. Sie würde es ihm erklären – Adam würde es begreifen, wenn er alles wußte...

Er beendete seine Arbeit und holte Banner aus der Zelle ab, in der sie sich von ihrem Schock erholte. Sein Gesichtsausdruck war verschlossen und kalt, und Banner wäre am liebsten gestorben.

Draußen hob er sie auf den Wagen und stieg neben ihr

ein. »Ist es wahr?« fragte er knapp, als das Pferd sich in Bewegung setzte.

Banner senkte den Kopf. Eine Träne fiel auf den weichen Fuchsmuff, in dem ihre Hände steckten. Plötzlich fehlten ihr die Worte. All die vernünftigen Erklärungen, die sie sich ausgedacht hatte, waren wie ausgelöscht aus ihrem Gedächtnis.

Adam sagte nichts, bis sie die Ställe erreichten und der Stallbursche sich um Pferd und Wagen kümmerte.

»Rede endlich, O'Brien!« forderte er, packte ihren Arm und zog sie grob auf das Haus zu. »Sofort!«

Banner schluckte, als sie das dunkle Wartezimmer betraten. »Ich . . . ich . . . habe dir . . . gesagt . . .«

»Verdammt, O'Brien, ich weiß nicht mehr, was du mir gesagt hast!« polterte Adam. »Bist du nun meine Frau oder seine?«

»Deine!«

»Vielen Dank. Warum sagt er dann ›Darling‹ zu dir und behauptet, mit dir verheiratet zu sein?«

Banner schloß gequält die Augen. »Wahrscheinlich denkt er, er wäre es noch.«

»Wunderbar. Sprich weiter!«

»Ich . . . ich war sehr jung, als wir heirateten, und ich kannte Sean kaum. Er . . . er schlug mich, und er hatte andere Frauen. Eines Nachts, bei einem Streit in einer Taverne, kam ein Mann ums Leben. Er war sehr reich, dieser Mann, und seine Familie bot eine Belohnung für . . .«

Adam legte Banner die Hände auf die Schultern. »Sprich weiter!« forderte er heiser.

»Ich hatte Angst vor Sean und wußte, daß er den Mann totgeschlagen hatte, weil er sich damit vor mir gebrüstet hatte. Er prahlte damit, Adam . . .«

»Weiter!«

»Deshalb ging ich zur Polizei. Ich sagte ihnen alles, was ich wußte. Sie fanden Beweise gegen Sean und kamen, um ihn zu verhaften. Als er sie auf der Straße sah, wußte er, was ich getan hatte und schlug mich ... schlug mich, bis ich ...«

Adam zog sie in die Arme und hielt sie fest umfangen.

»Ich wurde ins Krankenhaus gebracht«, fuhr sie leise fort. »Dort pflegten sie mich. Als ich wieder gesund war, beschloß ich, zu bleiben, und das Geld von der Belohnung für Bücher und Kurse auszugeben. Als es aufgebraucht war, arbeitete ich, um mein Studium zu finanzieren.«

»Und die Scheidung?«

»Die Leute im Krankenhaus unterstützten mich dabei. Als wir hörten, daß Sean aus dem Gefängnis entlassen werden sollte, legten einige der Frauen aus Dr. Blackwells Fakultät zusammen und gaben mir das Geld für einen Zugfahrschein nach Westen.«

»Warum haben sie ihn überhaupt freigelassen, Banner?«

»Das weiß ich nicht, Adam. Vielleicht hatte das Gericht beschlossen, daß der andere Mann ihn provoziert haben mußte. Da ich inzwischen meinen Abschluß hatte, nahm ich den nächsten Zug und reiste ab.«

Adam zog Banner noch fester an sich. »Ich werde nie zulassen, daß Sean dir weh tut, Kleeblatt«, schwor er mit rauher Stimme.

Aber Banner zitterte vor Angst, nicht um sich selber, sondern um Adam. »Sean ist ein schlechter, böser Mensch, Adam«, sagte sie beschwörend. »Er wird nicht haltmachen, bis er ...«

Adam hob sie sanft auf seine Arme. »Ich werde schon

mit ihm fertig, Banner. Aber bis dahin wirst du hier im Haus bleiben und es unter gar keinen Umständen verlassen. Hast du mich verstanden?«

Banner nickte seufzend, zu müde, um zu widersprechen. Aber sie wußte, daß Sean nicht einmal vor einem Mord zurückschrecken würde, um seine Rachegelüste zu befriedigen. Und es gab nur einen Weg, um Adams Sicherheit zu garantieren.

Die Nähte schmerzten, aber mehr noch die Tatsache, Banner im Bett eines anderen Mannes zu wissen. Sean richtete sich fluchend auf, und der Raum schwankte und drehte sich um ihn.

Sean fragte sich, ob sie gern mit diesem Arzt schlief, und ein Instinkt sagte ihm, daß es so sein mußte.

Wieder fluchte er. Bei ihm hatte sie es gehaßt, wenn er sie berührte. Sie hatte sich versteift, wenn er sie nahm. Bei ihm, ihrem rechtmäßig angetrauten Ehemann!

Er dachte über den Doktor nach. Seiner Kleidung nach zu urteilen, war er ein wohlhabender Mann aus guter Familie, der von allem immer nur das Beste gehabt hatte. Und jetzt hatte er Banner!

Sean fragte sich, ob das Flittchen Dinge für den reichen Mann tun mochte, die sie ihm, Sean, verweigert hatte, und die Wut, die ihn dabei erfaßte, war so groß, daß er die Kraft fand, aufzustehen.

Ein häßliches Grinsen ging über sein Gesicht. Er hatte sie gefunden. Endlich, endlich hatte er sie gefunden! Und jetzt würde er sie für ihren Verrat zur Kasse bitten.

Malloy lachte heiser. Aye, Sir, sie würde dafür bezahlen! Aber vorher würde er sie in die Zange nehmen und sich alles von ihr zeigen lassen, was sie im Bett dazugelernt hatte, und ihr dann noch ein paar Tricks beibringen, die er sich ausgedacht hatte!

Was ihren Gatten betraf – der würde zuschauen dabei und das Bild mit ins Grab nehmen.

»Nein!« schrie Banner empört.

»O doch«, erwiderte Adam ungerührt. »Und jetzt Schluß damit! Pack deine Sachen, O'Brien. Du bleibst eine Weile bei Keith!«

Banner warf Maggie einen hilfesuchenden Blick zu. Aber die Haushälterin schien plötzlich taub zu sein. »Wenatchee ist so weit weg!«

Adam blätterte in der Zeitung. »Das ist der Sinn der Sache.«

»Begreifst du denn nicht, daß Sean mir folgen wird? Damit bringen wir nur Keith in Gefahr!«

Adam nahm ihre Hand und führte sie an seine Lippen. »Keith betet zwar sehr viel, aber er ist auch ein gerissener Kämpfer.«

Banner schüttelte den Kopf.

»Es geht hier nicht um eine brüderliche Prügelei im Garten, Adam. Sean ist stark, und er ist brutal und rücksichtslos.«

»Danke schön«, erwiderte Adam spöttisch. »In diesem Fall verstecke ich mich lieber unter dem Bett und rate meinen Brüdern, das gleiche zu tun. Dort können wir in Ruhe abwarten, bis Malloy eine unserer Frauen vergewaltigt und getötet hat.«

»Das ist es!« rief Banner entzückt. »Ich könnte mich in den Bergen verstecken – bei deiner Geliebten! Dort würde er mich nie vermuten.«

Jetzt schüttelte Adam den Kopf. »Großartige Idee,

O'Brien. Sie hat nur einen kleinen Schönheitsfehler: ich habe keine Geliebte in diesen verdammten Bergen.«

»Und der Mond hat keine Krater!«

Adam seufzte ungeduldig. »Ich bin dir *treu*, Banner, verstehst du das nicht? Treu! Bringst du das in deinen sturen Kopf, oder muß ich es dir erst einhämmern?«

»Klar. Ich bin dir nicht genug, und deshalb gehst du zu ihr.«

»Im Gegenteil, Kleeblatt – selbst wenn ich die Absicht hätte, mir eine Geliebte zu nehmen, könnte ich es gar nicht! Du beraubst mich meiner ganzen Energie, weißt du das denn nicht?«

Banner errötete und hoffte, daß es stimmte, was er sagte. »Schick mich nicht zu Keith – bitte.«

»Pack deine Sachen!« entgegnete Adam hart. »Und noch etwas, Banner . . .«

»Was?«

»Zieh deine langen Unterhosen an!«

Es war eine Überraschung, als Katherine Corbin am Kai zu ihnen herüberkam. Ihr Gesicht war hochrot vor Ärger. »Diese verdammten, dummen, egoistischen . . .«

Banner vergaß, daß sie auf dem Weg nach Wenatchee war. »Katherine!« rief sie erschrocken. »Was ist passiert?«

»Das Oberste Gericht hat das Gesetz rückgängig gemacht!« antwortete sie zornig. »Frauenwahlrecht sei nicht verfassungsgemäß, behaupten sie. Könnt ihr euch das vorstellen?«

»Banner reist heute ab, Mutter«, warf Adam ruhig ein.

Katherine wurde blaß. »Was?«

Banner warf ihrem Mann einen zornigen Blick zu. »Ich fahre nicht nach Wenatchee!« informierte sie ihn. »Oder ich verschwinde, sobald ich in Tacoma vom Schiff steige, und dann findest du mich nie wieder!«

Adam starrte sie wortlos an, und Banner verschränkte trotzig die Arme. »Natürlich werde ich dir schreiben, Liebling«, fügte sie mit nachsichtigem Lächeln hinzu.

Adam ging langsam auf Banner zu und drängte sie über den Kai zurück. Er hatte keine Zeit, sie nach Wenatchee zu begleiten, aber er wußte auch, daß es der einzige Weg gewesen wäre, sich ihren Gehorsam zu erzwingen. »Du kleines . . .«

»Du könntest mich immer noch zu deiner Geliebten schicken.«

Adam stieß einen wilden Fluch aus.

»Hast du Angst, wir könnten Vergleiche anstellen?« reizte Banner ihn weiter. Sie war jetzt am Ende des Piers angelangt, noch ein Schritt, und sie lag im Wasser.

Adams blaue Augen glitzerten vor Zorn. »Ab in die Kutsche!«

»Was machst du, wenn ich mich weigere?« fragte Banner. Sie fühlte sich mutig angesichts der vielen Menschen, die den Kai bevölkerten.

»Das willst du gar nicht wissen, O'Brien!«

»O doch – für mein Leben gern!«

Adam zuckte die Schultern, trat unversehens einen Schritt vor, packte Banner um die Taille und warf sie über die Schulter wie ein Sack Mehl.

Banner strampelte und trat empört nach ihm, aber Adam ging zielbewußt auf die Corbinsche Kutsche zu, riß die Tür auf und stieß seine Frau hinein. Mit unbewegter Miene schaute er zu, wie Banner sich vom Boden aufrappelte und ihre Röcke richtete.

Katherine, die bereits in der Kutsche saß, schaute mit auffallendem Interesse aus dem Fenster.

Adam gab dem Kutscher Anweisungen. Dann stieg er ein und zog seine verblüffte Frau mit einer blitzschnellen Bewegung über seine Knie.

Banner spürte seine Hand über ihrem Po und schloß ergeben die Augen.

»Du lieber Himmel!« wandte Katherine entrüstet ein. »Hast du den Verstand verloren, Adam?«

»Ja«, sagte er, während er seine flache Hand auf Banners Po niedersausen ließ.

Banner schrie auf, mehr aus Wut als aus Schmerz, und begann wild zu zappeln. Dafür wurde sie mit einem zweiten Schlag belohnt und diesmal tat es weh.

»Adam Corbin!« herrschte Katherine ihren Sohn an. »Wenn du das liebe Kind noch einmal schlägst, steige ich augenblicklich aus.«

»Es ist ein langer Weg nach Hause, Mutter«, erwiderte Adam ungerührt und zog Banners Rock hinauf, bis ihre spitzenbesetzte Unterwäsche sichtbar wurde und der kalte Wind durch das dünne Material drang.

Banner erschauerte vor Empörung und Kälte.

»Ist dir kalt, Liebling?« erkundigte Adam sich gedehnt.

Banner kochte vor Zorn. »Ja!« kreischte sie.

»Das wird dich wärmen«, meinte er und begann, ihr ganz ernsthaft den Hintern zu versohlen.

Banner stand mit gestrafften Schultern im Salon und maß Adam mit einem verächtlichen Blick. »Komm mir nicht zu nahe, Adam Corbin!« zischte sie warnend.

Adam lachte. Sie ahnte ja nicht, wie sehr er sie liebte, sie brauchte, sie begehrte! »Warum setzt du dich nicht?« neckte er sie.

»Warum fällst du nicht tot um?« versetzte sie.

»Du wolltest doch unbedingt wissen, was ich tue, wenn du mir nicht gehorchst, Kleeblatt. Jetzt weißt du es.«

Banner preßte die Lippen zusammen und schaute Adam aus schmalen Augen an. »Wie konntest du es wagen? Vor den Augen deiner Mutter! Ich habe mich in meinem ganzen Leben noch nie so sehr geschämt! Meine . . . meine Unterhosen waren zu sehen!«

Adam grinste bei der Erinnerung daran. »Fordere mich nur weiter heraus, Kleeblatt, dann ziehe ich sie dir beim nächsten Mal ganz aus.«

Heiße Röte stieg ihr in die Wangen, aber diesmal erwiderte sie nichts und nickte nur stumm. Adam wunderte sich noch darüber, als sie ihn hart und gezielt gegen das rechte Schienbein trat.

Er stieß einen Schmerzensschrei aus, und Banner hielt es für angebracht, die Flucht zu ergreifen.

Etwas später saß sie im Schlafzimmer in einem Sessel neben dem Kamin und starrte in die Flammen.

»Wenn du mich nach Wenatchee schickst, laufe ich fort«, murmelte sie tonlos.

Der Gedanke erschreckte Adam fast so sehr wie die Gefahr, die Sean Malloy darstellte. »Wärst du wirklich imstande, mich zu verlassen, Banner?«

Sie schüttelte den Kopf, ihr langes Haar leuchtete wie tizianrote Seide im Feuerschein. »Ich will immer bei dir sein«, flüsterte sie.

Adam stockte der Atem, als Banner aufstand. Sie trug nichts als ein knappes Mieder und ihre langen Unterhosen.

»Tut es dir leid, was du getan hast?« fragte sie leise.

Adam schluckte. »Nein«, antwortete er schließlich. »Tut es dir leid, daß du mich dazu herausgefordert hast?«

Banner lächelte verführerisch. Sie war sich ihrer Wirkung auf Adam voll bewußt. »Nein«, erwiderte sie.

»Na schön. Dann komm her.«

Und Banner kam. Ihr bloßer Duft löste schon ein schmerzhaftes Ziehen in Adams Lenden aus. Er hob Banner auf, trug sie zu ihrem Sessel zurück und zog sie zärtlich auf seine Knie.

Aber diesmal war es ganz anders als das letzte Mal. Banner schaute ihn an, und er konnte ihre vollen Brüste sehen, die sich unter dem dünnen Batist des Mieders abzeichneten.

Adam stöhnte auf, als sie seine Hand nahm und unter den Hosenstoff an ihre empfindlichste Stelle zog, weit die Knie öffnete und mit geschlossenen Augen den Kopf zurücklegte. Als Adams Finger sich zwischen das weiche Haar schoben, errötete sie vor Lust und stöhnte wohlig auf.

Adam liebkoste und verwöhnte sie, schaute entzückt und voller Liebe zu, wie sie sich lustvoll unter ihm wand und ihm ihr Becken entgegenhob. Und selbst als sie auf dem Höhepunkt der Lust aufschrie, ein Zittern durch ihren Körper lief und sie ermattet auf seinen Schoß zurücksank, hatte er noch das Gefühl, nicht verführt zu haben, sondern verführt worden zu sein.

Banner glitt von seinem Schoß, öffnete mit bebenden Fingern seine Hosenknöpfe und lachte entzückt, als sie das ganze Ausmaß seiner starken, männlichen Erregung sah. Dann küßte sie ihn, und Adam glaubte vor Lust zu vergehen.

»Bitte . . .« flüsterte er rauh.

Wieder küßte sie ihn zärtlich.

Ein unkontrollierbares Zittern ergriff Adams Körper, und Banner lachte leise und reizte ihn erbarmungslos mit ihrer Zungenspitze.

Adam wand sich unter ihren Zärtlichkeiten, die immer kühner, immer fordernder wurden.

Aber dann zog Banner sich zurück und weigerte sich, mehr zu tun, als ihn zu küssen, so sehr er auch darum bitten mochte. Während er gequält die Augen schloß und vor Lust stöhnte, flüsterte sie ihm zu, wo sie all das, was er sich wünschte, mit ihm zu tun gedachte.

Und Adam ließ sich nicht zweimal bitten, ihr ins Bett zu folgen.

Früher an diesem Tag hatte er behauptet, Banner zu besitzen. Jetzt war ganz das Gegenteil der Fall.

Adam schlief so tief und fest, wie Banner beabsichtigt hatte. Sie streichelte sein dunkles Haar und küßte ihn zart auf die Stirn.

»Adieu, mein Liebling«, sagte sie.

Adam bewegte sich und streckte den Arm nach der leeren Stelle aus, wo Banner hätte liegen müssen.

Mit Tränen in den Augen wandte sie sich ab.

Es war eine bitterkalte Nacht, und wenn Banner eine weniger klare Vorstellung gehabt hätte, was Adam durch Sean erleiden würde, hätte sie vielleicht den Mut verloren.

Es schneite, als sie den Hügel hinunterging. Ihre Schuhe und Strümpfe waren durchnäßt, bevor sie Main Street erreichte.

Während sie langsam die Stufen zu dem Hotel hinaufging, in dem sie schon einmal gewohnt hatte, fragte sie sich, wie Adam beim Erwachen reagieren mochte. Würde er den gleichen Schmerz wie sie empfinden – einen Schmerz, von dem sie jetzt schon wußte, daß er nie vergehen würde?

Banner schloß sekundenlang die Augen. Adam würde zornig sein, das wußte sie, aber seine Geliebte würde ihn schon trösten.

Dieser letzte Gedanke gab Banner die Kraft, einzutreten, zur Rezeption zu gehen und ein Zimmer zu verlangen.

Sie schlief die ganze Nacht nicht und war am nächsten Morgen der erste Passagier, der an Bord des Dampfschiffes ging, das sie nach Seattle bringen würde.

Noch bevor Adam sich dazu überwinden konnte, die Augen aufzumachen, wußte er, daß Banner fort war. *Fort* – und das bedeutete, daß sie weder unten in der Küche noch in der Klinik war.

Wie ein Schlafwandler stand er auf und ging zum Waschtisch. Dort lagen ihr goldener Ehering und die kleine Trommel, die sie ihm zu Weihnachten geschenkt hatte.

Banner hatte ihn verlassen.

Adam ließ sich auf die Bettkante fallen und weinte bitterlich.

Zur gleichen Zeit herrschte im Hafen eine Aktivität wie in einem Bienenstock. Banner holte tief Luft, schaute sich kurz um und ging dann mit entschlossenen Schritten auf das Kaiende zu, wo sie sich auf ein leeres Faß setzte und an die kommenden Tage, Wochen, Monate dachte.

War sie weit genug geflohen? Wie lange würde ihr kleines Kapital zum Leben ausreichen?

Eine Träne rollte über ihre Wange, und sie wischte sie ungehalten ab. »Verdammt!« flüsterte sie vor sich hin.

»Banner?«

Sie versteifte sich vor Schreck. Dann schaute sie auf.

Vor ihr stand Jeff Corbin. »Wo ist Adam?« fragte er mißtrauisch.

Banner zuckte die Schultern.

»Bist du davongelaufen?«

»Ja«, gab Banner bedrückt zu.

»Warum?«

»Er . . .« Sie dachte rasch nach. »Er hat mich geschlagen.«

Jeff lachte. »Adam? Laß dir etwas anderes einfallen, Banner. Ich würde eher glauben, daß er fliegen gelernt hat.«

Banners Zehen waren wie erfroren vor Kälte, sie war hungrig, müde und todunglücklich. Und da mußte sie ausgerechnet Adams Bruder begegnen!

Wieviel Pech hatte ein Mensch eigentlich verdient?

»Er hat mich geschlagen«, beharrte sie lahm. »Er hat mich übers Knie gelegt und . . .«

»Das glaube ich schon eher«, unterbrach Jeff sie schmunzelnd.

»Danke«, schmollte Banner, den Tränen nahe.

Jeff reichte ihr seinen Arm. »Komm, laß uns etwas essen gehen. Dabei können wir dann über die Neigung meines Bruders zur Brutalität sprechen.«

Banner wußte, daß er sich nur lustig machte, aber sie war zu erschöpft, um sich dagegen zu wehren. »Ich fahre nicht nach Port Hastings zurück«, erklärte sie, obwohl sie aufstand und Jeffs Arm nahm.

Zehn Minuten später saßen sie im Speisesaal eines luxuriösen Hotels. »Wohnst du hier?« fragte Banner, um die Unterhaltung von Adam abzulenken.

»Seit gestern«, sagte Jeff, als eine hübsche Kellnerin kam und nach ihren Wünschen fragte. »Mein Schiff ist gestern eingelaufen.«

Banners Magen knurrte sehr undamenhaft, und sie atmete auf, als die Kellnerin ein Tablett mit Roastbeef, Salzkartoffeln und grünen Bohnen brachte.

Während sie mit Appetit aß, war sie in Gedanken mit einem neuen Fluchtplan beschäftigt. »Gibt es hier eine ... Toilette?« fragte sie, sobald ihr Teller geleert war.

Jeff nickte amüsiert. »Natürlich. Im Foyer.«

»Würdest du mich dann bitte einen Moment entschuldigen?«

Wieder nickte er zustimmend.

Banner stand auf und ging ruhigen Schritts zu der Tür, die in die Halle führte. Ihr Trick war nur teilweise ein Trick – sie wollte tatsächlich eine Toilette aufsuchen.

Sie wusch gerade ihre Hände, als ihr einfiel, daß sie ihren Umhang und ihren Arztkoffer am Tisch zurückgelassen hatte. Wie sollte sie beides zurückbekommen, ohne mit Jeff zusammenzutreffen?

Das Dilemma beschäftigte sie noch, als sie die Tür öffnete und in die Halle trat.

Dort stand Jeff mit ihrem Umhang und ihrer Tasche und grinste nachsichtig. Offensichtlich hatte er ihren Plan durchschaut. »Fertig?« erkundigte er sich.

»Gib mir meine Sachen!« zischte Banner.

Mit einem halb besorgten, halb belustigten Blick betrachtete er ihre Schuhe und ihren durchnäßten Rocksaum. »Nein«, entgegnete er und nahm ihren Arm. »Du kommst jetzt mit in mein Zimmer, wo du ein Bad nimmst und schlafen wirst.«

»Dein Zimmer? Kommt nicht in Frage!«

»O doch, meine Liebe. Du bist völlig durchnäßt und brauchst dringend Schlaf.«

»Du willst Adam benachrichtigen!«

»Gut geraten, Mrs. Corbin. Adams Interessen sind meine Interessen, und ich bin ihm Loyalität schuldig. Ich lasse nicht zu, daß seine Frau auf der Straße herumläuft und sich eine Lungenentzündung holt.«

»Ich schreie, wenn du versuchst, mich zu zwingen!«

»Dann werde ich allen Umstehenden erklären, daß du meine Braut bist und Angst vor der Hochzeitsnacht hast. Sie werden mir glauben, Banner.«

Natürlich würden sie ihm glauben. »Du begreifst es nicht, Jeff«, sagte sie flehend, während er sie die breite Treppe hinaufzog. »Ich kann nicht zu Adam zurück!«

Jeff lächelte einen stattlichen Herrn an, der ihnen entgegenkam, und zog Banner weiter. »Adam liebt dich.«

Vor der Tür mit der Nummer sieben blieb er stehen und zog einen Schlüssel aus der Tasche. Banner war der Verzweiflung nahe. »Adam hat eine Geliebte!« raunte sie beschwörend.

Jeff schob sie in den großen, elegant möblierten Raum. »Möglich. Vielleicht aber auch nicht. Jedenfalls bleibst du hier, bis du mit ihm gesprochen hast.«

»Bitte, Jeff!«

Aber er wandte sich schon zur Tür. »Ruh dich aus, Mrs. Corbin. In ein paar Stunden bin ich wieder da. Und damit du Bescheid weißt – einer meiner Matrosen steht draußen auf dem Korridor Wache!«

Banner senkte ergeben den Kopf und zuckte zusammen, als sie hörte, wie Jeff den Schlüssel umdrehte.

Jeff legte den Schlüssel schmunzelnd auf die Theke. »Nummer sieben.«

Adam hob müde sein Glas. »Danke, Jeff. Wo hast du sie gefunden?«

»Am Kai, und ich habe fast eine Stunde gebraucht, um aus ihr herauszukriegen, warum sie dich verlassen hat. Sie wollte nicht mehr sagen, als daß du sie geschlagen hättest und irgendwo eine Geliebte hast.«

Adam nahm den Zimmerschlüssel. »Ich habe keine Geliebte, und ich habe Banner auch nicht geschlagen.« Er trank einen Schluck Whiskey und erzählte Jeff dann von Sean Malloy und Banners Gründen, ihn zu fürchten.

»Du liebe Güte!« Jeff war ehrlich betroffen. »Was sollen wir jetzt tun?«

»Keine Ahnung. Ich kann nicht ständig über Banner wachen – deshalb muß ich sie irgendwohin schicken, wo sie sicher ist, bis Malloy wieder verschwindet. Aber ich kann auch nicht ohne sie sein, Jeff – ich halte es einfach nicht aus!«

Jeff nickte. Ein Lächeln spielte plötzlich um seinen Mund. »Ich habe einen anderen Vorschlag. Ein bißchen unmoralisch vielleicht, aber wen interessiert das schon?«

»Was . . .«

Jeff klopfte seinem Bruder lachend auf die Schultern. »Geh zu deiner Frau, großer Bruder. Ich lasse die Segel setzen, um nach Port Hastings auszulaufen.«

10

Francelles Vater gab sich herablassend und pompös wie immer; Banner starrte bedrückt in ihr Weinglas, und Adam schien unruhig und verärgert.

Jeff lachte in sich hinein und konzentrierte sich auf das Essen.

»Eine Schande ist es!« polterte Senator Mayhugh.

»Papa ist böse über die Art, wie gewisse Kapitäne ihre Mannschaft anheuern«, warf Francelle ein. »Stellt euch vor, selbst heute werden manche Männer noch gewaltsam angeworben!«

Jeff beobachtete schweigend, wie Adam überrascht aufschaute, und erwiderte seinen Blick, ohne mit der Wimper zu zucken.

»Du bist ein Seemann, Jeff«, sagte Mayhugh mürrisch. »Wie denkst du über solche Praktiken?«

»Über gewaltsames Anheuern?« Jeff mußte sich zwingen, ernst zu bleiben. »Schrecklich, Senator, ganz schrecklich!«

Adam versteifte sich und runzelte die Stirn. »Wann läuft dein Schiff aus – Kapitän?«

»Um Mitternacht«, antwortete Jeff und prostete Adam lächelnd zu.

»Wo ist Malloy?« fragte Adam scharf.

Ein Glas Kognak in der Hand, wandte Jeff sich vom Barschrank der *Sea Mistress* ab. »Im Laderaum«, antwortete er.

»Du Sohn einer ...«

Jeff winkte ungeduldig ab. »Dankbarkeit ist eine Zier.«

»Dankbarkeit! Weißt du nicht, daß du dafür ins Gefängnis kommen könntest? Stell dir vor, dein Schiff würde untersucht?«

»Es ist alles ganz legal. Keine Chinesen, kein kanadischer Rum und kein Schmuggelgut anderer Art.«

»Außer Sean Malloy.«

Jeff zog grinsend die Schultern hoch. »Der Äther wird noch etwa zwölf Stunden seine Wirkung tun. Wenn wir ein Boot der Küstenwache sehen, stecke ich den Schuft in eine Koje und erzähle den Beamten, er habe sich gestern auf Water Street sinnlos betrunken.« Jeff machte eine Pause. »Was im übrigen stimmt – gleich nachdem er aus dem Gefängnis kam.«

»Und deine Männer hatten leichtes Spiel mit ihm.«

Jeff prostete Adam zu. »Genau.«

Adam mußte gegen seinen Willen lachen. »Du benachrichtigst mich doch, wenn Malloy das Schiff verläßt?«

»Ich habe nicht vor, ihm in der nahen Zukunft Landurlaub zu geben, aber falls er mir doch entwischt, schicke ich dir ein Telegramm.«

Adam ging zur Tür. »Jeff?«

»Ja?«

»Sei vorsichtig.«

»Du auch. Und paß auf Banner auf.«

Adam nickte. Es gab nichts mehr zu sagen, und so verließ er die Kabine seines Bruders und trat auf die Gangway hinaus.

Als er die Tür schloß, hörte er, wie Jeffs Kognakglas an der Wand zersplitterte.

Katherine Corbin schaute amüsiert zu, wie ihre Schwiegertochter sich stöhnend im Bett aufrichtete. »War Adam böse?« erkundigte sie sich lächelnd.

Banner nickte verlegen. »Sehr«, antwortete sie leise.

Katherine konnte sich lebhaft vorstellen, was sich im Hotelzimmer in Seattle abgespielt hatte. Sie hatte es selbst ein dutzendmal mit Daniel erlebt, wenn auch unter anderen Umständen.

Daniel. Der Gedanke an ihn tat noch immer weh, selbst nach diesen langen fünf Jahren ohne ihn. Er war tot, aber Katherines Liebe zu ihm lebte weiter.

»Ich hätte dich warnen sollen«, sagte sie und setzte sich neben Banner. »Die Corbinmänner haben ihren Frauen schon immer den Allerwertesten versohlt. Unverzeihlich, wie es ist, machen sie es auch heute noch.«

Banners schöne grüne Augen weiteten sich. »Am meisten ärgert mich daran, daß ich Adam trotzdem liebe«, gestand sie in verwundertem Ton. »Was ist los mit mir? Bin ich vielleicht pervers?«

Katherine lachte. »Wenn du es bist, war ich es auch.«

»Aber du hast Daniel zu sehr geliebt, um ihn zu verlassen?«

»Ja. Es hat zwar meinen Stolz verletzt, wenn er mich übers Knie legte, aber das war schnell vergessen, wenn ich danach in seinen Armen lag.«

Banner nickte und begann Katherine die Episode im Hotel ausführlich zu erzählen.

Das silberne Mondlicht schimmerte auf Banners Brüsten, als Adam sie sanft streichelte und küßte. Und sie war überglücklich, wieder in seinem Bett zu liegen, das Gewicht seines Körpers auf sich zu spüren und die blinde Ekstase zu erleben, die nur er in ihr zu wecken vermochte.

Aber dann erinnerte sie sich an den demütigenden Vorfall im Hotelzimmer und stieß Adam abrupt zurück. »Du mußt mir versprechen, mich nicht mehr zu schlagen. Adam Corbin! Ich bin kein Kind und lasse mich nicht als solches behandeln!«

Adam betrachtete sie ernst. »Du hast recht, O'Brien«, gab er schließlich zu. »Du bist eine erwachsene Frau und eine Ärztin, und entsprechend werde ich dich auch behandeln. Aber im Ausgleich dafür verlange ich etwas von dir.«

»Was?«

»Das Versprechen, nie wieder heimlich zu verschwinden. Wenn du mich wirklich verlassen willst, Banner, kann ich dich nicht aufhalten, aber dann sag es mir! Du kannst dir nicht vorstellen, was ich durchgemacht habe, als du plötzlich fort warst ... Ich bin sogar zum Gericht hinübergegangen, um mich zu vergewissern, daß Malloy noch in seiner Zelle war. Ich dachte, er hätte dich entführt.«

»Das tut mir leid, Adam. Ich dachte, du könntest es dir denken – wenn du den Ring sahst ... und die Trommel ...«

»In gewisser Weise, ja. Aber ich hatte trotzdem Angst – mehr als je zuvor in meinem Leben.«

Banner strich zärtlich über seine Wange. »Was wirst du wegen Sean unternehmen, Adam?«

»Er stellt in den nächsten Wochen – oder Monaten – kein Problem für uns dar.«

»Wieso das?« fragte Banner verblüfft.

»Weil er zwangsweise angeheuert worden ist.«

Banner riß erstaunt die Augen auf. »Jeff?«

Adam nickte seufzend. »Manchmal hat mein Bruder eine sehr direkte Art, Probleme anzugreifen.«

Trotz ihrer Bedenken und Ängste mußte Banner lachen. »Ja, das glaube ich auch. Es scheint in der Familie zu liegen.«

Adam senkte den Kopf auf ihre Brüste und ließ seine Lippen zärtlich über ihre erregten Spitzen gleiten. »Apropos direkter Angriff ...«

»Hm ...« murmelte Banner zufrieden.

Banner erwachte in bester Stimmung und beglückwünschte sich, als sie zum Frühstück hinunterging, zu ihrem perfekten, ungetrübten Glück.

Maggie wusch mit düsterer Miene Geschirr ab. »Dieser

Narr«, murmelte sie vor sich hin. »Dieser dumme, ungeschickte Narr!«

Banner hatte plötzlich das Gefühl, eine eiserne Hand legte sich auf ihren Magen. »Was ist, Maggie?« fragte sie beunruhigt.

Maggie starrte stur auf ihre Teller.

»Maggie!« beharrte Banner streng.

»Es geht mich nichts an, was Adam Corbin macht«, entgegnete Maggie mit schmalen Lippen.

Banners glückliche Stimmung war verflogen. Nach allem, was sie sich versprochen und miteinander geteilt hatten, war Adam doch wieder in die Berge zurückgekehrt!

»Ich werde ihm folgen«, beschloß sie. »Und dann kann er etwas erleben!«

Ohne auf Maggies Proteste zu hören oder ihre Warnungen vor wilden Tieren, Schnee, Kälte und anderen Gefahren zu beachten, stürmte Banner entschlossen aus der Küche in den Hof.

Eine halbe Stunde später war sie auf dem Weg. Sie hatte sich selbst eine ruhige alte Stute gesattelt, sich in mehrere Wollschals eingewickelt und einen alten Rock von Adam übergezogen.

Den Pfad zu finden war nicht so einfach gewesen, wie Banner geglaubt hatte – Adams Wagenspuren im Schnee waren teilweise schon wieder verwischt oder zugeschneit. Während sie langsam die steile Anhöhe hinaufritt, begann sie sich zu fragen, ob sie nicht einen schlimmen Fehler begangen hatte. Wenn sie nun tatsächlich Adam bei seiner Geliebten fand und ihr Verdacht sich auf schmerzlichste Weise bestätigte . . .?

Dann schüttelte Banner ärgerlich den Kopf. Nein, Adam hatte ihr wiederholt versichert, keine Geliebte zu haben. Also mußte es ein anderes Geheimnis sein, das er vor ihr verbarg, und jetzt wollte sie wissen, was es war.

Ärger und verletzter Stolz gaben Banner die Kraft, ihren Ritt fortzusetzen. Sie hatte Adam von ihrer ersten Ehe und von Sean erzählt, wenn auch verspätet. Warum weigerte er sich dann noch immer, das Rätsel aufzuklären, unter dem sie so sehr litt?

Im dichten Wald heulte eine Eule, und ein Tier huschte durch das Gebüsch. Das Pferd scheute und warf erschreckt den Kopf zurück. Und dann fing es auch noch an zu schneien.

Banner fror. Und hatte Angst.

Wenn sich nun herausstellte, daß sie gar nicht Adams Spuren gefolgt war, sondern der Fährte eines ganz anderen Mannes – eines Jägers oder Goldgräbers zum Beispiel? Oder wenn sie erfror und ihre Leiche nie gefunden wurde?

In der Ferne erklang der heisere Schrei eines Tieres, und die kleine Stute scheute von neuem. »Ruhig«, flüsterte Banner, die keine erfahrene Reiterin war und mindestens soviel Angst hatte wie das Pferd. »Ganz ruhig . . .«

Aber das Tier ließ sich nicht beruhigen. Mit einem schrillen Wiehern bäumte es sich auf, und Banner landete in einem dornigen Gebüsch. Bevor sie sich daraus befreit und aufgerappelt hatte, trabte die Stute in Richtung Stall zurück.

»Bleib stehen!« schrie Banner, aber das Pferd rannte natürlich weiter. »Du kommst in die Fleischfabrik!« drohte Banner, aber auch das nützte nichts, und schließlich steckte sie die Hände in die Taschen und schaute sich verzweifelt um.

Doch ihre Aufmerksamkeit wurde abgelenkt von einer

Visitenkarte, die sie in der Rocktasche ertastete. *Miss Lou, Zimmer 4, Silver Shadow. Immer herzlich willkommen.*

Banner hockte sich auf einen schneebedeckten Baumstumpf und weinte hemmungslos. Es schneite immer heftiger, und die Fährte, der sie folgte, war kaum noch zu erkennen. Schluchzend stellte Banner sich aufs Sterben ein.

Eine Stunde verging und noch eine. Die Temperatur war gesunken, und der Schnee fiel so dicht, daß Banner keine zwei Meter weit sehen konnte. Und immer wieder hörte sie unheimliche Geräusche im Gebüsch, die nur von wilden Tieren stammen konnten. Es wäre ein gnädigerer Tod, zu erfrieren, als von einem wilden Tier zerrissen zu werden, dachte sie bedrückt.

»O'Brien?«

Der Tod mußte schon ganz nahe sein; sie hörte Adams Stimme und spürte seine starken Arme um ihre Schultern. Es war die Euphorie, die kurz vor dem Erfrierungstod eintrat . . .

»Verdammt, O'Brien!« polterte die Stimme. »Ich würde es dir nie verzeihen, wenn du mir jetzt einfach wegstirbst!«

Er war unglaublich real, dieser letzte Traum vor dem Tod. Banner spürte sogar den rauhen Stoff von Adams Mantel an ihrer Wange und hatte das Gefühl, getragen zu werden.

Aber dann spürte sie plötzlich gar nichts mehr.

Ich bin im Himmel, dachte Banner verwundert, als sie in einem warmen Bett erwachte und nicht mehr fror. »Ich bin geschieden«, sagte sie zu dem Engel neben sich.

Sein antwortendes Lachen war ihr merkwürdig vertraut und viel zu sinnlich, um aus dem Munde eines Engels zu kommen . . .

Banner blinzelte, und endlich klärte sich ihr Blick. Neben ihr stand Adam, und sie lag splitternackt in einem warmen Bett unter vielen Daunendecken.

»Wo . . .«

»Sei still.«

Adam ging zu einem nahen Kamin und kam mit einem heißen, dampfenden Getränk zurück. Es war eine Mischung aus Kaffee, Zucker und Rum.

»Bist du mir gefolgt, O'Brien?« fragte er gedehnt, während Banner trank.

Ihre Augen füllten sich mit Tränen, als ihr zu Bewußtsein kam, daß es wirklich eine Hütte gab und Adam sich sehr zu Hause in ihr zu fühlen schien. »Ist das dein Bett?« flüsterte sie.

»Es gehört einer Freundin. Schlaf jetzt, O'Brien. Wir können später reden.«

»Wer ist sie?« fragte Banner fröstelnd.

»Schlaf jetzt endlich!«

»Ich . . . kann . . . nicht. Mir . . . ist kalt.«

Ein polterndes Geräusch – Stiefel, die auf den Boden fielen? – und dann kam Adam zu ihr ins Bett, voll angekleidet und herrlich warm.

Doch obwohl Banner sich körperlich sehr wohl fühlte, weinte sie innerlich. Es war Adams Bett, das Lager, das er mit seiner Geliebten teilte.

Sie, Banner, gehörte nicht hierher.

Banner öffnete die Augen. Es war düster in der Hütte und roch nach würzigem Essen.

»Adam?« fragte sie leise.

»Er ist bei . . . er ist nicht hier«, antwortete eine weibliche Stimme. »Möchten Sie etwas essen?«

Banner spürte einen wilden Schmerz in der Herzgegend. »Sie sind seine Geliebte«, stellte sie tonlos fest.

Kurzes Zögern, dann: »Ja.«

Banner wollte sterben. Adam hatte gelogen. »Ich bin Adams Frau«, sagte sie hölzern und richtete sich auf.

»Ja.« Die Frau kam näher. »Adam hat von Ihnen gesprochen.«

Es klang nicht der geringste Groll in ihrer Stimme mit, und Banner runzelte verwirrt die Stirn. Liebte sie ihn so sehr, diese Frau, daß sein Verrat ihr nichts ausmachte?

Banner litt, und aus dem unbegreiflichen Wunsch heraus, noch mehr zu leiden, fragte sie: »Ist das Ihr Bett?«

»Ja. Haben Sie Hunger?«

Banner betrachtete die Geliebte ihres Mannes. Sie war groß, und ihrer dunklen Haut und ihrem blauschwarzen Haar nach zu urteilen, indianischer Abstammung. »Nein, danke.«

»Lieben Sie ihn?« fragte die Frau seltsam ruhig. »Werden Sie immer gut zu Adam sein?«

Gut zu Adam? Wäre er dagewesen, hätte Banner ihm die Augen ausgekratzt! Der Gedanke brachte sie erneut zum Weinen.

Die Frau berührte ihre Schultern. »Mesatchie – nicht gut, soviel leiden. Schlafen, essen. Morgen in die Stadt zurückkehren.«

Nach diesen rätselhaften Worten begann sie, die Hütte aufzuräumen und summte heiter vor sich hin, als sei sie nicht von der Frau ihres Liebhabers aus dem Bett vertrieben worden. Schließlich stellte sie eine Schale mit heißer Suppe neben Banners Lager und ging hinaus.

Banner versuchte aufzustehen, aber sie war zu schwach und ließ sich entmutigt in die Kissen zurückfallen. Wie oft hatte Adam sie in diesem Bett betrogen – hier, unter diesen Decken?

Ein wütender Schrei entrang sich ihren Lippen, als Adam später die Hütte betrat. »Du Lügner!« brüllte sie ihn an. »Du verdammter Lügner!«

Adam ließ sich von ihrem Angriff nicht aus der Fassung bringen, ging zum Kamin und legte ein Holzscheit hinein. »Was redest du da?«

»Deine Geliebte! Sie war gerade hier! Du Schuft!«

Adam kam zu Banner und packte hart ihre Schultern. »Schluß damit, O'Brien! Du verstehst es nicht!«

Banner lachte hysterisch. »Ich habe sie gesehen, mit ihr geredet . . .«

»O'Brien!«

Ihr Gelächter verwandelte sich in herzzerreißendes Schluchzen. »Ich hasse dich, Adam, ich hasse dich!«

Banner hatte damit gerechnet, daß Adam alles abstreiten oder zornig werden würde, aber nicht mit dem, was nun kam. Er zog sie in die Arme und sagte bittend: »Nein, Banner, nein.«

Sie versuchte sich loszureißen. »Faß mich nicht an . . .«

Aber Adam zog sie nur noch fester an sich. »Du hast Lulani gesehen«, murmelte er besänftigend. »Sie ist eine gute Freundin von mir, und diese Hütte gehört ihr.«

»Sie ist deine Geliebte! Ich verachte dich, Adam. Laß mich los . . . faß mich nie wieder an!«

»Komm endlich zur Vernunft, O'Brien. Meinst du, ich würde dich wirklich hierherbringen, wenn Lulani meine Geliebte wäre?«

Banner zitterte am ganzen Körper. Sie wußte überhaupt nicht mehr, was sie denken sollte, sie konnte nur noch fühlen, einen gewaltigen Schmerz, der sie innerlich zu zerreißen drohte.

»Wo wird sie schlafen – hier bei mir?« fragte Banner hitzig.

»Im Schuppen steht ein Ofen – dort schläft Lulani.«

»Wie entgegenkommend von ihr!«

Adam stand auf. »Ich hole dir eine neue Schale Suppe.«

»Ich esse nichts!«

»O doch, das wirst du!« entgegnete Adam ruhig.

»Schämst du dich ihrer? Hältst du deshalb deine Besuche bei ihr geheim?«

Selbst im schwachen Licht sah Banner, wie seine Schultern sich versteiften. »Natürlich schäme ich mich nicht. Sie ist eine gute Freundin – die beste, die ich je hatte.«

»Warum sprichst du dann nie von ihr?«

Schweigen.

»Adam.«

Er kam zu ihr und schob ihr einen Löffel Suppe in den Mund. Sie spuckte sie ihm ins Gesicht.

Adam umfaßte ihr Kinn und zwang sie, den Mund zu öffnen. »Mach das noch einmal, O'Brien«, sagte er gereizt, »und ich hole dich aus dem Bett und versohle dir deinen süßen Hintern!« Den nächsten Löffel Suppe schluckte Banner widerspruchslos. Aber deshalb fühlte sie sich noch lange nicht verpflichtet, höflich zu sein. »Befriedigt sie dich?« fragte sie kalt.

Adam musterte sie nachdenklich. »Hat Sean Malloy dich befriedigt?« entgegnete er schroff.

Die Worte trafen Banner wie ein Schlag. Tränen der Wut stiegen ihr in die Augen. »Ja!« log sie.

Adam schloß die Augen, und als er sie wieder öffnete, erschien ein brutaler Blick darin. »Er hat dir vieles beigebracht, nicht wahr? Vielleicht sollte ich dem guten Sean dankbar sein.«

Bann hob die Hand, um Adam zu schlagen, aber er wehrte den Schlag ab und hielt ihre Hand fest. »Tu es nicht«, warnte er.

Dann zwang er Banner, die ganze Schale Suppe leerzuessen.

Sehr viel später, als er sich nackt zu ihr ins Bett legte, drehte Banner ihm den Rücken zu.

Doch Adam drehte sie zu sich herum. »Lulani ist nicht meine Frau«, sagte er grollend. »Aber du bist es und wirst dich gefälligst auch so verhalten!«

Banner spuckte ihn an. Mit einer blitzschnellen Bewegung war er über ihr und hielt ihre Hände fest. »Spreiz die Beine, O'Brien«, knurrte er.

Banner starrte ihn an, haßte ihn und liebte ihn. Am allerschlimmsten war, daß sie ihn begehrte – mit jeder Faser ihres Körpers. »Fahr zur Hölle!« forderte sie ihn dennoch auf.

»Hölle ist für mich, wo du bist«, versetzte Adam. »Und paradoxerweise auch dort, wo du nicht bist. Aber du bist meine Frau und wirst dich mir nicht verweigern.«

Banner begann zu zappeln und sich zu wehren, entsetzt über den Gedanken, daß er sie in Lulanis Bett haben sollte. Das ging über ihre Kräfte!

»Geh zu ihr und laß mich in Ruhe!«

Adam drängte sein Knie zwischen ihre Beine, senkte den Kopf und liebkoste ihre Brüste. Und Banner stöhnte nur noch und gab jeglichen Widerstand auf.

Es war eine wilde, stürmische Vereinigung, fast wie ein Kampf, und beide stöhnten vor Erregung und stießen heisere, lustvolle Schreie aus, als sie gemeinsam den Höhepunkt ihrer Ekstase erreichten.

»Ist dir warm genug?« fragte Adam Banner, als sie am nächsten Morgen in den offenen Zweispänner stiegen.

»Ich hasse dich!« erklärte sie statt einer Antwort.

Adam lächelte kalt. »Ich weiß«, erwiderte er und schob seine Hand unter die Bärenfelldecke auf ihren Knien.

»Hör auf damit!«

Adam zog langsam Banners Röcke hoch. »Wann wirst du lernen?«

Banner wand sich hilflos, als sie seine Hand in ihrer dicken Flanellhose spürte, die sie des kalten Wetters wegen trug. »Laß das . . . hör . . . auf . . .«

Adam lachte nur. Seine Finger massierten, streichelten, liebkosten ohne Unterlaß. »Aufhören? Kommt nicht in Frage, O'Brien. Ich möchte sehen, wie sehr du mich haßt!«

Ein Zittern lief durch Banners Körper, und sie errötete. Es war die reinste Qual, was er mit ihr anstellte – süße, unerträgliche, wundervolle Qual.

»Ich hasse dich wirklich! Ich schwöre es!«

»Das merke ich«, bemerkte Adam gedehnt.

Banner keuchte vor Erregung und spreizte leicht die Schenkel. »O Gott . . . Adam . . . ich flehe dich an . . .«

»Aufzuhören?« flüsterte Adam heiser.

»Du verdammter . . .«

Adam ließ seinen Daumen über ihre empfindsamste Stelle gleiten, bevor seine Finger Besitz von ihr ergriffen. »Ich bin verdammt, seit du in mein Leben getreten bist«, antwortete er.

Banners Kopf sank zurück, sie schloß die Augen. Ihr Herz hämmerte wie wild. Wellen der Lust gingen durch ihren Körper, und sie überließ sich leise keuchend der blinden Ekstase, die sie erfaßte. »Oh«, stöhnte sie, »oh . . .«

Adam lachte. »Sag, daß du mir gehörst.«
Banner schüttelte den Kopf.
»Sag es, Banner.«
Da explodierten ihre Sinne, und sie schrie heiser auf. Und als der Sturm nachließ, erfüllte sie Adams Wunsch.

11

»Guten Morgen«, begrüßte Francelle Adam heiter, als er die Praxis betrat. Nach den köstlichen Neuigkeiten, die Kommissar Peters am Abend zuvor beim Dinner erzählt hatte, nährte Francelle eine ganz neue, wilde Hoffnung, Adam vielleicht doch noch für sich gewinnen zu können.

Aber Adam runzelte nur die Stirn und starrte an die Wand, als sähe er Francelle gar nicht. Er hatte eine unruhige Nacht verbracht. Banner hatte ihn aus seinem Zimmer ausgesperrt, und er war zur *Silver Shadow* gefahren, mit der entschiedenen Absicht, eine vergnügte Nacht zu verbringen. Aber dann hatte er sich doch nicht dazu überwinden können, Bessies Dienste in Anspruch zu nehmen . . .

»Hast du meine Frau gesehen?« fragte er Francelle barsch.

»Nein«, entgegnete seine Sekretärin würdevoll.

Adam seufzte und schenkte sich eine Tasse Kaffee aus der Kanne ein, die immer auf dem Ofen bereitstand.

»Kommissar Peters war gestern abend zum Essen bei uns«, verkündete Francelle in triumphierendem Ton. »Er hat uns interessante Neuigkeiten erzählt – über diesen Sean Malloy.«

Befriedigt sah sie, wie Adam sich versteifte. »Anscheinend behauptet er, mit deiner Frau verheiratet zu sein!«

Ein Muskel zuckte an Adams Wange. »Ich weiß«, erwiderte er ruhig.

Francelle war so verblüfft, daß es ihr für einen Moment die Sprache verschlug. »Du weißt es?« rief sie dann. »Stört es dich nicht, Adam, mit einer . . . einer Bigamistin verheiratet zu sein?«

»Banner ist geschieden, Francelle, und obwohl es dich nichts angeht, wäre ich dir dankbar, wenn du diese Information an deinen Vater und alle anderen Klatschmäuler dieser Stadt weitergeben würdest.«

Francelle schwieg gekränkt. Sie hatte eine ganze andere Reaktion von Adam erwartet – ganz bestimmt nicht diese entschiedene Verteidigung einer Frau, die ihn nicht verdiente.

Banner war müde und fühlte sich noch sehr schwach. »Guten Morgen, Francelle«, sagte sie seufzend.

»Guten Morgen!« erwiderte das Mädchen schroff.

»Ist Adam schon fort?«

Francelle nickte, musterte Banner und beugte sich mit einem rätselhaften Lächeln über ihre Arbeit.

Etwas später kündigte Francelle in seltsam triumphierendem Ton eine Patientin an, die offenbar ausdrücklich Banner verlangt hatte und nicht Adam, wie es in der Praxis üblich war.

Es war die Prostituierte, die bei Banners erstem Besuch auf der *Silver Shadow* so ausgiebiges Interesse für Adam gezeigt hatte. »Guten Morgen, Mrs. Corbin«, grüßte Bessie lächelnd.

Banner spürte, daß eine Art Herausforderung in dieser Begrüßung lag, zwang sich jedoch dazu, das Lächeln zu erwidern. »Was kann ich für Sie tun?«

»Ich habe Halsschmerzen. Und meine Brust tut weh.«

Banner ging zu ihrem Arztkoffer und nahm ein Stethoskop heraus. »Husten Sie viel?«

Bessie lächelte. »Nein.«

Ihre Lungen waren völlig in Ordnung, und auch in Bessies Hals war nichts Auffälliges zu entdecken. Stirnrunzelnd setzte Banner sich wieder an den Schreibtisch.

»Warum sind Sie wirklich gekommen?« fragte sie.

»Weil ich Ihnen etwas erzählen wollte.«

»So?«

»Ihr Mann war gestern nacht bei mir.«

Banner bebte innerlich vor Zorn, doch rein äußerlich wirkte sie völlig beherrscht. »So?«

»Ja«, bestätigte Bessie lächelnd. »Und wenn Sie keine Lust haben, sich um ihn zu kümmern, gibt es genug von uns, die mit Freuden dazu bereit wären. Aber Sie gefallen mir, Mrs. Corbin, und deshalb bin ich hier. Ich möchte Ihnen helfen.« Banner sagte nichts und dachte daran, wie sie Adam aus seinem Schlafzimmer vertrieben hatte.

»Sie glauben mir nicht, oder?«

»Nein«, log Banner.

»Dann sehen Sie mal in Adams Rocktasche nach!«

»Machen Sie, daß sie hinauskommen!«

Die Frau stand auf und strich ihren pelzbesetzten Umhang glatt. »Ich kann Ihnen sagen, wie Sie Ihren Mann erfreuen können«, sagte sie in anzüglichem Ton.

»Vielen Dank, aber ich glaube, das weiß ich selbst. Würden Sie jetzt bitte gehen?«

Bessie ging zur Tür. »Selbstverständlich. Aber schauen Sie wirklich in Adams Rocktasche nach.«

Als Banner allein war, legte sie bekümmert den Kopf auf die Schreibtischplatte. Jetzt wußte sie, warum Adam gestern abend kein Theater aufgeführt hatte, als sie die Tür absperrte. Er war gar nicht zu Hause gewesen und hatte ihre großartige Geste vielleicht nicht einmal bemerkt!

Da sie wußte, daß sie keine Ruhe finden würde, bis sie sich überzeugt hatte, ging sie zum Haus hinüber und suchte den Rock, den Adam am Abend zuvor getragen hatte. Tatsächlich befand sich eine Visitenkarte in der Tasche – ›Bessie Ingram, Zimmer 8, Silver Shadow. Diskretion wird zugesichert.‹

Als Banner sich von ihrem Schock erholt hatte, nahm sie ihre letzte Kraft zusammen und räumte ihre Sachen aus Adams Raum in ein Gästezimmer um.

Adam wußte sofort, was passiert war, als er die zusammengeknüllte Visitenkarte auf dem Fußboden seines Schlafzimmers fand. Jähe Verzweiflung überfiel ihn und schnürte ihm die Kehle zu.

Er setzte sich auf die Bettkante und legte bekümmert

die Hände vors Gesicht. Wenn Banner schon nicht glauben wollte, daß Lulani nicht seine Geliebte war, würde sie ganz bestimmt nicht glauben, daß er nicht mit Bessie Ingram geschlafen hatte.

Adam fluchte und massierte seinen Nacken. Aber der Druck in seinem Kopf wurde noch unerträglicher, als er zum Schrank hinüberging und feststellte, daß Banners Sachen fehlten.

Adam seufzte. Er konnte sie zwingen, ins eheliche Schlafzimmer zurückzukehren, aber was würde das schon nützen? Er konnte sie nicht zwingen, ihn zu lieben, und nur das war wirklich wichtig für ihn.

Das Haus war dunkel, als Adam eine Stunde später hinunterging, um Zuflucht in seinem Büro zu suchen. Dort setzte er sich an seinen Schreibtisch, legte die Beine auf die Platte, nahm eine Flasche Whiskey aus einer Schublade und begann zu trinken . . .

»Adam?«

Er senkte die Flasche und starrte O'Brien an, als handelte es sich um eine Erscheinung. »Hm?«

»Was machst du hier?« Sie war keine Erscheinung und ganz eindeutig auf dem Kriegspfad. »Ich trinke«, erwiderte er mit schleppender Stimme.

»Das sehe ich. Du solltest ins Bett gehen.«

Adam zog eine Augenbraue hoch. »Ganz recht, Madame. Aber nur, wenn du mich begleitest.«

Banner faltete die Arme über ihrem blauen Morgenrock und deutete mit einer Kopfbewegung auf die Flasche in Adams Hand. »Warum nimmst du sie nicht mit ins Bett?«

Adam betrachtete den Whiskey stirnrunzelnd. »Ich glaube, sie zweifelt an meiner emotionellen Reife«, vertraute er der bernsteinfarbenen Flüssigkeit an.

»Und du nennst dich Arzt!« rief Banner empört. »Stell dir vor, es würde jemand krank? Eine schöne Hilfe wärst du jetzt!«

»Du bist ja auch noch da«, bemerkte Adam.

»Geh ins Bett, Adam.«

»Nein. Da ist es mir zu kalt. Zu einsam.«

»Zweifellos, da Lulani nicht da ist, um dich zu wärmen. Aber du könntest ja immer noch zu Bessie gehen. Vergiß nicht, daß sie die Diskretion in Person ist!«

Adam lachte, was seltsam war in seinem bedrückten, unglücklichen Zustand.

»Was für ein Name für eine Indianerin – Lulani!« murmelte Banner wütend.

»Sie ist keine Indianerin«, erwiderte Adam. »Sie kommt aus Hawaii.«

Warum hatte er das jetzt bloß gesagt? Rasch hob er die Flasche an den Mund und trank, bevor er noch mehr verraten konnte.

»Wirst du deine Besuche bei ihr einstellen?«

Adam stellte die Flasche krachend auf den Tisch. »Nein.«

O'Brien drehte sich um und stürmte hinaus, und Adam mußte sich sehr zusammennehmen, um sie nicht zurückzurufen und ihr alles zu erzählen.

Zwei Wochen vergingen, und Adam unternahm keinen Versuch, Banner in sein Zimmer zurückzulocken oder zu ihr zu gehen.

»Warum bleibst du überhaupt bei ihm?« fragte Melissa, die mit Magenkrämpfen im Bett lag.

Banner starrte ihre Schwägerin nur an. Dann wandte sie den Kopf ab, aber Melissa hatte die Tränen schon gesehen, die in ihren Augen erschienen waren.

»Was hast du, Banner?« fragte sie erschrocken. »Sag mir jetzt sofort, was los ist, hörst du?«

Banner sank auf Melissas Bettkante. Was sollte sie ihr sagen? Daß ihre Periode ausgeblieben war und sie befürchtete, schwanger zu sein – von einem Mann, der ihr fremd geworden war und den sie zu verlassen gedachte?

»Ich bekomme ein Kind!« schluchzte Banner.

Melissa richtete sich auf und umarmte Banner stürmisch. »Das ist doch wunderbar, Banner! Jetzt wird alles gut . . .«

Banner schnaubte empört. Gut? Wie denn, wenn ihr geschiedener Mann sie umbringen wollte und ihr jetziger Gatte in diesem Augenblick mit Lulani im Bett lag?

»Weine nicht, Banner.« Melissa wiegte sie tröstend. »Wenn Adam sich nicht um dich kümmert, werden wir es tun – Mama, Jeff, Keith und ich. Wir sind deine Familie.«

»Ihr seid Adams Familie.«

»Aber wir sind auf deiner Seite!«

Doch Banner war untröstlich. Alle Liebe dieser Welt half ihr nichts, solange sie nicht von Adam kam.

Fest entschlossen, seiner Familie diesmal nicht seine düstere Stimmung zuzumuten, fuhr Adam auf dem Rückweg aus den Bergen zur *Silver Shadow* weiter, mit der Absicht, etwas zu essen und ein paar Drinks zu nehmen.

Die *Shadow* war gut besucht an diesem Abend; es spielte eine Kapelle, und ein zierliches blondes Mädchen mit traurigen dunklen Augen sang auf der Bühne. Adam strengte seine Ohren an, um ihr Lied zu hören.

Aber statt dessen vernahm er Kommissar Peters' laute

Stimme. »Ich wußte gleich, daß *die* sich nicht mit einem Mann zufriedengibt, als ich sie sah«, dröhnte er. »Nein, Sir, *die* nicht. Mir brauchte keiner zu sagen, daß diese Rothaarige genug Feuer besitzt, um einen Mann für sein Leben zu verbrennen!«

Adams Hand umklammerte das Glas, als er in einem Versuch, sich zu beruhigen, zu dem Plakat hinüberschaute, das die Sängerin ankündigte: *Fancy Jordan. Sie singt. Sie tanzt. Sie zaubert.*

»Ich dürfte eigentlich nicht die Augen davor verschließen«, fuhr Kommissar Peters fort, ohne zu ahnen, daß Adam hinter ihm stand. »Es ist gegen das Gesetz, mit zwei Männern verheiratet zu sein, selbst wenn einer von ihnen ein *Corbin* ist.«

Auch Stewart Henderson saß an Peters' Tisch und hob zustimmend sein Glas. »Mr. Royce wollte sie auch haben, aber sie war schon . . .«

»Zwei Männer!« warf Peters staunend ein. »Ich bin ziemlich sicher, daß einige Schlange stehen werden, sobald sie einen dritten braucht!«

Adam schloß die Augen. »Schluß damit!« sagte er in gefährlich ruhigem Ton, der die muntere Tischrunde augenblicklich zum Verstummen brachte. Sogar das Mädchen auf der Bühne hörte auf zu singen.

Peters drehte sich erschrocken um. Ein ängstlicher Ausdruck erschien auf seinem groben Gesicht. »Adam! Du lieber Himmel, ich wußte nicht, daß du . . .«

»Das ist mir klar.« Adam setzte sein Glas ab, packte Peters an den Rockaufschlägen und zog ihn auf die Beine. »Na los, erzähl uns alles über meine Frau und ihre beiden Männer!« forderte er ihn drohend auf.

»Himmel, Adam . . .«

»Rede. Du scheinst viel über das Thema zu wissen.«

»Ich habe nichts mehr zu sagen!«

Adam ließ den Kommissar los, wandte sich verächtlich ab und leerte seinen Drink. Bevor er sich auf den Heimweg machte, verwünschte er den Tag, an dem er Banner O'Brien begegnet war.

Kommissar Peters trat verlegen von einem Fuß auf den anderen. »Sie werden mich auf die Wache begleiten müssen, Mrs. Corbin.«

Banner zog die Brauen hoch und schaute verblüfft zu Francelle hinüber, die ganz plötzlich sehr beschäftigt schien. »Ins Gefängnis?« wiederholte Banner ungläubig.

»Es ist gegen das Gesetz, zwei Männer zu haben«, entgegnete der Kommissar.

Banner errötete. »Sie scheinen nicht zu verstehen, Kommissar. Sean Malloy und ich sind geschieden. Ich habe Dokumente, die das beweisen.«

»Dann würde ich sie gern sehen«, erwiderte der Beamte.

»Ich hole sie.«

»Gut, Mrs. Corbin. Ich warte.«

Banner ging rasch in ihr Büro und griff in das Seitenfach ihres Arztkoffers, wo sie alle wichtigen Papiere aufbewahrte. Aber ihre Scheidungsurkunde und der Trauschein ihrer Ehe mit Sean Malloy fehlten.

Banner griff sich bestürzt an den Kopf. Wie konnten die Papiere fort sein? Sie hatte sie nie aus der Tasche genommen!

»Doktor Corbin?« fragte Kommissar Peters an der Tür. »Haben Sie die Papiere gefunden?«

Banner drehte sich langsam um. »Sie waren hier – das müssen Sie mir glauben . . .«

»Tut mir leid.«

Banner schloß die Augen, holte tief Luft und sagte leise: »Jemand hat die Urkunden aus meiner Tasche genommen.« Adam? Konnte er es so eilig haben, sie loszuwerden, jetzt, wo sie ihm seine ehelichen Rechte verweigerte?

»Klar«, sagte Kommissar Peters spöttisch. »Wenn Sie jetzt bitte mitkommen würden ...«

Banner schluckte vor Zorn und Hilflosigkeit. Dann preßte sie trotzig die Lippen zusammen, nahm ihren Umhang und verließ hocherhobenen Kopfes das Büro.

Fünfzehn Minuten später schloß sich die Tür der muffigen kleinen Zelle hinter ihr.

Banner hockte sich auf das Klappbett und begann fieberhaft nachzudenken. War es möglich, daß Adam ihr das angetan hatte? Wer hätte eine bessere Chance gehabt, die Papiere zu entwenden?

Eine bittere Träne rollte über ihre Wange. Adam haßte sie, er war untreu, rücksichtslos und starrsinnig, doch eine solch niedrige, gemeine Handlungsweise traute sie ihm nicht zu. Falls er die Absicht hatte, sich von seiner Frau zu trennen, gab es einfachere Mittel und Wege.

Aber was wußte sie schon von Adam? Daß er ein erfahrener Liebhaber war, ein guter Arzt, Sahne zum Kaffee nahm und eine Brille zum Lesen trug?

Als Banner zu Bewußtsein kam, daß das so ungefähr alles war, was sie über den Vater ihres ungeborenen Kindes wußte, legte sie den Kopf in die Hände und weinte bitterlich.

Adam fror, er war müde, hungrig und verärgert, als er heimkam und seine Mutter mit fliegenden Röcken über den Hof laufen sah.

»Wo hast du nur gesteckt?« herrschte sie ihn an.

Adam hatte fast den ganzen Tag bei einer Niederkunft auf einer entlegenen Farm verbracht, aber er sah nicht ein, warum er das erklären sollte. So blieb er stumm und schaute seine Mutter schweigend an.

»Banner ist im Gefängnis!« rief sie erregt.

»*Was?*«

»Peters, dieser Idiot, hat sie abgeholt. Stell dir vor, er bezichtigt sie der Bigamie, Adam! Ich habe angeboten, eine Kaution für sie zu zahlen, aber . . .«

Mehr brauchte Adam nicht zu hören. Er drehte sich abrupt um und rannte zu den Ställen, um sein Pferd und seinen Wagen zu holen. Es war Peters' Rache für die Demütigung, die er am Abend zuvor an Bord der *Silver Shadow* erfahren hatte . . . das wußte Adam, und er freute sich schon auf den Augenblick, wo er dieser Ratte gegenüberstehen würde . . .

Katherine stolperte neben ihrem Sohn einher wie ein wütender kleiner Hund. »Peters nimmt keine Kaution an, und er ließ mich Banner nicht eine Minuten sehen!« klagte sie, was Adams Kopfschmerzen und seine Wut nur noch erhöhte.

»Verdammt, sie hat doch eine Scheidungsurkunde!« entgegnete er wütend. »Warum hat sie ihm die nicht gezeigt?«

»Peters behauptete, sie hätte überhaupt keine Papiere«, erwiderte Katherine atemlos, als ihr Sohn sein Pferd anzuspannen begann. »Er zeigte mir nur eine Heiratsurkunde, unterschrieben von Banner und einem Mann namens Malloy.«

»Sean!« zischte Adam haßerfüllt.

»Sean? Adam, wer . . .«

»Das kann ich dir jetzt nicht erklären«, unterbrach er sie, während er in den Wagen stieg.

In Rekordzeit erreichte er das Gerichtsgebäude, wo er ausgerechnet Royce begegnete, der eine benommen aussehende Banner die Treppe hinunterführte.

»Was zum . . .« schrie Adam in blindem Zorn.

Temple Royce hob beschwichtigend die Hand. »Sie haben genug angerichtet, Adam«, sagte er. »Lassen Sie uns bitte gehen.«

Adam starrte Banner an, und dabei schossen ihm tausend Fragen durch den Kopf. Wie war es Royce gelungen, seine Frau zu befreien, wenn nicht einmal Katherine etwas erreicht hatte? Und warum starrte Kleeblatt ihn an, als erkenne sie ihn nicht?

»Geben Sie mir meine Frau, Royce!« drohte er.

»Ich fürchte, es bestehen berechtigte Zweifel an der Frage, wessen Frau Banner ist. Und bis das entschieden ist, bleibt sie in meiner Obhut.«

»Den Teufel wird sie tun!« Adam griff nach Banner, die sich jedoch zu seiner Bestürzung schutzsuchend an Royce drängte.

»Haben Sie nicht schon genug angerichtet?« erkundigte Royce sich sanft. »Schauen Sie sie an! Sie hat Angst vor Ihnen, und ich bin nicht einmal sicher, daß sie Sie überhaupt erkennt.«

Es stimmte – Banners Augen waren groß und leer, sie zitterte und hielt Temple Royces Arm umklammert.

»Banner«, sagte Adam sanft und reichte ihr die Hand.

Doch sie schüttelte den Kopf und verbarg ihr Gesicht an Royces Schulter. »Nein«, flüsterte sie. »Laß mich in Ruhe!«

Adam war wie gelähmt vor Zorn und Angst. »Was geht hier vor?«

Royce zuckte die Schultern. »Ich weiß nur, daß Banner der Bigamie angeklagt ist – ungerechterweise, vermute ich. Als ich davon hörte, kam ich sofort her, und es gelang mir, Peters zu überreden, sie freizulassen – unter meiner Obhut.«

»Und wieso hat er es bei meiner Mutter abgelehnt?«

Royce lächelte nachsichtig. »Weil das arme Kind nicht in Ihr Haus zurückkehren wollte. Kommissar Peters sagte, Banner mache Sie für ihre Verhaftung verantwortlich.«

»Was?« donnerte Adam, und Banner zuckte zusammen und barg von neuem ihren Kopf an Royces Schulter.

»O'Brien, sieh mich an.«

Sie gehorchte, wenn auch widerwillig. Es stimmte – ihre grünen Augen verrieten nichts als Furcht.

»Ich würde dir so etwas nicht antun, Banner«, sagte Adam verzweifelt. »Das mußt du doch wissen.«

Banner erkannte ihn doch, stellte Adam nun mit einer gewissen Erleichterung fest. Ein Schrecken weniger. »Ich gehe nicht mit dir nach Hause«, erklärte sie tonlos.

Adam holte tief Luft. »Wo willst du denn hin, Banner? In Temples Bett?«

Wie Adam beabsichtigt hatte, riß sie sich von Royce los und warf sich zornig wie eine Furie auf ihren Mann.

Er packte ihre Handgelenke und hielt sie fest. »Gut so, O'Brien. Kämpfe ruhig.«

Tränen liefen über ihre Wangen. »Ich hasse dich!« schrie sie. »Ich schlafe lieber in jedem anderen Bett als in deinem!«

»Ich liebe dich auch, Darling«, erwiderte Adam ruhig. »Bedank dich jetzt bei Mr. Royce, dann fahren wir nach Hause.«

»Hören Sie ...« begann Royce lahm.

Adam lächelte Banner zärtlich an. Er liebte sie wie nie zuvor und war froh, daß ihr Temperament endlich wieder durchgebrochen war. Es war immer noch besser als die stumme Verzweiflung, die sie eben noch beherrscht hatte. »Tut mir leid, Royce«, sagte er, hob Banner auf seine Arme, wo sie hingehörte, und trug sie zum Wagen.

Banner haßte Adam Corbin. Verabscheute ihn. Und hoffte, als er sie ziemlich unsanft auf das Bett warf, daß er sie lieben würde, damit sie einen Grund hatte, ihn noch mehr zu hassen.

Er begann sie auszuziehen wie ein besorgter Vater sein Kind. »Faß mich nicht an!« flüsterte Banner mit flammendheißen Wangen.

»Das würde ich nicht wagen«, erwiderte Adam heiter.

»Hast du Angst vor mir?«

Adam zog ihr das Hemd über den Kopf und betrachtete mit kühlem Interesse ihre vollen Brüste. »Schreckliche Angst.«

»Hör auf, mich zu verspotten!«

Adam antwortete nicht, und kurz darauf landete auch ihr letztes Kleidungsstück auf dem Fußboden.

»Es ist lange her«, bemerkte Banner in vorwurfsvollem Ton.

»Hm. Viel zu lange.« Adam fand ein Nachthemd und streifte es ihr über den Kopf.

»Ich werde nicht mit dir schlafen!«

Adam lachte. »Keine Sorge, deine Tugend ist heute abend nicht gefährdet. Ich gehe nicht mit Sträflingen ins Bett.«

Banner holte aus, um ihn zu schlagen, aber das Nachthemd behinderte sie. »Gut! Dann brauchst du es nämlich gar nicht erst zu versuchen ...«

Adam drückte sie in die Kissen zurück, deckte sie zu und küßte sie leidenschaftslos auf die Stirn. »Schlaf jetzt. Morgen früh reden wir weiter.«

Banner errötete. Warum protestierte sie so entschieden, wenn er gar nichts von ihr wollte? »Willst du mich nicht?«

Adam lachte. »Doch. Sehr.«

»Dann ...«

»Schlaf.« Er ging zur Tür.

»Warte!«

Adam blieb stehen und maß sie mit einem nachsichtigen Blick. »Was ist?«

»Du ... hast mich nicht ins Gefängnis stecken lassen?«

Adam seufzte resigniert. »Natürlich nicht. Aber da du mir nie etwas glaubst, erspare ich dir die Einzelheiten.«

Banner errötete heftig. Sie glaubte ihm nicht, was Lulani oder Bessie Ingram anging, aber in diesem Fall wußte sie genau, daß er die Wahrheit sprach.

Sie versuchte es mit einem Friedensangebot. »Ich wäre nie mit Mr. Royce nach Hause gegangen.«

Adams Augen wurden schmal. »Warum sollte ich dir das glauben, Kleeblatt?« fragte er gedehnt. »Du hingst an seinem Arm, als hättest du Angst, ich könnte dich ermorden!«

Er ist eifersüchtig! dachte Banner froh und beschloß, ihm eine Lektion zu erteilen. »Es war alles ganz harmlos, Adam«, sagte sie lächelnd. »Temple ist nichts als ein guter Freund.«

»Wenn du meinst«, erwiderte Adam schroff.

Banner zuckte die Schultern. Es war ein albernes Spiel, was sie hier trieb, und sie fühlte sich gar nicht in der Verfassung für Spielchen. »Meinst du, ich muß ins Gefängnis zurück?« flüsterte sie zaghaft.

»Nein«, antwortete Adam und öffnete die Tür.

Banners Herzschlag beschleunigte sich. Sie wollte heute nacht nicht allein sein. »Geh nicht, Adam«, flehte sie. »Geh bitte nicht!«

Adam schloß die Tür und kam zögernd zu ihr zurück, setzte sich auf die Bettkante und streichelte ihre Wange. »O'Brien«, sagte er rauh, »ich brauchte dich ... ich begehrte dich ...«

»Aber liebtest du mich auch, Adam?«

Er schloß die Augen. »Ja«, stöhnte er gequält.

Banner nahm seine Hand und legte sie auf ihre Brust. »In jener Nacht, als ich dir sagte, Sean hätte mich immer ... befriedigt – das war gelogen, Adam.«

Langsam, beinahe widerstrebend, begann er ihre Brust zu streicheln. »Ich weiß«, sagte er leise.

»Er hat nie etwas anderes getan, als mich zu quälen.«

Adam zupfte an ihren Brustspitzen, die sich unter dem Nachthemdstoff aufzurichten begannen. »Zieh es aus«, befahl er.

Banner gehorchte, und Adam atmete scharf ein, als sie nackt vor ihm lag. »Banner ...«

Sanft zog sie seinen Kopf zu sich herunter.

12

Adam schnappte nach Luft, als er das Telegramm unter dem Stapel unerledigter Post entdeckte. Wie lange mochte es dort schon unbemerkt gelegen haben? Warum hatte Francelle es ihm nicht gebracht, als es gekommen war?

Mit bebenden Händen riß er den Umschlag auf und las die kurze Nachricht. Doch es war nicht die befürchtete Warnung von Jeff, daß Malloy sein Schiff verlassen hatte, und so zerknüllte Adam das Papier und warf es fort.

»Adam?«

Er schaute auf. Francelle stand mit verlegenem Gesicht in der Tür. »Ja?«

»Geht es Banner – Mrs. Corbin – gut?«

Adam setzte sich und verschränkte die Hände. »Warum fragst du, Francelle?« entgegnete er ruhig, obwohl er die Antwort darauf bereits zu kennen glaubte.

»Nun ja, weil sie verhaftet wurde und so. Ich dachte . . .«

»Wo sind die Dokumente, Francelle?«

Verräterische Röte stieg in ihre Wangen. Adam war ganz sicher, daß sie die Papiere entwendet hatte und hätte sie vermutlich dafür erwürgt, wenn sie nicht ein halbes Kind gewesen wäre.

»Welche Dokumente?« fragte Francelle schließlich kleinlaut.

»Das weißt du sehr gut, Francelle. Die Heiratsurkunde hast du deinem Vater gegeben, und der hat sie sofort zu Kommissar Peters gebracht, nicht wahr? Und da alle wissen, daß Banner mit mir verheiratet ist, war es ein klarer Fall von Bigamie, oder?«

»Ich habe keine Papiere.«

»Francelle«, Adam konnte sich nur mühsam beherrschen, »entweder rückst du sofort die Scheidungsurkunde heraus, oder ich frage deinen Vater. Der wird mir dann schon die Wahrheit sagen.«

Francelle stand mit hängenden Schultern vor Adam und suchte verzweifelt nach einer Antwort, als Melissa hereinstürmte.

»Ich habe mit dir zu reden, Francelle Mayhugh!« erklärte sie barsch und drängte ihre Freundin gegen ein Bücherregal. »Banner hat mir von ihren fehlenden Dokumenten erzählt, und jetzt möchte ich wissen, wo sie sind.«

Francelle sah aus wie ein gehetztes Kaninchen. »Ich ... ich wollte nicht ...«

»Gib diese Dokumente auf der Stelle zurück!« fiel Melissa ihr ins Wort. »Wenn nicht, wird dein eigener Vater dich nicht mehr wiedererkennen, wenn ich mit dir fertig bin.«

Francelle brach in Tränen aus. »Ich habe es aus Liebe getan!« rief sie melodramatisch wie in einem schlechten Film.

Adam schüttelte den Kopf. Fast tat ihm das Mädchen leid.

»Wie konntest du Banner so etwas antun?« fragte Melissa etwas ruhiger. »Stell dir vor, sie wäre im Gefängnis geblieben und hätte dort ihr Baby bekommen!«

Adam durchfuhr ein solcher Schock, daß er vom Rest der Unterhaltung nichts mehr mitbekam. Ein *Baby*. O'Brien bekam ein Baby?

Er sprang auf und rannte zum Haus hinüber, und auf dem ganzen Weg hörte er nicht auf, Banners Namen zu rufen.

»Du bist schwanger!« sagte Adam in anklagendem Ton, als hätte Banner ein Verbrechen begangen. »Wann kommt das Baby?«

»Im September«, erwiderte sie lächelnd.

»September!« Langsam entspannten sich seine Züge, und ein glückliches Lächeln erschien auf seinem attraktiven Gesicht.

»Ja – zwischen August und Oktober«, entgegnete Banner und sah, wie sein Lächeln verblaßte und er sich abrupt abwandte.

»Ich stelle sofort einen anderen Arzt ein«, erklärte Adam.

Banner war so bestürzt, daß ihr für einen Moment die Worte fehlten. »Das kannst du mir nicht antun, Adam«, flüsterte sie schließlich, obwohl sie sehr gut wußte, daß er den herrschenden Gesetzen nach *alles* tun konnte, was ihm beliebte. Er hätte sie sogar auf die Straße setzen und sein Kind allein und nach seinem Gutdünken aufziehen können. »Du ahnst ja nicht, wie schwer es in dieser von Männern beherrschten Welt für mich war, Ärztin zu werden ...«

»Doch, das weiß ich«, fiel ihr Adam hart ins Wort. »Aber das Risiko kanntest du schon vorher, oder? Immerhin bist du eine Frau, und das ist nicht zu ändern.«

»Könnten wir nicht wenigstens einen Kompromiß schließen?« fragte Banner bedrückt. »Maggie würde sich ab und zu um das Kind kümmern, und ich könnte in der Klinik arbeiten ...«

Adam seufzte. »Haben wir nicht schon genug Probleme, O'Brien? Reicht es nicht, daß ich ständig befürchten muß, Malloy könne zurückkehren und dir etwas antun? Oder dich umbringen?«

»Meinst du, ich wäre mit allem einverstanden, was diese Ehe mit sich bringt?« rief Banner entrüstet. »Denk an Lulani!«

»Nicht schon wieder, Banner.«

»O doch, mein Lieber! Wie kannst du es wagen, mir alles zu nehmen, was mir wichtig ist, Adam? Weißt du eigentlich, wie es für mich ist, dich in die Berge reiten zu sehen – oder allein im Bett zu liegen und zu wissen, daß du auf der *Silver Shadow* bist und dich mit ...«

»Genug, O'Brien!« fiel Adam ihr gereizt ins Wort. »Zieh dir etwas Warmes an und pack ein paar Sachen zusammen. Wir brechen augenblicklich in die Berge auf!«

»Was?« fragte Banner verblüfft.

»Ich möchte dir zeigen, was ich vor dir verborgen haben.«

»Warum kannst du es mir nicht einfach sagen?« entgegnete Banner fassungslos und gar nicht mehr so sicher, daß sie sein verdammtes Geheimnis überhaupt ergründen wollte.

Adams Blick glitt über ihren noch flachen Bauch, und Banner wußte, daß er an das Kind dachte. »Ich kann es dir nicht sagen, O'Brien – du mußt es selber sehen. Aber das geht nur, wenn du mir ausnahmsweise einmal gehorchst und meine Anweisungen aufs Wort befolgst.«

Banner nickte stumm.

Adam wollte noch etwas hinzufügen, als ein gewaltiges Krachen das Haus erschütterte und die Fenster klirren ließ. Adam fluchte und rannte aus der Küche.

»Was war das?« fragte Banner, während sie sich bemühte, mit ihm Schritt zu halten.

»Die Sägemühle«, keuchte Adam. »Eine Explosion in der Mühle!«

»Mein Gott!«

In der Praxis packte Adam hastig seinen Koffer.

»Ich begleite dich . . .«

Adam brachte sie mit einem Blick zum Schweigen. »Nein. Du wirst hier gebraucht. Füll alles, was du finden kannst, mit kaltem Wasser. Maggie und Mama können dir dabei helfen.«

Banner fragte nichts mehr, sondern lief ins Haus zurück, um Maggie, Mrs. Corbin und Melissa zu suchen.

Die Stallburschen wurden beauftragt, die Badewanne in die Klinik hinunterzutragen, Maggie holte Waschzuber aus dem Keller, und Jenny und Melissa pumpten Wasser.

Banner legte Morphiumspritzen zurecht und sterilisierte alle verfügbaren Spritzen, während sie Francelle anwies, sämtliche Betten im Haus und in der Klinik frisch zu beziehen.

Fünf Männer bildeten die erste Gruppe der Verletzten, einige von ihnen waren bewußtlos, andere schrien vor Schmerzen. Während sie versorgt wurden, erschienen immer mehr Leute aus der Nachbarschaft, unter ihnen Temple Royce, und brachten Eis, Decken und die stoische Bereitschaft mit, zu helfen.

Dann kam eine zweite Ladung Verwundeter und mit ihnen Adam. Als Banner seine Stimme hörte, wurde sie etwas ruhiger.

Bei der Abenddämmerung leuchtete der Himmel noch immer orangerot von den Flammen der brennenden Sägemühle. Vier Männer waren tot, und mehr als ein Dutzend anderer würden wünschen, es auch zu sein, sobald sie das Bewußtsein zurückerlangten.

Adam Corbin wandte sich bedrückt vom Fenster ab und schaute sich nach Banner um. Ihr Anblick gab ihm etwas von seiner Zuversicht zurück.

Sie stand über einen der Patienten gebeugt. Ihr wunderschönes rotes Haar hatte sich aus den Spangen gelöst und hing ihr lose auf die Schultern. Ihr Kleid war überall befleckt.

Ich liebe dich, dachte Adam.

Banner hob den Kopf, lächelte flüchtig und bewegte in einer stummen Antwort die Lippen.

Der kurze Blickaustausch gab Adam die Kraft, zu seinen eigenen Patienten zurückzugehen.

Anstrengende Tage kamen auf sie zu, und so ironisch es war, Adam merkte plötzlich, daß er O'Brien als Ärztin dringender brauchte, als er sie je als Frau gebraucht hatte.

Keith Corbin blieb betroffen stehen. Überall im Eßzimmer schliefen Leute.

»Was ist denn hier los?« fragte er verwirrt.

Seine Mutter richtete sich verschlafen vom Sofa vor dem Fenster auf. »Keith?«

»Was ist passiert?«

Katherine bedeutete ihm, leiser zu sprechen. »Die Mühle ist gestern explodiert«, erklärte sie. »Mach keinen Krach.«

Keith schaute sich um. »Hat es so viele Verletzte gegeben? Sind alle Betten besetzt?«

Katherine nickte. »Du hättest keinen schlechteren Zeitpunkt für deinen Besuch wählen können.« Dann stand sie auf. »Laß uns in die Küche gehen.«

»Bigamie?« wiederholte Keith ein paar Minuten später entsetzt, nachdem Katherine ihm alles erzählt hatte. »Das glaube ich einfach nicht!«

»Es ist auch nicht wahr, Keith«, erwiderte Katherine ruhig. »Zum Glück, denn Adam und Banner haben schon genug Probleme.«

Keith seufzte. »Er geht noch immer in die Berge?«

Katherine nickte. »Wirst du mit ihm reden, Keith? Jeff ist nicht hier, und auf mich würde Adam nicht hören, aber dich respektiert er, und vielleicht erreichst du etwas bei ihm.«

»So?« fragte Adam, der ganz unvermutet in der Tür erschienen war, spöttisch. »Na denn mal los, kleiner Bruder.«

Keith drehte sich lächelnd zu Adam um. »Setz dich zu uns«, sagte er ruhig. »Wir sprechen gerade über dich.«

»Das habe ich gehört. Was bringt dich zu uns?«

»Eine göttliche Eingebung vermutlich. Wie ich sehe, könnte ihr Hilfe brauchen.«

Adam hob seine Tasse. »Das stimmt.«

Katherine erhob sich und verließ den Raum. Adam setzte sich auf ihren Platz.

»Nein«, sagte er entschlossen.

»Nein, was?« entgegnete Keith.

»Nein, ich werde dir nicht sagen, warum ich alle drei Wochen in die Berge fahre.«

Keith seufzte ergeben. »Habe ich dich etwa danach gefragt?«

Banner merkte kaum, daß ihr Bauch allmählich rundlicher wurde – dazu hatte sie viel zuviel zu tun. Einige der Patienten waren zu ihren Familien zurückgekehrt, andere befanden sich noch in der Klinik.

Ansonsten war das Haus leer. Katherine war in Olympia, Melissa in ihrem College, Keith hatte auch den Heimweg angetreten, und Francelle war von ihrem Vater in den Osten geschickt worden, um ihre Ausbildung zu beenden.

Banners Papiere waren wie durch ein Wunder in ihrem Arztkoffer aufgetaucht, und es bestand keine Gefahr mehr, daß sie zurück ins Gefängnis mußte. Doch es wurde viel geredet in der Stadt – vor allem über die fragwürdige Moral von Adam Corbins rothaariger Frau. Banner merkte es, wenn sie in Port Hastings einkaufte. Die meisten Frauen ignorierten sie und traten hastig beiseite, wenn sich im Vorbeigehen ihre Röcke streiften. Es kränkte Banner sehr, obwohl sie nicht bereit gewesen wäre, es zuzugeben. Und als sei das nicht genug, hatte Adam seine regelmäßigen Besuche in den Bergen wieder aufgenommen. Er bot Banner nie wieder an, ihn zu begleiten, und sie bat auch nicht darum – dafür sorgte seine abweisende Miene schon.

Ihr blieb nichts anderes übrig, als sich in ihr Schicksal zu fügen. Tagsüber fiel es ihr nicht leicht, aber dafür waren die Nächte das reinste Paradies. Adam hätte ihr nie gestattet, noch einmal aus seinem Schlafzimmer auszuziehen, und Banner wollte es auch gar nicht. Schamlos klammerte sie sich an das einzige in ihrem Leben, was zu funktionieren schien.

Im April kam das Telegramm. Banner sah, daß es in Portland/Oregon aufgegeben worden war, aber sie wagte nicht, es zu öffnen.

Als Adam an diesem Abend aus den Bergen wiederkam, sah er so hager und müde aus, daß sie ihm ausnahmsweise keine Vorwürfe machte. Aber in ihrer Sorge vergaß sie auch das Telegramm, das auf dem Schreibtisch lag.

Am Morgen, nachdem Adam zu seinen Hausbesuchen aufgebrochen war, lag es noch immer unangetastet auf dem Tisch. Und da es an Adam gerichtet war, öffnete Banner es auch diesmal nicht.

Eine harte, schmerzhafte Beule wuchs an Jeffs Hinterkopf, und mit der Beule seine Beschämung.

Verdammt, eine Sekunde lang hatte er Malloy den Rücken zugekehrt, und dieser Schuft hatte es sofort ausgenutzt!

Grollend schlenderte Jeff auf die *Silver Shadow* zu. Er hatte Adam gewarnt, das war das Wichtigste. Und der Gedanke, nach Hause zu gehen und ihm zu erklären, wie er sich von Malloy hatte niederschlagen lassen, war ihm äußerst unangenehm.

Im Augenblick wollte Jeff nichts als ein halbes Dutzend Drinks und mindestens genauso viele Frauen . . .

Adam verließ das warme Bett nur äußerst widerwillig, als Maggie ihn benachrichtigte, daß es in Water Street eine Keilerei gegeben hatte und ein Arzt gebraucht wurde.

Während Adam in seinen Wagen stieg, den freundlicherweise schon jemand angespannt hatte, nahm er sich vor, Banner bei seiner Rückkehr zu wecken. Er kannte verschiedene Arten, sie auf angenehme Weise aus dem Schlaf zu reißen. Er würde ...

Aber da explodierte etwas in seinem Kopf, er taumelte zurück, und alles wurde schwarz vor seinen Augen.

Jeff sah den Wagen und runzelte die Stirn. »Adam?«

Keine Antwort. Jeff zuckte die Schultern und ging auf unsicheren Beinen auf das Haus zu. Wenn der Wagen noch draußen stand, war Adam bestimmt noch auf. Vielleicht konnten sie noch ein bißchen reden, und Adam hatte sicher auch etwas für seine quälenden Kopfschmerzen ...

Die Praxis und die Büros waren leer und dunkel, genau wie der Salon und die Küche.

Jeff wollte schon nach oben gehen, als es an der Hintertür klopfte. Es war Jenny, und sie fragte besorgt: »Wo ist Adam? In der Klinik ist er nicht, und da ich den Wagen sah ...«

Jeff versteifte sich, wirbelte herum und rannte durch das dunkle Haus. Verdammt, wie hatte er nur so dumm sein können?

»Adam!« schrie er, während er über den Rasen vor dem Haus lief. »O Gott – Adam!«

Adam bewegte sich stöhnend.

Jeff kniete neben ihm nieder. »Adam?«

Adams rechtes Auge war zugeschwollen, seine Lippe aufgesprungen, und aus einer Wunde an seiner rechten Schläfe tropfte Blut. »Ja«, flüsterte er mühsam.

»Lieg still!« befahl Jeff. »Ich hole Banner.«

»Nein ... O'Brien nicht ... sie ...«

Jeff drehte sich zu Jenny um, die ihm gefolgt war. »Geh und hol meine Schwägerin, Jenny. Schnell!«

»Verdammt!« stöhnte Adam und versuchte sich aufzurichten.

In seiner Verzweiflung suchte Jeff Trost in einem Scherz. »Ist ein Zirkus in der Stadt?« fragte er rauh. »Du siehst aus, als hättest du zehn Runden mit einem Gorilla hinter dir, Bruder.«

Wieder versuchte Adam, sich aufzurichten. »Verdammt«, stöhnte er, »es tut irrsinnig weh ...«

»Ich weiß. Meinst du, ich könnte dich aufheben?«

Trotz allem mußte Adam lachen. »Laß es lieber sein, wenn du nicht meine Rippen sehen willst.«

»Was kann ich sonst tun?«

»Such eine harte Unterlage – eine Tür oder so etwas – und leg mich darauf.«

Banner kam zu ihnen herübergelaufen, mit aufgelöstem Haar und erschrockenen Augen. »Adam!« rief sie bestürzt, als sie ihren Mann im feuchten Gras liegen sah. Aber sie beherrschte sich und tastete mit geschickten Händen seinen Brustkorb ab.

»O'Brien, geh ins Bett. Ich ...«

»Sei still!« zischte Banner. »Jeff, bring mir ...«

Jeff war schon aufgesprungen, froh, etwas tun zu können. »Ich weiß – eine Tür«, antwortete er und rannte los, um die erste, die er finden konnte, aus den Angeln zu reißen. Dabei hörte er den Schrei seiner Schwägerin:

»Dafür bringe ich dich um, Sean Malloy!«

»Verdammt, habt ihr das Telegramm denn nicht bekommen?« erkundigte sich Jeff empört, als Adam versorgt war und nach einer Morphiuminjektion friedlich schlief.

Banner nickte. »Doch. Aber es liegt noch ungeöffnet auf Adams Schreibtisch.« Dann sah sie Jenny, die nervös und weinend neben ihnen stand. »Jenny, du bist gekommen, um Hilfe zu holen, nicht wahr?«

Jenny nickte. »Meine Mutter – sie sagte, eine Pockenepidemie sei im Lager ausgebrochen. Sie wollen die Dampfhütte benutzen, aber Adam wollte ...«

»Daß du ihm Bescheid sagst, wenn sie es tun«, unterbrach Banner sie. »Bleib bei Adam, Jeff«, bat sie rasch. »Sorg dafür, daß Sean nicht herkommt und ...«

»Nein!« erwiderte Jeff entschieden. »Ich lasse dich nicht mitten in der Nacht in ein Indianerlager gehen, und schon gar nicht, solange dieser Verrückte in der Gegend ist.« Banners Protest wehrte er mit einer Handbewegung ab. »Wenn du unbedingt zu den Indianern willst, dann setz dich hin und hör mir gut zu.«

Da Banner wußte, daß Widerspruch sinnlos gewesen wäre, zog sie sich einen Stuhl heran und setzte sich.

13

Sean traf Royce am verabredeten Ort.

»Nun?« fragte der Kapitän der *Jonathan Lee* gedehnt.

»Er ist verletzt«, antwortete Sean.

»Aber nicht tot?«

»Noch nicht«, flüsterte Sean böse. »Aber sagen Sie mir doch endlich, was Sie gegen Corbin haben, Royce?«

»Gegen Adam? Nicht viel, eigentlich. Es ist Jeff, dem ich eins auswischen möchte.«

»Warum?«

»Weil wir ... Konkurrenten sind. Er wird sich jetzt auf

Ihre Spur begeben, Malloy, und genau das war mein Plan. Auf diese Weise läuft er mir direkt in die Falle.«

Sean dachte an die langen Wochen, die er zwangsweise auf der *Sea Mistress* verbracht hatte, und Zorn stieg wieder in ihm auf. »Jeff Corbin ist ein harter Brocken«, bemerkte er.

»Ich habe Unterstützung, Malloy. Sie brauchen Jeff nur in meine Reichweite zu locken, dann rechne ich mit ihm ab.«

»Damit bleiben nur noch der Doktor und meine Frau.«

Temples Schultern versteiften sich. »Einen Moment, Malloy! Ich würde nichts lieber tun, als Jeffs Leiche über Bord zu werfen. Aber was Sie mit Adam machen, ist mir völlig gleichgültig. Nur die Frau . . .«

»Die gehört mir, Royce!«

»Moment, Malloy! Mit ihr ins Bett zu gehen ist etwas ganz anderes, als sie umzubringen! Und Ihre Frau ist sie auch nicht mehr.«

»Doch.«

»Nein, Malloy, ich habe die Scheidungsurkunde mit eigenen Augen gesehen.«

Scheidungsurkunde? Banner hatte es gewagt, sich von ihm scheiden zu lassen? »Das glaube ich nicht!« stieß er heiser hervor.

»Es stimmt. Sie ist Adam Corbins rechtmäßig angetraute Ehefrau.«

Sean hätte Temple Royce am liebsten niedergeschlagen, aber noch brauchte er ihn, um sicher aus Port Hastings herauszukommen. »Im Angesicht Gottes sind sie nicht verheiratet«, entgegnete er rauh.

»Gott scheint nichts dagegen zu haben, Malloy. Und Adam Corbin sieht ganz wie ein zufriedener Ehemann aus. Ich wette, daß . . .«

»Warum tun Sie das? Warum sagen Sie mir das alles?«

Royce grinste böse. »Weil ich Sie wütend machen will, Malloy. Wütend genug, um einen Mord zu begehen.«

»Oh, das bin ich schon, keine Sorge! Und Sie werden der erste sein, Royce, wenn Sie nicht aufhören, so zu reden!«

»Nein, das werden Sie nicht tun, Malloy, denn sie brauchen mich noch«, widersprach Royce mit einem überheblichen Grinsen.

Das war nicht abzustreiten. »Sie wollen mehr als den Kopf des Kapitäns, nicht wahr, Royce?« fragte Sean schlau.

Der Dandy nickte. »Ich will Banner haben«, antwortete er ruhig.

Sean schloß die Augen und ermahnte sich, daß er Royce noch brauchte. »Sie ist meine *Frau*«, murmelte er gepreßt.

»Sie ist Adam Corbins Frau. Überlassen Sie sie mir für eine einzige Nacht, dann können Sie sie haben, vorausgesetzt, Sie bringen sie nicht um!«

»So? Und woher wollen Sie wissen, ob ich es tue oder nicht?«

»Das erfahre ich schon, Malloy. Wenn dieser Frau etwas zustößt, sorge ich dafür, daß Sie die Hölle auf Erden erleben.«

In diesem Moment sah Sean ganz klar, was Royce wirklich beabsichtigte. Er wollte sich an Jeff Corbin rächen, um dann Sean über Bord der *Jonathan Lee* zu werfen und Banner für sich zu behalten, sobald ihr reicher Ehemann beseitigt war. Und das nicht nur für eine Nacht, sondern so lange, bis er ihrer überdrüssig wurde.

Sean lachte in sich hinein. Royces Pläne waren gar nicht so verschieden von seinen eigenen – von kleinen Variationen einmal abgesehen.

»Hör zu, Banner«, begann Jeff in sachlichem Ton. »Ich lasse einige meiner Seeleute kommen, damit sie Wache stehen für dich und Adam. Anschließend reite ich selbst ins Indianerlager und befehle ihnen, mit diesem Unsinn aufzuhören, was immer es auch sein mag.«

Banner merkte nun, daß er gar nicht vorhatte, sie ins Lager gehen zu lassen, und erhob sich entschlossen. »Ich fahre selbst!« erklärte sie schroff. »Mach dir keine Sorgen, ich bin immun gegen Pocken. Und was Sean betrifft, so kann ich dir nur raten, ihn zu erschießen, falls er hier auftaucht. Er ist ein ungemein gefährlicher Mensch.«

»Banner, es kommt nicht in Frage, daß du . . .« beharrte Jeff, aber Banner hörte nichts mehr. Sie war bereits draußen auf dem Weg zu den Ställen, wo sie dem ruhigen Pferd, das gewöhnlich Adams Wagen zog, Zaumzeug anlegte und auf den Sattel verzichtete, um schneller fortzukommen.

Im Indianerlager waren tatsächlich die Pocken ausgebrochen. Ein unverkennbarer Geruch hing in der Luft, als Banner sich den Hütten näherte. Bei der berüchtigten Dampfhütte brannte ein großes Feuer, in dessen Glut die Steine erhitzt wurden, die später den Dampf erzeugten.

Banner glitt vom Pferd. »Schluß damit!«

Eine alte Frau schaute auf, hob einen der Steine auf und trug ihn in die Hütte, als habe sie Banner gar nicht gehört.

Es war klar, daß sie bei den Frauen nichts erreichen würde, und so ging sie rasch auf einen alten Mann zu, der sie als einziger nicht zu ignorieren schien.

»Sie müssen damit aufhören!« herrschte sie den Mann im weißen Hirschlederanzug an, der anscheinend als Übersetzer zu ihr geschickt worden war. »Das ist sehr schlechte Medizin . . .«

»Doktors *Kloochman*?« fragte der alte Mann schroff. »Wo ist Doktor?«

Banner seufzte. »Der Doktor ist sehr krank. Aber ich bin gekommen, um zu helfen. Sorgen Sie dafür, daß diese Frau aufhört, heiße Steine in die Hütte zu tragen!«

Der Indianer spreizte die Hände. »Tötet böse Geister.«

Böse Geister! Wieder seufzte Banner ungeduldig. »Es ist ein Virus, eine Epidemie, woran Ihre Leute leiden – keine bösen Geister«, erklärte sie mit erzwungener Ruhe.

Der alte Mann wirkte skeptisch. »Feuerhaar nach Hause gehen. *Das* helfen.«

In diesem Augenblick kam eine Squaw aus der Dampfhütte. Sie hielt ein regloses, halbnacktes Kind im Arm und ging auf das Ufer zu. Banner eilte ihr nach und griff nach dem leblosen kleinen Körper in ihrem Arm.

»Geben Sie mir das Kind!«

»Böse Geister austreiben«, murmelte die Frau mit Tränen in den Augen.

»Nein! Sie werden das Kind umbringen, wenn Sie . . .«

Banner brach ab, als ein Schuß ertönte. Langsam drehte sie sich zu ihrem zornigen Schwager um.

Er sah wie ein Riese aus auf seinem Pferd, und Banner sah entsetzt, daß er seine Flinte von neuem lud.

Mehrere andere Männer begleiteten ihn, wahrscheinlich Seeleute von der *Sea Mistress*. Sie blieben wachsam auf ihren Pferden sitzen, während Jeff den Indianern in ihrer Sprache einen Befehl zuschrie.

Zwei junge Tapfere kamen auf Banner zu, packten sie an den Armen und zerrten sie auf eine der Hütten zu. Dort wurde sie recht unsanft auf einen Stapel Bärenfelle geworfen, und dann kam Jeff herein.

»Bist du verrückt geworden?« herrschte Jeff sie an.

»Ich mußte es tun. Wie geht es Adam?«

»Er wird begeistert sein, wenn er von deinem neuesten Abenteuer hört!« entgegnete Jeff spöttisch. »Dieser Stamm ist immer friedlich gewesen, aber jetzt sind sie bereit, dir deinen Skalp zu nehmen und ihre Kriegsbemalung anzulegen!«

»Das klingt ja, als hätte ich sie beleidigt!«

Jeff trat näher. »Das hast du auch, Banner. Der Häuptling verlangt, daß du dafür ordentlich verprügelt wirst.«

»Verprügelt?« wiederholte Banner tonlos. »Haben sie dich etwa hereingeschickt, um es zu tun?«

»Ja – falls ich es nicht vorziehe, dich anderweitig zu strafen. Weißt du, Banner, hier ist alles ganz anders. Brüder teilen ihre Frauen miteinander.«

»Du ... du ... würdest doch nicht ...«

»Natürlich nicht. Aber wir müssen so tun, als ob. Was ist dir lieber, Banner – daß wir sie glauben machen, ich hätte dich geschlagen, oder ...«

Banner errötete. »Wir werden auf keinen Fall so tun, als würdest du mit mir schlafen!«

Jeff grinste belustigt. »Verdammt! Ich wußte ja, daß du dich für das Prügeln entscheiden würdest!«

Banner seufzte. »Und was soll aus den Kranken werden?«

»Beruhige dich. Ich habe ihnen erzählt, Adam hätte gedroht, einen ganz bösen Geist heraufzubeschwören, wenn sie nicht sofort mit dem Feuer und dem Dampf aufhörten, und sie haben mir geglaubt.«

Während Jeff sprach, zog er seinen Gürtel aus der Hose. Banner starrte ihn aus weitaufgerissenen Augen an, und er deutete lächelnd auf eine dunkle Ecke der Hütte.

»Gut«, sagte er. »Ich rate dir, bei jedem Schlag zu schreien.« Als er Banners empörte Miene sah, fügte er warnend hinzu: »Mach schnell, denn der Häuptling und seine Tapferen könnten jeden Augenblick hereinkommen, um sich zu überzeugen, daß ihre Ehre wiederhergestellt wird.«

»Ehre? Was ist so ehrenvoll daran, eine Frau zu schlagen?«

Jeff zuckte die Schultern. »Nichts. Ich möchte dir nur ersparen, daß sie darauf bestehen, zuzuschauen.«

»*Zuzuschauen*?«

»Oder teilzunehmen.«

Banner schloß die Augen. »Na schön. Fang an.«

Jeff schrie etwas in Chinook und ließ seinen Gürtel auf den Stapel Häute niedersausen.

Banner schrie laut auf.

»Sehr gut«, flüsterte Jeff ihr zu.

»Weiter so!«

Banner dachte daran, was Adam ihr angetan hatte, und ihr nächster Schrei war noch sehr viel echter.

Nach etwa zehn Schlägen – und Schreien – nahm Jeff Banners Arm und flüsterte ihr zu: »Laß den Kopf hängen, wenn wir hinausgehen.«

»Das fehlte gerade noch!«

»Banner.«

Die Indianer warteten schon und nickten sich zufrieden zu, als Jeff eine sehr bedrückt wirkende Banner an ihnen vorbeiführte.

Adam lachte schallend, als Banner ihm später von ihrem Abenteuer im Indianerlager erzählte. Aber ihr war nicht nach Lachen zumute. »Adam, es sind kranke Kinder im Dorf!« ermahnte sie ihn streng.

»Mach dir keine Sorgen, O'Brien. Ich habe einen

befreundeten Arzt in Providence benachrichtigen lassen. Er müßte schon morgen hier eintreffen.«

Banner war gekränkt. »Ich bin dir als Ärztin wohl nicht kompetent genug?«

Adam lächelte. »Doch, das bist du, Banner, und das weißt du genau. Aber ich will nicht, daß dir etwas zustößt, und solange dieser Malloy frei herumläuft, kann das jederzeit geschehen.«

»Es ist mir aber nichts passiert. Warum machst du dann ein solches Theater?«

»Weil ich dich liebe, O'Brien«, entgegnete er gereizt. »Weil ich dich brauche. Weil ich nicht weiterleben könnte, wenn dir etwas zustieße!«

Banner kniete sich neben Adams Bett und streichelte gerührt seine Wange. »Du bist es, dem etwas zugestoßen ist!« sagte sie mit Tränen in den Augen.

Adam hob mühsam die Hand. »Komm zu mir ins Bett, Banner. Du brauchst Schlaf.«

Gehorsam stand sie auf, zog sich aus und legte sich vorsichtig, um ihm nicht weh zu tun, neben ihren Mann. Minuten später war sie fest eingeschlafen.

»Adam?«

Er öffnete die Augen und blinzelte verwirrt. Es war dunkel im Zimmer, und Banner lag neben ihm. »Jeff?«

Sein Bruder kniete neben dem Bett und sprach absichtlich sehr leise. »Ich weiß, wo Malloy ist. Auf Water Street wird geklatscht, er sei in Seattle und verberge sich in einer Pension auf Skid Road.«

»Water Street?« Adam war plötzlich hellwach. »Das ist Royces Territorium. Könnte es nicht ein Trick sein?«

Jeff zuckte die Schultern. »Ich fürchte Royce nicht.«

»Hast du vergessen, daß er dich haßt wie die Pest?«

»Ich bin ihm auch nicht besonders grün, wie du weißt.

Aber im Moment interessiert mich nur Malloy, und in Skid Road kenne ich mich aus.«

»Sei vorsichtig, Jeff – bitte.«

Jeff grinste. »Bin ich das nicht immer?«

Damit stand er auf und ging leise hinaus.

Adam lag lange wach und fand keinen Schlaf, und nach einer Weile weckte er Banner.

»Hast du Schmerzen?« fragte sie.

Adam stöhnte leise und zog ihre Hand unter die Decke. »Ja – hier.«

Banner lachte und streichelte ihn sanft. »Ich liebe dich«, sagte sie, bevor sie die Decke zurückschob und ihn mit einem Kuß verwöhnte.

Adam stöhnte auf, und Banner zog sich erschrocken zurück.

»Nein, O'Brien«, keuchte Adam. »Ich brauche dich ...«

»Du darfst dich nicht bewegen!« befahl sie streng, bevor sie ihre Liebkosungen wieder aufnahm.

»Ich verspreche ... dir ... mich ... nicht zu rühren.«

Was nicht einfach war, wenn man die süße Qual bedachte, die ihre Zärtlichkeiten in ihm auslösten. Banners Haar fiel wie kupferfarbene Seide auf seine Brust, und sein Duft brachte Adam fast um den Verstand. »O'Brien«, murmelte er, »O'Brien ...«

Banner lachte leise und biß ihn zärtlich, und plötzlich brach ein Sturm in ihm los, der durch nichts mehr aufzuhalten war. Danach fiel er in einen erschöpften Schlaf, träumte von rothaarigen Kindern und hörte Banners helle, melodische Stimme.

14

Als Banner die schlanke Gestalt am Waldrand erblickte, überließ sie das Abspannen des Pferdes einem Stallburschen und ging langsam auf die Bäume zu.

Es war Anfang Mai, ein Monat war seit Seans Angriff auf Adam vergangen, und ihr Mann hatte sich schon fast ganz davon erholt. Heute war er zum ersten Mal in seine Praxis zurückgekehrt, obwohl seine Rippen noch verbunden waren und er sich nur ganz langsam und vorsichtig bewegen konnte.

Aber das Allerbeste war, daß Sean von der Bildfläche verschwunden war.

Banner blieb an einem umgestürzten Baum stehen. »Lulani?« rief sie fragend.

Aber die Frau kam nicht zum Vorschein, fragte nur unsicher: »Wo ist Adam? Ist er wohlauf?«

Banner schloß für einen Moment die Augen. Ihre Eifersucht war überwunden, und obwohl sie nicht die Absicht hatte, Adam mit dieser Frau zu teilen, tat sie ihr plötzlich leid.

»Er war sehr schwer verletzt, aber jetzt geht es ihm besser.«

»Verletzt? Wie?«

Banner seufzte. »Er ist niedergeschlagen worden, Lulani.«

Schweigen. »Ist das wahr? Adam lebt?«

»Ja, Lulani. Brauchst du etwas?«

»Adam«, war die schlichte Antwort.

Banner unterdrückte den plötzlichen und sehr undamenhaften Wunsch, sich auf die Geliebte ihres Mannes zu stürzen und sie eigenhändig zu erwürgen. »Er ist mein *Mann*, Lulani.«

»Das hat Adam gesagt. Werden Sie ihn bald in die Berge schicken? Bitte!«

»Das wird nicht nötig sein«, erwiderte Banner bedrückt. Sie hatte Adams besorgte Blicke in Richtung Berge bemerkt. »Stört es Sie nicht, Lulani, ihn mit mir teilen zu müssen?«

Die Frage blieb unbeantwortet, und nach einer Weile merkte Banner, daß Lulani fortgegangen war.

Kopfschüttelnd ging Banner zum Haus zurück.

»Ich habe gerade Lulani gesehen«, sagte sie zu Adam, der an seinem Schreibtisch saß.

»Was hat sie gesagt?« fragte er gepreßt.

»Daß sie auf dich wartet«, erwiderte Banner erstickt.

»Das überrascht mich nicht«, meinte Adam mit abwesender Miene. »Es sind schon Wochen vergangen.«

Banner errötete vor Zorn und Schmerz. »Ja, Wochen«, wiederholte sie spitz.

»O'Brien.«

Sie schaute nicht auf. »Ja?«

»Sieh mich bitte an.«

Sie konnte es nicht, begriff Adam das nicht? »Nein.«

»Na schön. Ich bin auch gar nicht sicher, ob ich deinen anklagenden Blick jetzt sehen möchte.«

»Habe ich mich etwa beklagt?« fragte Banner empört. »Ich habe nichts getan, als dich zu pflegen und zu verwöhnen, die ganze Zeit, und du . . .«

Adam lächelte. »Das stimmt«, warf er ein. »Eigentlich müßte ich mich sogar geschmeichelt fühlen, daß du mich für fähig hältst, mit einer anderen Frau ins Bett zu gehen.«

»Geschmeichelt?« fragte Banner verdutzt.

Er nickte. »Ja. Wie ich dir schon einmal sagte, es fehlt mir die Kraft dazu, O'Brien.«

Banner senkte den Kopf und wußte nicht, ob sie sich freuen oder gekränkt fühlen sollte. Doch ihre Verlegenheit war so groß, daß sie rasch das Thema wechselte. »Hast du etwas von Jeff gehört?«

»Ja. Er hat in Seattle eine Frau kennengelernt, und bis Weihnachten werden wir ihn nicht wiedersehen. O'Brien?«

»Ja?«

»Küß mich.«

»Kommt nicht in Frage!«

»Nicht einmal, wenn ich dir verspreche, dich morgen in die Berge mitzunehmen?«

Banner starrte ihn an. »Morgen?«

»Ja. Es wird Zeit, dich in mein Geheimnis einzuweihen. Aber dann wirst du mir helfen müssen, es zu tragen, O'Brien. Und laß dich warnen – es ist nicht einfach, damit zu leben.«

»Was . . .«

Adam berührte ihre Lippen. »Morgen«, sagte er und besiegelte sein Versprechen mit einem Kuß.

Der Himmel war strahlendblau, und es wehte eine milde Brise, als Banner und Adam in den Wagen stiegen. »Du kannst es dir noch immer überlegen, O'Brien«, sagte Adam warnend.

Banner straffte die Schultern. »Ich begleite dich.«

Adam nickte und setzte den Wagen in Bewegung. Mit knarrenden Rädern hielt er auf die Berge zu. Immer wieder wunderte Banner sich während der Fahrt über die wilde Schönheit der Umgebung und klammerte sich an der Liebe fest, die sie für den Mann an ihrer Seite empfand.

Nach einiger Zeit brachte Adam den Wagen auf einer Lichtung zum Stehen. Hier und dort waren noch vereinzelte Flecken Schnee zu sehen, und der Wind war merklich kühler.

»Fahren wir nicht zur Hütte weiter?«

»Nein«, erwiderte Adam. Er war plötzlich sehr beschäftigt mit den Pferden und dem Wagen.

Banner stieg aus und ging zu ihm. »Was immer es auch ist, Adam – ich werde versuchen, es zu verstehen«, sagte sie beruhigend.

Adam versteifte sich. Ein bitteres Lächeln erschien um seinen Mund. »Klar wirst du verstehen. Vergiß nur nicht, daß du nie – niemals – darüber reden darfst, O'Brien.

Weder mit meiner Mutter noch mit Jeff. Begreifst du das?«

»Nein, ich begreife es nicht.«

»Keine Angst – du wirst es bald verstehen.« Damit wandte er sich ab, und Banner schwieg und wartete tapfer.

Schließlich legte Adam die Hände um den Mund und stieß einen Ruf aus, der Banner bis ins Innerste erschütterte.

»Vater!«

»Mein Gott!« flüsterte Banner.

Wieder schrie Adam, und das Echo schien nicht mehr aufhören zu wollen.

Banner faßte Adam am Arm. »Dein Vater, Adam? Dein *Vater*?«

Eine schreckliche Qual erschien in seinem Blick. »Lulani ist die Geliebte meines Vaters, Banner! Nicht meine!«

»Aber . . .«

Er hob von neuem die Hand an den Mund und rief: »Verdammt, Vater, zeig dich endlich, oder ich komme, um dich zu holen!«

Ein raschelndes Geräusch im Gebüsch. »Geh zurück!« schrie eine andere männliche Stimme, von der gleichen Qual erfüllt, die Adams Stimme verzerrte. »Bring die Frau fort!«

»Nein!« brüllte Adam. »Sie ist meine Frau! Sie trägt dein Enkelkind unter dem Herzen. Willst du sie nicht kennenlernen?«

Die Antwort war ein Schimpfwort, das zu Water Street gepaßt hätte und nicht in diese friedliche Umgebung. Aber wieder raschelte es in den Büschen, und kleine Steine begannen den Abhang hinunterzurollen.

Banner hielt sich dicht an Adams Seite. »Wie kann er seiner Familie so etwas antun?« flüsterte sie ihrem Mann zu.

»Das wirst du gleich sehen«, erwiderte Adam rauh. »Geh nicht in Papas Nähe, Banner, aber schrick auch bitte nicht vor ihm zurück.«

»Warum sollte ich vor ihm zurückschrecken? Warum . . .«

In diesem Augenblick erschien der Mann. Er war größer als Adam und noch breitschultriger, und er hatte dunkles Haar und blaue Augen.

Sein Gesicht und seine Hände waren so deformiert und entstellt, daß Banner nach Luft schnappte und sich ungewollt versteifte.

Der Unglückliche blieb in sicherer Entfernung stehen und betrachtete seinen Sohn. Ohne Banner anzusehen, fragte er mit einer Kopfbewegung auf den Wagen zu: »Hast du die Medizin für Lulani mitgebracht?«

»Was glaubst du?« entgegnete Adam barsch. »Vater, das ist Banner, meine Frau.«

Banners Herz blieb fast stehen, als der große Mann unwillig den Blick auf ihr Gesicht richtete. »Ha-hallo«, sagte sie atemlos, streckte fast automatisch die Hand aus und ging auf ihn zu.

Doch Adam ergriff ihren Arm und riß sie zurück. »O'Brien«, schnappte er, »hast du mir die Wahrheit gesagt? Bist du wirklich Ärztin?«

Bestürzt und mehr als verwirrt betrachtete Banner das geschwollene, entstellte Gesicht ihres Schwiegervaters, das zerstörte Gewebe an seinen Fingern und die dunklen Pigmentflecken auf seiner Haut.

Lieber Gott, nein – es konnte nicht sein!

»Lepra«, sagte Adam tonlos.

Banner schüttelte hilflos den Kopf. Tränen rannen über ihre Wangen. »Lieber Gott . . .«

Daniel Corbin musterte seinen Sohn verärgert. »Bist du jetzt zufrieden, Junge? Oder wirst du den Rest der Familie auch noch hier heraufbringen, damit sie sich das Ungeheuer ansehen können, das einmal ihr Vater war?«

»Sei still!« schrie Adam. Sein Gesicht war verzerrt vor Liebe und Qual. »Du weißt, daß ich das nicht könnte!«

»Sie bekommt ein Baby?« fragte sein Vater etwas sanfter.

Irgendwie gelang es Banner, ihre aufgewühlten Emotionen unter Kontrolle zu bekommen. »Ja, Mr. Corbin. Im September.«

Daniel lächelte. »September«, wiederholte er nachdenklich.

Adam wandte sich ab, als wollte er die mitgebrachten Lebensmittel abladen. Aber Banner sah den Schmerz, der ihn zerriß, und teilte ihn.

»Ich liebe Ihren Sohn, Mr. Corbin«, sagte sie freimütig.

Daniel lachte. »Gut. Adam brauchte eine Frau. Schon lange.«

Lulani kam aus ihrem Versteck und schob zärtlich ihre Hand unter Daniels Arm. Und jetzt, im hellen Tageslicht, sah Banner zum ersten Mal, daß ihre braune Haut die ersten Falten zeigte.

»Sie haben sich doch nicht wieder verirrt, Mrs. Corbin?« wandte sie sich lächelnd an Banner.

»Nein.« Banner erwiderte das Lächeln froh. »Danke, daß Sie mir in jener Nacht Ihre Hütte überlassen haben . . .«

Lulani nickte, und dann tauchten sie und Daniel im Dickicht unter.

Nach kurzem Warten ging Banner zu ihrem Mann. »Es tut mir so leid, Adam.«

Ein wütender Ton entrang sich seinen Lippen.

»Hat es wirklich einen Unfall gegeben, Adam?«

Er schwieg, dann antwortete er ruhig: »Ja. Sehr praktisch, nicht wahr? Er gab mir die Möglichkeit, meine Familie zu belügen und zu betrügen.«

Banner wollte Adam umarmen, aber sie wußte, daß sie noch warten mußte. »Daniel hat sich die Krankheit in Hawaii zugezogen, nicht wahr, Adam? Als er mit Jeff dort war?«

»Ja.«

»Wußte er es, als er die Inseln verließ? Hat er Lulani deshalb mitgebracht?«

Endlich drehte Adam sich zu ihr herum. »Die ersten Symptome zeigten sich mehrere Monate nach Vaters Rückkehr. Er war während seines Aufenthaltes mit Lulani ... zusammengewesen. Als wir beschlossen, daß er hier oben leben mußte, bat er mich, ihr zu schreiben, und das tat ich. Sie kam, um bei ihm zu bleiben.«

»Es muß furchtbar für dich gewesen sein – das Wissen.«

»Ja. Kannst du dir vorstellen, wie es für meine Mutter wäre? Für Jeff und Keith und Melissa?«

Banner biß sich auf die Lippen und nickte. Sie wußte es. Und sie verstand sehr gut, warum Adam sein Geheimnis so gut gehütet hatte. Katherine hätte sich geweigert, sich von Daniel zu trennen – im schlimmsten Fall hätte sie sich selber mit Lepra angesteckt, im besten wäre sie für den Rest ihres Lebens gezwungen gewesen, sich von der Außenwelt zu isolieren.

Was Adams Geschwister betraf, so hätten sie sich zwischen ihrer Gesundheit und ihren Eltern entscheiden müssen.

Und wenn die Autoritäten Wind davon bekommen hätten, wäre Daniel Corbin auf irgendeine weit entfernte Leprainsel verbrannt worden.

»Hattest du keine Angst, angesteckt zu werden, Adam?«

»Die meisten Menschen sind immun gegen Lepra, O'Brien.«

Um sich selbst hatte er also keine Angst gehabt. »Aber deine Mutter und der Rest der Familie wären in Gefahr gewesen?«

Adam nickte. »Ich hatte früher schreckliche Alpträume, O'Brien. Ich sah, wie sich ihre Gesichter verzerrten, ihre Finger zusammenwuchsen und . . .«

»Hör auf, Adam. Hör auf!«

Er schaute sie mit unendlich traurigen Augen an. »Du wolltest mein Geheimnis wissen, O'Brien. Hier ist es.«

Banner schluckte. »Adam . . .«

»Was meinst du, warum ich in jener Nacht in Lulanis Hütte so wütend auf dich war. Du hättest dich anstecken können . . .«

Banner warf sich in seine Arme.

»Schon gut, Adam, ich habe mich nicht angesteckt. Ich bin gesund.«

Adam erschauerte. »Es hätte passieren können, O'Brien . . .«

Banner streichelte beruhigend seinen Rücken. »Weine nur, mein Liebling, weine. Ich weine mit dir, und dann sehen wir weiter.«

Adams blaue Augen schimmerten vor Tränen. »Du bleibst bei mir, Banner? Du wirst mich nicht verlassen?«

»Nie!«

Erst nach dieser Zusicherung ließ Adam seiner Trauer freien Lauf, weinte in Banners Armen wie ein kleines

Kind, und sein verzweifeltes Schluchzen griff ihr so ans Herz, daß sie selber weinte.

Als beide sich etwas beruhigt hatten, schaute Adam Banner an und sagte ernst: »Ich brauche dich.«

Banner wischte ihre letzten Tränen ab. »Hier?« fragte sie.

Adam machte ein gespielt entsetztes Gesicht. »Ich versprach meinem Vater Essen, Medizin und Nachrichten von der Familie. Aber keine pornographischen Darbietungen.«

Banner stampfte errötend mit dem Fuß auf. »Adam Corbin, ich meinte nicht . . .«

»O doch, O'Brien. Du wolltest es im Wagen tun, nicht wahr?«

»Nein!«

»Eigentlich ist es keine schlechte Idee«, meinte er sinnend, und Banner raffte ihre Röcke und lief zum Wagen zurück, um voller Empörung auf ihren Sitz zu klettern. »Ich schwöre, daß ich dich hier zurücklasse, Adam Corbin, wenn du dich nicht augenblicklich bei mir entschuldigst!«

»Na schön.« Adam schwang sich auf den Sitz neben ihr. »Ich entschuldige mich dafür, daß du mich hier im Wagen verführen wolltest, O'Brien.«

»Ich wollte nicht – du Biest! Ich hatte nichts dergleichen vor.«

Adam nahm die Zügel auf. »Trägst du Unterhosen, O'Brien?« erkundigte er sich sachlich.

Banner errötete. »Selbstverständlich!« entgegnete sie empört.

»Lügnerin!« erwiderte ihr Mann und hielt hinter der nächsten Biegung an, um Banner Corbin erneut bei einer Lüge zu ertappen.

Sie liebten sich stürmisch auf dem harten Wagenboden, ihre lustvollen Schreie hallten durch den Wald.

»Wie konntest du mir das antun?« scherzte Adam, als sie endlich wieder zu Atem kamen.

Banner saß auf seinem Schoß, noch immer innig mit ihm verbunden, aber nun versuchte sie, sich von ihm zu lösen. »Du Schuft!«

Adam hielt sie fest. »Wie beschämend für mich, Banner, mich derart kompromittiert zu sehen! Wie soll ich jetzt der Welt ins Auge sehen? Am liebsten würde ich . . .«

»Du bist verrückt«, unterbrach Banner ihn und seufzte leise auf, als sie von neuem seine Erregung spürte.

Seine Zungenspitze glitt über ihre entblößte Brust. »Weißt du eigentlich, wie gut du schmeckst, O'Brien?«

»Hör auf«, stöhnte Banner. »Wir haben Patienten . . . wir müssen nach Hause . . .«

»Hm.«

»Adam!« Aber das war ihr letzter Versuch, dann wurden die lustvollen Gefühle, die er in ihr weckte, zu übermächtig, und sie überließ sich ganz der Ekstase, die sie überfiel.

Lulani fand ihren Mann im Schuppen, wo sie das Feuerholz aufbewahrten. »Laß mich allein«, bat er, als sie eintrat.

Doch Lulani rührte sich nicht vom Fleck. »Erzähl mir von deiner Familie, Daniel«, sagte sie leise und ignorierte den brennenden Schmerz in ihrem Körper, so gut sie konnte. »Erzähl mir von deiner Jüngsten, Daniel.«

Daniel senkte den Kopf. »Sie vermisse ich am meisten, meine kleine Prinzessin«, flüsterte er zärtlich.

»Ja.«

Plötzlich hob er den Kopf und schaute Lulani stirnrunzelnd an. »Du hast wieder Schmerzen«, stellte er betroffen fest. »Komm. Ich gebe dir etwas von der Medizin, die Adam gebracht hat.«

Daniels Arm lag beruhigend auf Lulanis Schultern. »Ich habe dich sehr geliebt, Daniel Corbin«, sagte sie leise. »Wenn ich nicht mehr da bin . . .«

Daniel zog sie an sich. »Wo willst du denn hin, Lulani?« scherzte er, in das Spiel zurückfallend, das sie beide davor bewahrte, den Verstand zu verlieren. »Oder hast du etwa vor, dir einen neuen Mann zu suchen?«

»Es gibt keinen besseren Mann als dich«, erwiderte Lulani resigniert.

»Deshalb muß ich bei dir bleiben.«

Aber beide wußten, daß das nicht möglich war. Eines Tages – bald schon – würde sie sterben. Das sagten ihr die immer unerträglicher werdenden Schmerzen, und Adam hatte es ihr bestätigt. Und dann würde Daniel ganz alleine sein.

Banner und Adam betraten das Haus durch die Küche.

»Besteht keine Hoffnung für Lulani?« fragte Banner, als Adam die Kaffeekanne nahm. »Wirklich nicht?«

»Nein.« Er ließ die Schultern hängen. »Sie hat Krebs, Banner, und es ist ein Wunder, daß sie überhaupt noch lebt.«

Banner schaute traurig zu, wie ihr Mann zwei Tassen füllte und an den Tisch brachte. »Was wird er ohne sie anfangen?«

»Das weiß ich nicht, Kleeblatt.«

»Er liebt sie, nicht wahr?«

Adam nickte grimmig. »Sie ist alles, was er hat.«

Banner senkte noch mehr die Stimme. »Hat er deine Mutter nicht geliebt?«

»Auf die Frage habe ich gewartet«, erwiderte Adam, während er Zucker in den Kaffee gab. »Du fragst mich, wieso er Lulani überhaupt kennengelernt hat, nicht?«

»Ja.«

»Sei ganz beruhigt, O'Brien. Ehebruch ist nicht vererbbar – wie blaue Augen oder ein cholerischer Charakter.«

»Es tut mir leid, daß ich dich für untreu gehalten habe«, sagte Banner leise. »Aber . . .«

»Aber es sah ziemlich schlecht für mich aus, nicht wahr? Laß dir etwas gesagt sein, Banner – ich bin an jenem Abend wirklich mit der Absicht auf die *Silver Shadow* gegangen, mir eine Frau zu nehmen.«

Banner versteifte sich. »Und?«

»Aber ich brachte es nicht über mich, sie anzufassen. Ich konnte nur an dich denken.«

Banner sah, daß er die Wahrheit sprach. »Ich dachte in all jenen Nächten . . .«

»In jenen Nächten war ich entweder in meinem Büro, O'Brien, oder in meinem einsamen Bett, bereit, auf Händen und Füßen zu dir zurückzukriechen.«

Die Vorstellung brachte Banner zum Lachen. »Das ist ein Witz, Adam! Niemand könnte dich in die Knie zwingen.«

Er schaute sie nicht an. »Du schon«, murmelte er.

Banner wurde unbehaglich zumute. »Erzähl mir von Lulani«, forderte sie ihn auf.

»Ich weiß nicht viel von ihr«, gab Adam schulterzuckend zu. »Die Fahrt nach Hawaii war sehr lang, und mein Vater ertrug es offensichtlich nicht, über Monate hinweg ohne Frau zu sein. Vorher war er meiner Mutter immer treu, soviel ich weiß, aber Mama war weit entfernt, und Lulani war zur Stelle.«

»Würdest du das tun, Adam? Würdest du dir eine andere suchen, wenn wir getrennt wären?«

»Die Frage ist überflüssig, O'Brien. Wir werden nie getrennt sein.«

»Es könnte passieren. Würdest du dir eine Geliebte nehmen?«

Adam hob die Schultern. »Ich würde es gern abstreiten, Banner, aber woher soll ich das jetzt wissen?«

Banner war empört, doch sie respektierte Adams Aufrichtigkeit. Wer wußte besser als sie, wie leidenschaftlich dieser Mann war, wie tief seine Bedürfnisse gingen? »Wenn ich dick und rund bin in den letzten Monaten der Schwangerschaft . . .« sagte sie bedrückt.

»Wirst du schöner sein als je zuvor«, schloß Adam für sie. »Und noch viel begehrenswerter, O'Brien, glaub mir.«

Bevor Banner etwas erwidern konnte, erklang ein lauter Schrei.

»Adam!« kreischte Maggie. »Komm her, Adam!«

Adams Stuhl kippte um, als er aufsprang und in die Eingangshalle rannte. Banner folgte ihm.

»Gott sei Dank!« schluchzte Maggie vor der offenen Tür. »Ich wußte nicht, ob du zu Hause warst.«

Adam drängte sich an der Haushälterin vorbei und schnappte entsetzt nach Luft. »Hol meine Tasche, Maggie!« befahl er rauh.

Banner schrie leise auf, als sie Jeff in seltsam unnatürlicher Haltung auf der Veranda liegen sah. Sein Gesicht war bis zur Unkenntlichkeit geschwollen, und einer seiner Arme schien gebrochen. Er atmete, aber er war ohne Bewußtsein.

»Sean?« sprach Banner ihre Gedanken aus.

»Vielleicht«, antwortet Adam knapp, während er den Puls seines Bruders maß.

»Wer sonst würde so etwas tun?«

Adam antwortete nicht, und Banner erwartete es auch nicht. Als Maggie mit der Tasche zurückkam, schickten sie sie erneut fort, um zwei Stallburschen zu holen, die Jeff in sein Zimmer tragen sollten.

Jeff war böse zugerichtet und stöhnte vor Schmerzen, als Adam und Banner seinen gebrochenen Arm richteten und die Platzwunden in seinem Gesicht reinigten.

»Wer hat dir das angetan?« fragte Adam scharf, als sein Bruder für einen Moment die Augen aufschlug.

Jeff versuchte zu sprechen und konnte es nicht.

»Wo ist es passiert?« beharrte Adam.

»Water Street . . . ich war auf Water . . .«

»Laß ihn jetzt nicht reden!« flehte Banner und strich Jeff eine blutverkrustete Locke aus der Stirn.

»Royce«, flüsterte Jeff mühsam. »Er ist immer noch wütend über das Hühnerei.«

»Was für ein Hühnerei?« wollte Banner wissen.

Jeff grinste verzerrt. »Als Jungen bewarfen wir uns bei einem Streit mit Hühnereiern. Meins traf Royce an der Stirn. Es hatte ein totes Küken in der Schale.«

Banner konnte sich den Gestank und Royces Abscheu lebhaft vorstellen. »Aber das ist doch trotzdem kein . . .«

»Temple mußte sich übergeben«, erzählte Jeff und schluckte die Medizin, die Adam ihm reichte. »Und wir haben ihn ausgelacht.«

»Über so etwas Albernes streitet ihr noch heute?«

»Genau«, bestätigte Jeff und schloß die Augen, als das Beruhigungsmittel seine Wirkung tat. »Malloy habe ich nicht gesehen.«

»War Royce etwa dabei, als das geschah?« fragte Banner entsetzt.

»Ja.« Die Worte kamen Jeff nur noch mühsam über die

Lippen. »Er sagte ... es sei ... eine Warnung ... laß ihn in Ruhe, Adam ... es ist ... eine Falle.«

»Das interessiert mich nicht!« erwiderte Adam hart und wandte sich zur Tür. Banner, die sich um ihren Patienten kümmern mußte, konnte ihm nicht folgen.

»Warte, Adam!« rief sie ihm verzweifelt nach. »Warte doch!«

Aber Adam hörte sie schon nicht mehr.

15

»Banner?«

Sie richtete sich erschrocken im Bett auf. Adam stand vor ihr.

»Ist Jeff . . .«

Adam schüttelte den Kopf. »Nein, es geht ihm gut. In ein, zwei Tagen ist er frech wie eh und je.«

»Ich wollte bei ihm bleiben, aber Katherine . . .«

Adam hockte sich auf die Bettkante und legte den Kopf in beide Hände. »Ich weiß. Sie wird sich gut um ihn kümmern.«

»Hast du Mr. Royce gefunden?« fragte Banner besorgt.

»Nein. Aber ich werde es – schon bald.«

Banner massierte seine verkrampften Schultern. »Es tut mir so leid, Adam. All das wäre nie passiert, wenn ich nicht gewesen wäre. Sean hätte nicht . . .«

Adam nahm ihr Gesicht zwischen beide Hände und zwang sie, ihn anzusehen. »Hör auf, O'Brien. Du bist das Beste, was diese Familie seit Jahren gesehen hat, und ich würde mich lieber tausendmal zusammenschlagen lassen, als dich zu verlieren.«

»Jeff und die anderen denken vielleicht nicht wie du«, erwiderte Banner mit zitternden Lippen. »Wäre ich doch nie hierhergekommen . . .«

Adam zog Banner auf seinen Schoß und brachte sie mit einem leidenschaftlichen Kuß zum Schweigen. Und als sie seine zärtlichen Hände auf ihren Brüsten spürte, vergaß sie alle ihre Sorgen und Befürchtungen.

Am nächsten Morgen stand Banner am Fenster und überlegte, wo Adam sein konnte. Sie hatte ihn nirgendwo im Haus gefunden.

Und plötzlich sah sie eine vertraute Gestalt am Waldrand. Daniel?

Ihr Hals war wie zugeschnürt, als sie ihren Umhang holte und rasch durch den Garten auf die Bäume zulief.

»Daniel?« rief sie heiser.

»Daniel?«

Er trat zwischen den Bäumen hervor. Sein schrecklich zugerichtetes Gesicht war vor Erregung noch verzerrter als sonst. »Ich wollte nicht kommen . . . ich konnte nicht . . .«

Banner ging ohne Furcht auf ihren Schwiegervater zu und berührte seinen Arm. »Was ist, Daniel? Sagen Sie mir, was passiert ist!«

»Lulani«, antwortete er erstickt. »Sie ist . . . sie hat solche Schmerzen . . .«

Banner wandte sich bereits zum Gehen. »Warten Sie hier, Daniel«, rief sie über die Schulter zurück. »Ich hole Pferde und Arzttasche!«

»Beeilen Sie sich!« flehte Daniel.

Der alte Mann, der die beiden verlangten Pferde sattelte, warf Banner mißtrauische Blicke zu. Zweifellos würde er Adam alles erzählen, sobald er ihn sah, aber das machte nichts.

Sean grinste froh, daß er Banner nicht gefolgt war, als sie so hastig aufgebrochen war. Sie hatte zwei Pferde aus dem Stall geholt statt einem. Ob sie irgendwo einen heimlichen Liebhaber besaß?

Aber das war jetzt nicht wichtig. Denn nun kam der attraktive Arzt aus dem Haus gerannt und verschwand im Stall. Sean zwang sich, zu warten, als Adam auf einem tänzelnden schwarzen Hengst wieder herauskam. Wenn er ihm zu dicht folgte, wurde er vielleicht entdeckt, und dann war der Überraschungseffekt verloren.

Doch als einige Minuten vergangen waren, bestieg auch Sean das Pferd, das Royce ihm geliehen hatte, und folgte Adam.

Banner stolperte aus der Hütte. Tränen brannten in ihren Augen. »Es tut mir leid, Daniel«, sagte sie leise zu dem Mann, der mit hängenden Schultern draußen wartete. »Es tut mir so leid.«

Kein Ton kam über Daniels Lippen, kein äußerliches Zeichen seiner Trauer.

»Adam wird bald hier sein«, flüsterte Banner, um den Mann zu trösten, der schon so viel gelitten und verloren hatte. »Ich habe eine Nachricht für ihn hinterlassen. Er wird kommen.«

Obwohl Daniel sich nicht zu ihr umwandte, sprach er schließlich: »Lulani braucht nicht mehr zu leiden.«

»Nein. Sie hat jetzt Frieden.«

»Ich habe sie geliebt.«

»Ich weiß, Daniel. Ich weiß.«

Er ging um Banner herum, sein entstelltes Gesicht naß vor Tränen. »Meine Katie liebte ich auch, aber ich konnte nicht mehr mit ihr leben – ich mußte sie verlassen.«

Banner nickte, ihre Kehle war wie zugeschnürt. »Sie brauchen mir nichts zu erklären, Daniel.«

»Sie dürfen nicht glauben, daß Adam so ist wie ich – daß er Sie betrügen würde wie ich seine Mutter. Er ist stark und gut, mein Sohn.«

»Ja«, stimmte Banner zu. »Aber Sie sind es auch, Daniel, sonst hätten Sie nicht solche Opfer gebracht.«

Irgendwo in den Bäumen zwitscherte ein Vogel. »Reiten Sie zurück, Banner«, sagte Daniel ruhig. »Mein Sohn wird sehr aufgebracht sein, wenn er Sie hier findet.«

Banner schob trotzig das Kinn vor. »Ich bleibe, Daniel! Adam wird wütend sein, aber er braucht mich, und deshalb bleibe ich.«

Daniel schaute zur Hütte hinüber, wo Lulani nun in Frieden schlief. »Ist Adam gut zu Ihnen? Schlägt er Sie nicht?«

Banner errötete. »Nein, er schlägt mich nicht.«

»Vielleicht tut er es doch, wenn er Sie hier findet. Sie sind ein unglaubliches Risiko eingegangen, Banner. Ich hätte Sie nie hierherbringen dürfen . . .«

»Das weiß ich. Sie kamen, um Adam zu holen, nicht mich. Wie lange standen Sie schon draußen am Waldrand und warteten auf ihn?«

Der große Mann zuckte die Schultern. »Eine Stunde? Ich wollte gerade an die Tür klopfen, als Sie mich sahen. Ich bin Ihnen sehr dankbar für Ihre Hilfe, Banner.«

Sie senkte betrübt den Blick. »Ich war keine große Hilfe, fürchte ich. Lulani war schon tot, als ich zu ihr kam.«

Daniel nickte. »Ich setze mich zu ihr«, sagte er und ließ Banner allein mit ihren Gedanken und Gefühlen.

Sie ging zu einem alten Baum und hockte sich nachdenklich auf einen Ast. Plötzlich packte jemand ihren Ellbogen, wirbelte sie herum – und sie schaute in Adams wutverzerrtes Gesicht.

»Was zum Teufel machst du hier, O'Brien?«

Eine Träne löste sich von ihren Wimpern. »Lulani«, schluchzte sie erstickt. »Lulani ist tot.«

Adam schloß die Augen und schwankte ein wenig. »Wann?« fragte er nach langer Pause.

»Genau weiß ich es nicht. Sie war schon tot, als Daniel und ich zurückkamen.«

»Wie geht es meinem Vater?«

Banner wischte ihre Tränen ab. »Er ist erschüttert.«

Adam nickte traurig. »Er wird sterben ohne sie.«

Banner schlang die Arme um ihren Mann und drückte ihn an sich. Aber die Worte des Trostes kamen ihr nicht über die Zunge, als sie über Adams Schulter Sean entdeckte, der mit einem Gewehr in der Hand auf sie zuschlenderte.

Adam spürte, wie Banner sich versteifte und drehte sich um, aber es war schon zu spät. Mit einem dumpfen Krachen landete der Kolben des Gewehrs mitten in Adams Gesicht, und er sackte lautlos in sich zusammen.

Banner versuchte zu schreien, aber kein Laut kam aus ihrer Kehle. Sie fiel auf die Knie und streckte die Hände nach Adam aus, doch Sean riß sie an ihrem Haar zurück und auf die Beine.

»Was nützt er dir jetzt noch, Banner?« zischte er. »Kann er dir jetzt noch die Schenkel spreizen? Kann er dich jetzt noch dazu bringen, ihn anzuflehen um . . .«

»Hör auf!« Banner hielt sich beide Ohren zu.

Sean stieß sie auf den Boden und zog mit einer Hand den bewußtlosen Adam auf die Füße.

Banner schaute in stummem Entsetzen zu, wie Adam aus seiner Ohnmacht erwachte und sich auf einen Kampf mit dem Mann einrichtete, der die Absicht hatte, ihn zu töten. Purer Haß hielt Adam aufrecht und zeigte sich in jeder Faser seines Körpers.

Blut strömte aus einer Platzwunde über seinem Auge, aber er schien es nicht zu merken. »Leg das Gewehr fort!« höhnte Adam und streckte herausfordernd beide Hände aus. »Laß sehen, wie gut du dich im hellen Tageslicht zu verteidigen verstehst.«

Sean drehte das Gewehr um und preßte die Mündung an Banners Schläfe. »Komm mir nicht zu nahe!« warnte er.

Adam erstarrte. Sein Blick glitt zu Banner, die auf dem Boden kauerte, und dann wieder zu Sean. »Wenn du sie verletzt, reiße ich dir die Wirbelsäule heraus und erdrosselte dich damit!« drohte er gefährlich leise.

Sean erblaßte, aber das Gewehr rührte sich nicht, und mit der freien Hand öffnete er seine Hosenknöpfe. »Sie war nie sehr gut, als ich sie hatte«, bemerkte er. »Laß sehen, was du ihr beigebracht hast, Corbin.«

Banner fand urplötzlich ihre Stimme wieder und kreischte entsetzt. Fast gleichzeitig kam ein antwortender Schrei aus der Hütte.

Alle drei wandten sich um, als Daniel mit irrem Blick und wild um sich schlagend auf sie zustürzte.

Sean mußte ihn für ein Ungeheuer gehalten haben, eine Gestalt aus einem Alptraum. Banner beobachtete, wie er erblaßte, das Gewehr fallen ließ und in blinder Furcht zurückwich. Doch Daniel erreichte ihn und warf sich auf ihn, bevor die anderen sich rühren konnten. Sean stieß einen entsetzten Schrei aus, als beide Männer über den Klippenrand stürzten.

Die ganze Welt drehte sich um Banner, und mit einem merkwürdig abwesenden Gefühl nahm sie wahr, daß Adam zum Klippenrand lief und hinunterschaute.

Im gleichen Augenblick erschien Jeff. Sein Pferd war schweißbedeckt und schnaubte vor Erschöpfung. Jeff stieg ab, ging zu Banner und zog sie mit seiner unverletzten Hand auf die Beine. Aber dabei schaute er die ganze Zeit zu Adam hinüber. »Was ist hier passiert?«

Bevor Banner zu Atem kam und antworten konnte, warf Adam den Kopf zurück, und stieß einen langgezogenen Schrei aus. »Neeeeiiiin!«

Jeff lief zu seinem Bruder und zog ihn vom gefährlichen Abgrund zurück. »Adam! Adam, um Himmels willen . . .«

Banner hielt den Atem an, als Adam sich losriß und Jeff anschrie: »Schau doch selbst, verdammt! Überzeuge dich selbst!«

Jeff schaute über den Klippenrand und wurde blaß. Er taumelte, und wenn Adam ihn nicht festgehalten hätte, wäre er abgestürzt.

Aber er riß sich los und schaute sich nach einer Abstiegsmöglichkeit um. »Nein«, schluchzte Jeff, als er fand, was er suchte und mehr rutschend als gehend den steilen Pfad hinunterglitt.

Banner fror. Sie zitterte am ganzen Körper. Sean und Daniel waren tot.

Als sie endlich wieder hinzuschauen wagte, sah sie Jeff neben seinem Vater knien, im Begriff, ihn aufzuheben.

Adam riß Jeff an der Schulter zurück. »Nein, Jeff. Faß ihn nicht an.«

Ein schreckliches Beben lief durch Jeffs kräftigen Körper, als er aufstand und seinen Zorn auf Adam richtete. »Du hast es gewußt!« klagte er ihn an und versetzte ihm einen harten Schlag. »Du verdammter Schuft hast es gewußt!«

»Jeff . . .«

Wie wahnsinnig vor Zorn und Schmerz, schlug Jeff von neuem zu. Adam taumelte zurück, doch er wehrte sich nicht.

»Ich bringe dich um!« schluchzte Jeff erbittert. »Ich bringe dich um, Adam!«

Banner griff nach dem Gewehr, das Sean fallengelassen hatte.

Einen Augenblick später erreichte sie die Brüder.

»Wehr dich, du Bastard!« schrie Jeff außer sich.

Doch Adam hob keine Hand. Aus seiner Kopfwunde sickerte Blut, sein Gesicht war rot angeschwollen, aber all das schien ihn nicht zu berühren. Er sah nur Jeffs Schmerz.

»Es tut mir leid, Jeff.«

»Leid? Es tut dir leid? Mein Gott, Vater hat all diese Zeit gelebt, und du wußtest es.«

Adam wischte sich mit dem Hemdsärmel das Blut von der Stirn. »Ja. Ich mußte euch belügen. Es ging nicht anders.«

Eine entsetzliche Wut verzerrte Jeffs hübsche Züge. Mit einem wilden Fluch stürzte er sich auf Adam und schloß seine gesunde Hand um dessen Kehle. »Du hast gelogen – all diese Jahre . . .«

Adam schob Jeffs Hand mühelos beiseite. »Vater wollte es nicht anders, und er hatte einen guten Grund dafür.«

»Nein!«

In diesem Augenblick lud Banner das Gewehr durch, wie Adam es ihr eines Tages beigebracht hatte, nachdem er von Sean niedergeschlagen worden war. Mit entschlossener Miene richtete sie die Mündung auf Jeffs Kopf.

»Faß meinen Mann noch einmal an«, sagte sie ruhig, »und ich jage dir eine Kugel durch den Kopf.«

Jeff schien Banner nicht zu sehen, und dennoch sackte er plötzlich in sich zusammen. Er fiel auf die Knie und weinte so bitterlich, daß Banner es nie vergessen würde. Als Adam sich neben seinem Bruder hinhockte und ihn in die Arme zog, senkte sie das Gewehr.

Sie wußte, daß die beiden jetzt ungestört reden mußten und stieg auf die kleine Anhöhe vor der Hütte zurück.

Nach langer Zeit kamen Jeff und Adam nach und hoben schweigend ein Grab für Daniel und Lulani aus. Dann – in einiger Entfernung – ein anderes für Sean Malloy.

Als alles vorüber war, hing die Sonne schon tief über dem Horizont.

»Die Hütte?« fragte Jeff tonlos.

»Sie muß verbrannt werden«, antwortete Adam. »Ich tue es.«

Jeff zuckte die Schultern und ging mit hängenden Schultern zu seinem Pferd. Nach einem fragenden Blick auf Adam, der ihr zunickte, folgte Banner ihrem Schwager.

»Adam tat, was er tun mußte«, sagte sie sanft zu ihm.

»Ja. Er hat mir fünf Jahre gestohlen, die ich mit meinem Vater hätte verbringen können.«

Banner schloß die Augen. »Dein Vater hatte *Lepra*.«

»Deshalb war er immer noch mein Vater«, erwiderte Jeff und schwang sich auf sein Pferd.

Banner griff nach den Zügeln, um ihn zurückzuhalten. »Wieso bist du überhaupt gekommen, Jeff?«

»Ich sah, wie Malloy Adam folgte«, antwortete er mit abweisender Miene. »Auf Wiedersehen, Banner.«

Entmutigt ließ Banner die Zügel los. »Auf Wiedersehen«, sagte sie leise.

Während sie zu Adam zurückging, dachte sie an Sean. Sie hatte ihn nie geliebt, aber den Tod hatte sie ihm auch nicht gewünscht, und sie hoffte, daß er nun Frieden fand.

Banner seufzte. Es war heiß im Garten, und ihre Schwangerschaft ließ sie die Hitze noch stärker spüren.

Eine Träne glitt über ihre Wange, als das Baby sich in ihrem Bauch bewegte.

Es war später August, und Adam hatte sie seit Juni nicht mehr angerührt. Begnügte er sich wirklich mit den kleinen Freuden, die sie sich gegenseitig verschaffen konnten, oder ging er heimlich auf die *Silver Shadow*?

»O'Brien?« Sie spürte Adams Hände auf ihren Schultern. »Woran denkst du?«

»Daß ich ein Elefant bin«, beklagte sie sich. »Keine Frau.«

Adam setzte sich zu ihr, streichelte ihren Nacken und betrachtete zärtlich ihren umfangreichen Bauch. »Du bist wunderschön, Kleeblatt«, sagte er.

Banner wischte sich seufzend über das Gesicht. »Ich wünschte, das Baby würde endlich kommen«, murmelte sie. »Ich möchte wieder auf dem Bauch liegen können.«

Adam lachte. »Ich würde auch ganz gern mal wieder auf deinem Bauch liegen.«

Banner richtete sich abrupt auf, als sie spürte, wie sich Feuchtigkeit unter ihren Röcken ausbreitete. »Das Fruchtwasser, Adam!« rief sie erschrocken. »Die Geburt . . .«
Adam sprang auf und hob sie auf die Arme.

Eine Flut von Gefühlen überwältigte Adam, als er auf den schreienden, rothaarigen kleinen Jungen in seinen Händen schaute. Die winzigen Ärmchen und Beinchen zappelten wie wild, und der starke kleine Rücken krümmte sich.

»Adam?« flüsterte die Mutter dieses lebhaften Wunders. »Adam . . . das Baby?«

»Dem Baby geht es gut«, sagte er und reichte es Maggie, um die Nabelschnur durchtrennen zu können. »Es ist ein Junge – mit kupferrotem Haar wie du.«

Banner hätte sich ausruhen müssen, aber statt dessen warf sie stöhnend den Kopf von einer Seite zur anderen. »Adam – da ist noch eins! Du lieber Himmel – noch ein Baby!«

Adam tastete behutsam ihren Bauch ab und murmelte erstaunte Worte vor sich hin. Tatsächlich – ein zweites Kind war unterwegs!

Selbst während der Wehen war Banner wunderschön. »Ich liebe dich, Adam«, sagte sie wieder und wieder. »Ich liebe dich.«

Endlich, nach einigen Mühen väterlicher- und mütterlicherseits, kam ein kleines Mädchen zur Welt. »Wir haben eine Tochter!« verkündete Adam strahlend.

»*Wir!*« sagte seine Frau lächelnd. »Dabei habe ich die ganze Arbeit getan, Adam.«

»Zwillinge!« rief Adam glücklich, als er zur anderen Bettseite ging, um sich die Hände zu waschen. »Zwillinge!«

Trotz ihrer Erschöpfung und verbleibenden Schmerzen mußte Banner lachen. »Sieh ihn dir an, Maggie! Er plustert sich auf wie ein Hahn!«

»Er kann mit Recht stolz sein«, erwiderte Maggie gerührt, während sie die beiden Säuglinge wusch und wickelte. »Und du auch.«

Adam trocknete seine Hände und küßte seine Frau auf die feuchte Stirn. »Ich liebe dich, O'Brien«, raunte er und schämte sich seiner Tränen nicht.

Maggie schob ihn beiseite und legte Banners Kinder zu ihr, eins in jeden Arm. Dann zog sie sich diskret zurück, und Adam und Banner begannen, sich Namen für ihre Sprößlinge auszudenken.

Der Junge, das war eigentlich schon lange beschlossen, sollte Daniel Jeffrey heißen, aber das Mädchen war eine komplette Überraschung gewesen und stellte daher ein Problem dar.

»Wie hieß deine Mutter, O'Brien?« fragte Adam, während er stirnrunzelnd das entzückende kleine Wesen betrachtete.

»Bridget.«

»Gut, dann wird sie Bridget heißen.«

Als sei sie froh, einen Namen zu haben, schmatzte Bridget Corbin leise und kuschelte sich an die Brust ihrer Mutter.

Es versprach, ein schönes Weihnachtsfest zu werden. Sämtliche Familienmitglieder waren heimgekehrt und konzentrierten sich darauf, die Neugeborenen so sehr wie möglich zu verwöhnen. Banner summte zufrieden vor sich hin, während sie ihren Behandlungsraum aufräumte.

Die Tür ging auf und schloß sich wieder.

Banner drehte sich lächelnd zu ihrem Mann um. »Ich bin fertig, wir können jetzt ...«

Adam drückte sie lächelnd gegen den Behandlungstisch und zog langsam, aber entschieden ihre Röcke hoch.

»Adam Corbin!«

Er lachte nur und kniete vor ihr nieder. Banner spürte, wie ihre langen Hosen über ihre Hüften glitten, ihre Oberschenkel und ihre Knie. Dann hob Adam einen ihrer Füße auf, und ihre spitzenbesetzte Unterwäsche rutschte auf den anderen Fuß, womit jeder Fluchtversuch ausgeschlossen war.

Adam streichelte die seidenglatte Haut ihrer Schenkel, und Banner spreizte sie unwillkürlich weiter.

Aber dann fiel ihr wieder ein, wo sie sich befanden, und sie zitterte vor Schreck. Ganz bestimmt kam gleich jemand herein ...

»Adam!«

Sie spürte einen kühlen Hauch, als er ihre Beine spreizte, aber dann fühlte sie seine warmen Lippen und umklammerte aufstöhnend den Rand des Behandlungstischs. Unter dem Kleid richteten sich ihre Brustspitzen auf, ihr Gesicht war hochrot vor Erregung, und ihr Atem kam flach und schnell.

Adam lachte gedämpft unter ihren Röcken und reizte sie schamlos mit der Zungenspitze. Eine alles versengende Hitzewelle überrollte sie, gefolgt von einer Ekstase, die fast schon unerträglich war.

Adam tätschelte lächelnd ihren hübschen Po, streifte die Hose über ihren Fuß, zog sie hinauf und befestigte sie an ihrer Taille. Bevor er ihre Röcke richtete, küßte er sie noch einmal zärtlich auf die feuchte Stelle unter dem dünnen Musselin.

»Ich muß einen Patienten besuchen«, verkündete er

schmunzelnd. Und Banner stellte empört fest, daß er vollkommen gelassen war, während ihr die Knie zitterten und sie gar nicht sicher war, ob sie sie tragen würden.

»Ich begleite dich«, sagte sie.

Adam schüttelte den Kopf und zeigte auf das Schneetreiben vor dem Fenster. »Es ist kalt draußen, O'Brien, und ich werde auch nicht lange bleiben.«

Banner legte beide Hände an ihre leidenschaftlich geröteten Wangen. »Wenn du glaubst, du könntest mich zurücklassen, Adam Corbin, und das an unserem Hochzeitstag . . .«

Adam verdrehte die Augen. »Ich komme rechtzeitig zurück, damit wir . . . feiern können«, sagte er in vielsagendem Ton. »Außerdem brauchen dich die Babys.«

»Danny und Bridget halten Hof im Salon. Ich habe sie gefüttert, und es geht ihnen blendend ohne mich.«

Adam ignorierte sie, ging ins Büro hinaus und holte seinen Mantel und seine Tasche. Banner legte hastig ihren Umhang um und eilte ihm nach.

Adam schaute sich um und bemühte sich, ein verärgertes Gesicht zu machen. Aber als Banner an seine Seite trat und stur neben ihm weiterging, spielte ein stolzes Lächeln um seine Mundwinkeln.

ENDE

PARK AVENUE
Lorayne Ashton
PARK AVENUE
AFFÄREN
Roman
Lorayne Ashton
PARK AVENUE
GEHEIMNISSE
Roman
Lorayne Ashton
PARK
DIE BETROGENEN
Roman
Lorayne Ashton
PARK AVENUE
DAS MILLIONEN TAGEBUCH
Roman
Lorayne Ashton
PARK AVENUE
RIVALEN
Roman
BASTEI LÜBBE
Taschenbücher
Park Avenue 777 ist die vornehmste Adresse Manhattans –
aber hinter der glanzvollen Fassade bestimmen
Machtgier und Leidenschaft das Leben der Menschen …

Band 58 512

Iris Johansen

Das Gold der Delaneys

Brennendes Verlangen

Deutsche Erstveröffentlichung

›Zu viert werdet ihr Kantanlan betreten, aber nicht alle werden die Stadt des Goldes wieder verlassen, wenn das Feuer vom Himmel regnet . . .‹
Unsinn, so hatte Dominic Delaney die Prohezeiung des alten Indianers genannt – doch Elspeth glaubt fest daran, daß sie in dieser geheimnisvollen Stadt den sagenhaften Goldschatz finden werden . . .

Bestrafen wollte Dominic Delaney diese junge Frau, als er sie in seine einsame Hütte entführte. Bestrafen dafür, daß sie so eigensinnig und stur war und ihn vor allen lächerlich gemacht und seinen Stolz so verletzt hat.
Aber Elspeth denkt nun erst recht nicht daran, sich diesem herrischen Mann zu unterwerfen, und Dominic merkt bald, daß er einen schweren Fehler gemacht hat. Denn seine Wut wandelt sich in brennendes Verlangen nach dieser verführerischen Frau . . .

BASTEI LÜBBE

Sie erhalten diesen Band im Buchhandel, bei Ihrem Zeitschriftenhändler sowie im Bahnhofsbuchhandel.